给孩子的
100堂
诗歌课

蓝蓝 编著

北京联合出版公司

雅众文化 出品

编者序

伟大的想象力从童诗开始

我女儿三四岁的时候,和那个年纪的孩子们一样,经常妙语连珠。

有一天,女儿忽然问我:"妈妈,我们是黄人儿吧?"我愣了一下,明白了她的意思,就回答道:"对,我们是黄种人。"

她松了一口气,说:"幸亏我们是黄人儿,我们要是黑人儿就惨了。"

"为什么?"我问。

"因为黑人儿到了天黑就没有了。黑人儿就到黑里面去了。"

我哈哈大笑起来,并为孩子奇特的想象力感到惊喜。

无独有偶,我的双胞胎女儿中的另一个,在两岁多一点的时候,有一天她不睡觉,我就拉灭了灯,结果她在黑暗中静默了一会儿,忽然伤心地哭了起来:"我没有了,妈妈,我没有了!"

我赶紧把灯拉亮,看见她一怔,带泪的小脸看看四周,破涕为笑,拍着小手喊道："我又回来了！"

　　这两件小事，使我多了一份心，常常把孩子说的非常奇妙的话记下来。我发现，儿童的奇思妙想中是有内在逻辑性的，这比单纯的无意识闹玩更有意思。这些奇思妙想为成年人提供了非常新奇的思维方式和视角，从这一点来说，孩子倒是在教育大人。到了女儿们上小学，我把这些往事告诉她们，建议她们试着写成诗，孩子们很兴奋地写下了她们生命中的第一首诗。

　　这段经历使我意识到，对孩子们来说，写童诗几乎是天然的事情，只需父母在日常生活中注意引导，因为孩子天然对世界充满好奇，他们不像成年人会在社会化过程中逐渐丧失对事物的想象力。对儿童想象力的细心保护，也是在保护那份可贵的童心和天真，保护着诗意最原初的无限可能。

　　这几年做了两件在我看来算是比较重要的事情，一是整理出版了我解读童话的一本书《童话里的世界》，二是整理现在这本《给孩子的100堂诗歌课》。显然，我对自己的要求并不是仅仅满足于对童话故事和童诗意趣最外在的了解，而是想通过这样的工作，逐渐明晰一个更高的童话、童诗阅读的标准，引导孩子们理解儿童读物中的"经典性"。希望能够持续地激发孩子们的想象力，并将这种想象力经由阅读和思索的训练，转化为创造力。

　　一般而言，儿童教育的初始阶段，大多是一些观念的灌输，例如对善恶、好坏的辨析，但通过感受性教育引导儿童认识世界，则离不开生活本身和阅读。我一向认为，童话写作的衰落，标志着想象力的衰落。而想象力的退化，势必导致文学艺术的死亡，导致人类生活质量的下降和人性的悄然减退。优秀的童话、童诗和所有杰出的文学作品一样，它能够培养人的想象力和敏感度。经过了这样的文学浇灌的灵魂，绝对无法忍受野蛮和粗暴的生活，也无法忍受一切反人类、反人性的行为。

　　当初想给孩子讲童诗，是我在给《南方日报》举办的全国小学生童诗大赛当终选评委时冒出的想法。我发现这些参赛作品中有很多孩子们写的好诗，与此同时，图书市场出版的童诗质量参差不齐，除了几位著名童诗作家的诗集外，有相当多童诗的选本都不尽如人意。

在国内，古诗的图书出版和互联网朗读古诗、讲解古诗的栏目很多，但讲解现代童诗的非常少。曾经有很多次，我应邀到学校为孩子们讲解现代童诗，发现在这个领域有太多的空白。《童话里的世界》一书的大受欢迎，使我产生继续编写解读现代童诗的想法。一次为留守儿童读童诗的活动，邀请了我和诗人北岛参与，这次活动使我坚定了编著本书的决心。

对于成年人而言，童诗只要有一点诗意、道德教化，朗朗上口就可以了。这种理解未免肤浅。杰出的童诗不但要孩子们喜欢，也要经得起最专业的诗歌读者的评判。我希望自己能在遴选的过程中，发现一批经典性的童诗，这样的童诗充满想象力，能够像经典的童话那样，使不同年龄段的读者都能从中发现它的美妙和含义。

我认为，在一些非常优秀的童诗中，包含了最初的哲学思考、最初的"对世界何以如此"的思考，也包含了对自我、他者、大自然等关系的重要思考。诗歌的一些基本元素在童诗中会以更具象的方式表达出来，而比喻、隐喻等重要的修辞方法，也在符合孩子们的想象力的同时以更为严苛的手法得以呈现，因为儿童读者比之成年读者在理解力上有所差别，但整首诗又要符合"好诗"这一普遍的标准。

西班牙诗人洛尔迦有一首短诗，写树木，"树啊！／你们可是／从蓝天射下来的箭！／多么可怕的武士才能／挽这样的弓／难道是星星？"这样的比喻，立刻会唤醒孩子们的想象力。想象力是对已有形象进行再造、联想、迁移等的能力，强调用一种形象来创造另一种新的形象，而比喻和隐喻是用一种熟悉的经验来表达另一种陌生的经验。因此，在童诗中，直抒胸臆是好的，但用比喻和隐喻更能激发孩子们的想象力。

一个不喜欢考试的孩子,会把"考试"这件事人格化,盼望它穿上蜗牛的鞋子,慢一点到来。一个喜欢亲吻爸爸的孩子,认为爸爸是一块吸铁石,而自己就是那一小块铁。一个4岁的小姑娘急着去游泳,所以就和喊她吃饭的妈妈争辩:吃饱了就没法游泳了,因为身体太重会沉到海里……这些孩子们写下的诗,无一不充满想象力。

有论者认为,大部分儿童写的童诗,都是自然生发的想象力,不像成年人写的那样有深意,这种观点显然有点武断了。就我读到的一些儿童写的童诗来看,在表达"自然生发的想象力"的时候,同样也会有内在的逻辑联系。孩子们会遵循语法,知道以自己的方式遣词造句,还有更重要的——孩子们不害怕权威,敢于在诗里说真话。

有很多批评家认为,儿童写的童诗比大人写的童诗更好,但就个体的小诗人来说,一开始进入正规的教育体系,天马行空的想象力就开始逐渐减少,很难像成年诗人那样可以有意识地持续写诗,因而影响力不能持久,这不能说不是一种极大的损失。我在挑选童诗的时候,会特别注意两者的均衡,不因人废诗。我的想法很简单,希望这些童诗能够真正让孩子们和读者了解到想象力的重要性,因为想象力能够使我们抵达他人,能够使我们体会到他人的痛苦和幸福,而这正是这个世界最需要的关系——想象力是人与人、人与世界发生联系的唯一通途,它是爱和善良的引路人和保姆。

本书从开始准备编选到写出全部稿件,历时整整三年。其中最难的工作就是要在浩瀚书海中选出适合儿童阅读又要有高超诗艺的经典作品。为此我自己购买了大批图书,到图书馆查阅了无数童诗集,从中遴选出中外著名诗人的经典童诗100首,并逐一认真做了评析。这些作者大多享誉全球,其中有获得过诺贝尔文学奖的诗人,有获得过安徒生奖的诗人,也有获得过欧美各大奖项的诗人。这些作品中，有专门为本书而翻译过来的外国诗人的诗，有我们中国诗人的诗，还有孩子们自己写的诗。期望这些诗能为孩子和父母、教师及所有的读者开启人类精神最神秘之境——想象力的大门。

蓝蓝

2019 年 8 月 1 日

目 录

巴喳——巴喳 … ［英］杰·里弗茨 / 001

老虎 … ［中］王敖 / 003

外国孩子 … ［英］罗伯特·史蒂文森 / 005

铁丝网 … ［英］菲利普·拉金 / 007

候鸟之歌 … ［中］北岛 / 010

美人的镜子 … ［波斯］贾拉鲁丁·鲁米 / 012

诗歌的广告 … ［澳大利亚］史蒂文·赫里克 / 014

别挤啦 … ［英］查尔斯·狄更斯 / 016

给仙人的信 … ［意］贾尼·罗大里 / 019

狗 … ［日］金子美铃 / 021

那幸福的孩子 … ［英］威廉·亨利·戴维斯 / 023

维修外星人 … ［中］津渡 / 026

我就想办法 … ［中］玄武 / 028

雪人 … ［意］贾尼·罗大里 / 031

实话 … ［中］顾城 / 033

想想别人 … ［巴勒斯坦］穆罕默德·达维什 / 035

一把苦艾草 … ［俄］鲍·谢尔古年柯夫 / 037

最难的单词 … ［德］约瑟夫·雷丁 / 040

狗的歌 … [俄]谢尔盖·叶赛宁 / 043

吉他之谜 … [西班牙]加西亚·洛尔迦 / 045

跳蚤歌 … [德]歌德 / 048

说天使 … [挪威]豪根 / 050

爱情诗 … [澳大利亚]史蒂文·赫里克 / 053

贼的故事 … [中]耿占春 / 055

牧歌 … [美]威廉·卡洛斯·威廉斯 / 057

用什么写作 … [德]约瑟夫·雷丁 / 060

我们的手 … [中]西渡 / 062

一九四零年 … [德]贝托尔·布莱希特 / 064

跳过小坝子的蝌蚪 … [中]津渡 / 066

蝈蝈与蛐蛐 … [英]济慈 / 069

骑扁马的扁人 … [中]王立春 / 071

暮色 … [古希腊]萨福 / 073

建议 … [德]约瑟夫·雷丁 / 076

草原上的阳光 … [中]伊水 / 078

坏名声 … [印度]泰戈尔 / 081

鹿 … [俄]阿·巴尔托 / 083

收买破烂 … [意]贾尼·罗大里 / 086

旋转木马 … [美]兰斯顿·休斯 / 088

小孩儿 … [罗马尼亚]诺夫·马尔蒙特 / 090

挑妈妈 … [中]朱尔 / 092

礼物 … [奥地利]汉斯·雅尼什 / 094

我耐心地等自己变老 … [中]童子 / 096

村小:生字课 … [中]高凯 / 098

屎壳郎的天堂 … [中]闫超华 / 100

童年 … [巴西]卡洛斯·德鲁蒙德·德·安德拉德 / 102

小点心 … [中]王敖 / 105

自由 … [中]黄灿然 / 108

来访 … ［墨西哥］奥克塔维奥·帕斯 / 110

布谷鸟和公鸡 … ［俄］伊凡·克雷洛夫 / 112

三年之后 … ［法］保尔·魏尔伦 / 115

陌生的地方 … ［英］罗伯特·史蒂文森 / 117

在墓地 … ［罗马尼亚］弗朗茨·霍基亚克 / 119

死狗 … ［韩］高银 / 121

天真之歌序诗 … ［英］威廉·布莱克 / 123

作为事件的一块石头 … ［巴西］卡洛斯·德鲁蒙德·德·安德拉德 / 125

牙洞 … ［瑞士］于尔克·舒比格 / 127

小学生守则 … ［中］徐俊国 / 129

火车上 … ［中］树才 / 132

星移斗转歌 … ［日］宫泽贤治 / 134

礼物 … ［中］泉子 / 136

其他人的歌 … ［德］米切尔·恩德 / 138

我学写字 … ［比利时］莫利斯·卡列姆 / 141

狗尾草出嫁 … ［中］王立春 / 143

温暖 … ［中］向未 / 145

小老头 … ［芬兰］伊迪特·索德格朗 / 148

秋虫唧唧唧 … ［中］树才 / 150

在小溪坝小学校看到的微心愿 … ［中］桑格尔 / 153

勇气 … 佚名 / 155

迷信 … ［罗马尼亚］马林·索雷斯库 / 157

青岛 … ［中］瓦当 / 160

三个姐妹 … ［芬兰］伊迪特·索德格朗 / 162

父亲与草 … ［中］汤养宗 / 165

幸福的重塑 … ［美］杰克·吉尔伯特 / 167

干旱 … ［罗马尼亚］马林·索雷斯库 / 169

高原上的野花 … ［中］张执浩 / 171

人迹罕至的山谷 … ［美］杰克·吉尔伯特 / 173

葡萄藤 … [中]叶匡政 / 175

如果一棵树 … [波斯]贾拉鲁丁·鲁米 / 177

癞蛤蟆 … [中]杨键 / 179

我把你箭囊中的箭矢 … [法]伊凡·哥尔 / 181

梦中他总是活着 … [中]韩东 / 183

在太阳即将升起之前 … [葡萄牙]费尔南多·佩索阿 / 185

罪城 … [捷克]雅罗斯拉夫·塞弗尔特 / 187

没有料到的 … [希腊]扬尼斯·里索斯 / 190

拿破仑 … [捷克]雅罗斯拉夫·塞弗尔特 / 192

月光在草上闪耀 … [葡萄牙]费尔南多·佩索阿 / 194

我的家乡盛产钻石 … [中]朱庆和 / 196

田园诗 … [中]王家新 / 198

仙人掌 … [奥地利]汉斯·雅尼什 / 200

出神的画家 … [希腊]扬尼斯·里索斯 / 202

坐火车经过一处果园 … [美]罗伯特·勃莱 / 204

什么是诗？ … [英]侬尼诺·法吉恩 / 206

夏日 … [美]玛丽·奥利弗 / 209

我来到每个门前伫立 … [土耳其]纳齐姆·希克梅特 / 211

我总想给里面多放点儿什么东西 … [中]童子 / 214

沙发 … [中]林良 / 216

错 … [中]杨一郎 / 218

再见 … [日]谷川俊太郎 / 220

橘子的摇篮曲 … [中]闫超华 / 223

山羊 … [意大利]翁贝尔托·萨巴 / 225

巴喳——巴喳

[英]杰·里弗茨

穿上大皮靴在林子里走，
巴喳——巴喳！

"笃笃"听见这声音，
就一下躲到了树枝间。

"吱吱"一下蹿上了松树，
"崩崩"一下钻进了密林。

"叽叽"嘟一下飞进绿叶中，
"沙沙"哧一下溜进了黑洞。

全都悄没声儿地蹲在看不见的地方，
目不转睛地看着"巴喳——巴喳"越走越远。

（韦苇　译）

【讲给孩子听】

亲爱的朋友，你注意过钟表的声音吗？听到过羊叫声、鸟叫声、吉他声吗？

声音是个奇妙的东西，每个人的声音都是独一无二的。每天早上，我们一听就知道叫我们起床的声音来自妈妈还是爸爸。我们还能听出汽车的声音、小鸟的声音、老师和同学的声音。我们的耳朵比我们想象的更聪明。有一个成语，叫"耳聪目明"，你注意过没有，"聪明"这两个字的含义，就是耳朵和眼睛都要很敏感，能分辨事物才称得上聪明。

今天，我们讲的这首《巴喳——巴喳》，就是和声音有关的诗。

如果冬天我们在雪地上走过，就会听到踩进雪地中的"咯吱咯吱"声。或者到了秋天，我们走进了树林里，遍地都是干枯的树叶，我们的脚踩上去，就发出"咔嚓咔嚓"的声音。

这首诗一开始就告诉我们，有个人穿上了大皮靴，他要开始走路了。

我们知道，软底的鞋子走路发出的声音比较小，要是踩在地毯上声音就更小了。但是大皮靴可就不一样了，大皮靴的鞋底很厚很硬，走起路来声音也很响。那么，这样一双大皮靴走起路来动静可就大了。有个"笃笃"听到这声音，马上就飞进树枝间躲了起来。"笃笃"是什么东西？"笃笃"就是经常发出"笃笃"声的东西。树林里什么动物会发出"笃笃"声呢？

001

年轻的朋友,你可要自己想一想啊。

接下来,我们这首诗里写道,"巴喳巴喳"声被"吱吱"听到了,"吱吱"一下子蹿上了松树。"吱吱"是什么东西呀?因为它总是发出"吱吱"的声音,而且,请注意啊,诗人说它蹿上了松树——什么东西喜欢在松树上跳来蹦去呢?我觉得啊,你可能已经猜到了!

我们的诗里第三个听到"巴喳巴喳"声的,是"崩崩"!"崩崩"一听到"巴喳巴喳"来了,就一溜烟地钻进了密林。"崩崩"的胆子很小,跑得却挺快,现在你能猜到是什么吗?

接下来,就是第四个听到"巴喳巴喳"声的小动物了,它是"叽叽"。"叽叽叽叽"——你会说这不是小鸡的声音吗?错了!因为诗里说,它嘟的一声飞了!能飞的、还能发出"叽叽"叫声的是什么呢?我可不会告诉你。

那么,最后一个听到"巴喳巴喳"声音的是谁呢?

是"沙沙"。"沙沙沙沙"——什么东西能发出"沙沙"的声音?而且遇到危险会哧一下溜进黑洞呢?诗人在这里写到了黑洞,都是为了让读者有一个猜测的线索,就像"叽叽"会飞一样。那么现在,你知道这些声音是什么了吧?它们就是啄木鸟、松鼠、兔子、小鸟和蛇呀!

这首诗充满了童趣,是以模拟声音来启迪读者的想象力,仅仅提供很少的线索,却把很大的想象空间留给了读者去思考,这是一种非常奇妙的表达方式。我们中国的相声,讲究说、学、逗、唱,这个学就是模仿,模仿人,模仿动物,也像猜谜语——对啦,猜谜语就很锻炼一个人的想象力,这首诗比猜谜语更有意思,因为它是以有节奏感的优美的语言写出来的一首诗。

这首诗的作者是英国的诗人里弗茨,我很想知道关于他的故事,但是我在互联网上查不到。年轻的朋友,如果你们将来长大了,学会了英语,就能在互联网上查找他的资料。或者将来你们能够到英国看看,找到了关于这个诗人的故事,可别忘了告诉我啊!

年轻的爸爸妈妈,爷爷奶奶们,如果给低龄的孩子讲故事或者读诗,声音和节奏感都非常重要。这首诗没有直接说出这些发出不同声音的动物的名字,但是有非常生动的声音,可以供孩子动脑筋猜测和思考辨认,一方面能够唤醒孩子对大自然的认知能力,一方面也是对孩子想象力的诱导和训练。家长可以反复模拟这些动物的声音,引导孩子想象和辨认。

老 虎

［中］王敖

那年我们去北京
爸爸领我
去动物园

我趴在栏杆上
看大老虎
把我乐坏了

爸爸不喜欢动物
他蹲在树下面
自己抽烟

我拼命叫他过来
他都不理
后来老虎叫了

我也跟着叫
爬到栏杆上
爸爸扔下烟，飞跑过来

【讲给孩子听】

亲爱的朋友，我小的时候，做梦都想去的地方就是动物园！

那个时候，只有大城市里才有动物园，在农村长大的我，能看到鸡鸭牛羊，能看到蜻蜓、蜜蜂和蚂蚱，但是，像老虎啊，狮子啊，大象啊这些稀奇的大动物，平时在书里读过的动物，只能到大城市的动物园才能看到。有时候在电影里看到那些动物，我眼馋得口水都快要流出来了——我好想好想好想去动物园看看啊！年轻的朋友，你是不是也和我一样，很想让爸爸妈妈带着你去动物园玩儿啊？嗯，我们去过一次还想再去，对不对啊？

那么，今天，我们讲的这一首诗就和动物园有关，因为这首诗的名字就叫《老虎》。

《老虎》这首诗的作者，是我的朋友，他是个诗人，名字叫王敖。他不但会写诗，还弹得一手很棒的吉他！据我所知，王敖叔叔小的时候很顽皮，活泼爱动，和所有的小男孩一样。他的爸爸呢，是一个非常非常厉害的拳击教练！哇，拳击教练啊！他一定什么都不怕！我觉得，坏人肯定不敢惹他，要是惹了一个厉害的拳击教练，那麻烦可就大了。

这首诗，讲的就是王敖叔叔小的时候和爸爸一起去动物园的故事。

这首诗一开头就写王敖叔叔的爸爸带着他从外地到了北京，他们一起到北京动物园玩。第二节就写他趴在栏杆上看大老虎。趴在栏杆上这一句说明了什么？说明作者那个时候还是个孩子，个子还没有长高，只能趴在栏杆上。在一个孩子的眼里，老虎可威风了！"大老虎"这个说法，形容老虎在他眼睛里是个庞然大物。北京动物园里的老虎，大部分是东北虎。成年的东北虎将近三米长，加上那条棍子一样的大尾巴，差不多快到四米了。它的体重有好几百斤，是陆地上体重最重的肉食类猫科动物。据说，老虎轻轻一跳，就能蹿出去四五米；它会爬树，几秒钟之内就能把狮子打败；牙齿能咬穿厚厚的鳄鱼，每年能吃掉四五十头鹿，一口就能把一头牛咬死——哎呀，老虎实在是太危险了，即便是关在动物园的笼子里，也是很可怕的。但是，这个第一次见到老虎的小朋友，并不十分清楚老虎是危险的猛兽，他趴在栏杆上，看着这只大猫走来走去，可开心了！

这个时候，他的爸爸在做什么呢？他的爸爸不喜欢动物，以前可能也见过老虎，所以对老虎就不是那么感兴趣，他蹲在树下面抽烟呢。小朋友看到了大老虎好兴奋啊，他很想让爸爸也过来看看大老虎，但是，无论他怎么喊爸爸，爸爸还是没有过来。就在这个时候，请注意了，作者写道：老虎叫了。然后，作者呢——当年的这个小朋友一下子兴奋起来，也跟着嗷嗷叫！并且，他从原来趴在栏杆上，变成了爬到栏杆上了。哎呀呀！看到这个情景，说时迟，那时快，"爸爸扔下烟，飞跑过来"。哦，原来那个怎么叫也不过来的爸爸，这个时候不叫他，他自己倒飞快地跑过来了。你一定知道他是为什么跑过来的。我想，这个爸爸，这个非常非常厉害的拳击教练，原来他也有害怕的时候啊。他害怕自己的孩子掉进动物园的老虎洞里被老虎吃掉，他对动物没兴趣，对很多东西不关心，但他的孩子有危险的时候，他立刻就飞奔到他的身边了——"扔下烟，飞跑过来"，作者写了连续的两个动作，非常有画面感，我们好像看到这个爸爸一连串飞快的动作，毕竟他是拳击教练啊。

这首诗只是简短地描写了四个画面，我们就看到了一个强壮、很厉害的爸爸是怎样忽然变得惊恐起来，而他飞跑到孩子身边时，那使他飞跑起来的力量又是那么迅猛和强大。亲爱的朋友,你能告诉我这种力量来自哪里吗?很多年后,这个小朋友长大了,他写下了这首诗,促使他写下这首诗的原因又是什么呢?

……哦,我听到一个朋友悄悄说,那是因为爱啊!爸爸爱他的孩子,孩子也爱他的爸爸。就是这样的嘛!太对了!

不过啊,我还要叮嘱一下,大家到动物园参观,千万不要接近动物,动物很美丽也很神奇,但有的动物十分危险,一定要离它们远一点哦!

嗯,一个第一次在动物园见到老虎的孩子,一个默默关注着孩子的爸爸,一首小诗用了简短的四个画面,勾勒出危险突然出现时爸爸本能的快速反应。小诗省略了对父子之爱的内心描写和事后的种种分析,但通过孩子和父亲的行为动作,使这一对父子之间血肉相连的感情跃然纸上。尤其最后一句的戛然而止,干净利落,给读者留下了悠长的想象和感叹的空间。

外国孩子

[英]罗伯特·史蒂文森

印度孩子,印第安娃,
北极的孩子——小爱斯基摩,
日本孩子,土耳其娃,
喂!你们可希望你们是我?

你们见过红色的树,
还见过狮子,在海那边;
你们掰下过甲鱼的腿,
你们吃过鸵鸟的蛋。

这样的生活非常好,
可不如我的生活美:
你们准定已感到厌倦,
因为你们不能够远飞。

你们有稀奇的东西可以吃,
我吃的可是普通的饭食;
你们只能住在海那边,
我可安全地生活在家园。
印度孩子,印第安娃,
北极的孩子——小爱斯基摩,
日本孩子,土耳其娃,
喂!你们可希望你们是我?

(屠岸 方谷绣 译)

【讲给孩子听】

亲爱的朋友，几年前，我在一个名叫鲁迅文学院的学校里学习，那是一个专门为作家开办的学校。我的同学们呢，都是给孩子们写童话、写小说、写诗歌的大人。有一天，来了一个老爷爷给我们讲课，当他知道我也喜欢写诗的时候，就送给我一本他翻译的书，他就是我们中国著名的翻译家屠岸先生。这本书是他翻译的苏格兰作家罗伯特·史蒂文森的儿童诗集《一个孩子的诗园》。我们今天要讲的这首《外国孩子》，就是从这本书里选出来的。

我想问问你，你出过国吗？或者，你见过外国的小孩吗？是不是很好奇他们的生活啊？

这首诗写的就是一个孩子的自言自语。他非常好奇外国的孩子们都在什么地方，吃什么东西，他们那里的景色是什么样的。他想到了很多国家和地区的孩子：印度的孩子，他们住在亚洲南部的大陆；印第安的孩子呢，住在美国和墨西哥那些地方；在北极的孩子是因纽特人，也就是文中的"爱斯基摩人"，他们用狗拉雪橇，住在冰做的屋子里。而土耳其处在欧洲和亚洲的连接处，日本就在我们中国的东边，是由太平洋中的一些岛屿组成的国家。

我们的小主人公从书上、大人的话语中，了解了这些地区人们的生活。外国的孩子们吃过的鸵鸟蛋他没有吃过，外国孩子见到过的红色的树、住的冰屋子他没见过也没住过。他心里是不是有点羡慕啊？我觉得是有一点儿。可是，他不想说出来他的羡慕，反而呢，他说"我的生活才好呢"。他故意对外国孩子说："你们是不是很厌倦了自己的生活呢？因为你们不能远走高飞，只能住在海那边。"这几句话其实也说出了他自己的心里话，因为他也没有去过国外，只能住在自己家里。他很想很想和外国孩子们换一换，也到北极、到亚洲、到印第安人那里，去捉甲鱼，吃鸵鸟蛋，看红色的树，可是他不好意思说出来，所以才一个劲儿说自己的生活很好，自己的家是最好的这样的话。只有这样，当他对外国孩子们说"你们可希望你们是我"的时候，外国的小朋友才会答应和他换一换吧。他有点天真，有点害羞，又有点顽皮聪明，而且还很有想象力，真是太逗了！

这首诗的作者罗伯特·史蒂文森，曾经写过非常有名的几本书，比方说《金银岛》《化身博士》等等。他小的时候身体不好，经常生病，经常只能待在床上，哪里也不能去。那些护士就给他念书听，书里的世界好大啊，他知道了很多外国的事情，所以等他长大了，他就到处去旅行，他游历了欧洲、美洲，还去了太平洋，甚至和夏威夷的卡拉卡瓦国王成了好朋友。他见到过海龟在大海里游泳，见到过红色的树，见到过很多小时候没有见到过的东西。所以，他写这一首《外国孩子》的诗，一定是小时候他在病床上时最真实的想法。

我们中国有句古话，叫"读万卷书，行万里路"。读书和旅行都是我们学习知识、探索世界的好方法。到了假期，我们可以请爸爸妈妈带我们一起出去旅行，看看别的地方和别的孩子们的生活，那一定非常有意思！

年轻的爸爸妈妈们，每天只会写作业并不能保证孩子有足够的创造力和学习能力。现代化的生活，使孩子们远离了大自然和更辽阔的世界。一个孤独的孩子待在家里，却在想象着远方，想象着和自己的生活完全不同的生活，这是很多孩子飞扬的想象力影响他一生命运的开始。让读书和旅行成为孩子增加见识、积累知识、感受世界和生活的方式吧，因为远方唤起的好奇、更多生活的可能性，正是人生之路最初的动力。

铁丝网
［英］菲利普·拉金

再宽的草场也有通电的围栏，
虽然老牛们知道它们绝不能误入歧途，
年轻的犊子却总会嗅到更清的水的气息，
到处都是，只是不在这里。翻越铁丝网

会让它们撞到一根根铁丝上，
那令肌肉抽搐的暴力从来不留任何余地。
就在那一天，小犊子长成了老牛，
它们最开阔的意识从此有了带电的极限。

（阿九　译）

【讲给孩子听】

亲爱的朋友，你去过草原吗？辽阔的大草原上，有很多的牛羊。有一首歌是怎么唱的？——蓝蓝的天上飘着那白云，白云的下面是洁白的羊群。在我们中国，有草原的地方就会有牛羊。牧民们靠放牧为生，他们养牛养马，也养羊养骆驼。在有些地方，根据不同的牧草生长的时间，分为冬牧场和夏牧场，牧民们赶着牛羊在冬季或者夏季在不同的牧场间迁徙，用那里的草喂养着牲畜牛羊。而在某些地方，牧场没有那么大，每家每户分到的草场都用栅栏或者铁丝网隔离开来，以防别人家的牛羊到自己家的草场来吃草，也防止自己家的牛羊跑到别人家的草场去。在中国是这样，在外国也是这样。我们今天就讲一首和牧场以及牛羊有关的诗，诗的题目就叫《铁丝网》。

这首诗的作者是英国诗人菲利普·拉金，他1922年出生在英国的考文垂。他的父亲在家中有着绝对的权威，这令家中的孩子对父亲充满了畏惧。拉金从小就敏感，容易紧张，说话结结巴巴，有些口吃，但他在写作上却颇具天赋。他从牛津大学毕业以后，在威灵顿图书馆工作，同时写小说和诗歌。他曾获得过很多奖项，也曾被授予英国的桂冠诗人称号，但他却拒绝了。他之所以在世界范围内被誉为杰出的诗人，其中有一个理由是：在日常生活中发现令人深思的东西。我们要学习的这首《铁丝网》正是这样一首诗。

在这首诗里，牧场里的牛都被围在带电的铁丝网中。那些老牛都知道触碰铁丝网的严重后果，巨大的电流会灼伤和打击牲畜，甚至让它们丧命。这些老牛们因为恐惧而安分守己，不敢越雷池一步，显得"有经验"而老实听话。而那些小牛犊们还不知道铁丝网的厉害，它们以为世界是没有阻碍的，什么栅栏也挡不住自由。这些"初生牛犊"们有着灵敏的嗅觉，它们能够闻到远处新鲜的水的味道，这些清澈的水牧场中没有，因而它们决定翻越铁丝网去远处喝水。但是，通了电的铁丝网重重地伤害了它们——"那令肌肉抽搐的暴力从来不留任何余地"，这句话的意思就是设立惩罚的规矩是没法商量的，是毫不留情的。任何想越过"边界"的牛儿们，都要遭受痛苦的打击。在这个牧场中，自由是不存在的，任何想奔向自由的想法都会在无情的铁丝网跟前碰壁。那些触了电的小牛犊们怎么样了？诗人写道："就在那一天，小犊子长成了老牛"。一天之间，或者一瞬之间，勇敢追求自由的小牛犊们就变成了"识时务"的"老牛"，变成了守规矩、唯唯诺诺听话的老牛，再也不敢到远处寻找新鲜水源，只能待在牧场里，听凭主人给什么吃什么、给什么喝什么，乖乖地接受这样的命运。诗人说，从此之后，这些小牛犊们就丧失了最开阔的意识，因为可怕的铁丝网斩断、毁灭了它们自由的内心。

亲爱的朋友们，不知道你有没有看过马戏团的表演。记得在我女儿小的时候，我带她们看过一次。马戏团的老虎、狗熊，在驯兽师的鞭子下乖乖地走钢丝、钻火圈，那个时候我的心情很复杂，因为我知道，这些威风凛凛的猛兽一定是遭受过很多的鞭打、电击，才会这样恐惧害怕，才会这样乖乖地听话，被人类指挥着表演。这些老虎、狗熊们知不知道，如果人类没有武器，他们的角色就会互换，感到恐惧和害怕的就会变成人类，人类狼狈逃窜，而老虎和狗熊们就会无所畏惧、大快朵颐。

拉金的这首诗，从牧场的牛和铁丝网的关系中发现了暴力对于自由的统治和威胁，大到一个国家的管理，小到对一个家庭的控制——我不得不想到拉金小时候的遭遇，他那个可怕的父亲。拉金终身未婚，性格愤世嫉俗。他痛恨父母的严苛管教，写下过"你的爸爸妈妈，他们把你搞砸了"这样的话。我们知道，在纪律、规定和自由之间，永远存在着矛盾。但是，制定规矩和纪律的人，一定要想到别人承受痛苦的限度以及每个人的权利的尺度，也就是说，一切纪律和法律，都应该在不妨碍别人的自由、不给别人增添痛苦的条件下进行。这才是我们应该得到的规矩、法律和自由，你们说对吗？

候鸟之歌
[中] 北岛

我们是一群候鸟，
飞进了冬天的牢笼；
在绿色的拂晓，
去天涯远征。

让脱落的羽毛，
落在姑娘们的头顶；
让结实的翅膀，
托着那太阳上升。

我们放牧着乌云，
抖动的鬃毛穿过彩虹；
我们放牧着风，
飞行的口袋装满歌声。

是我们的叫喊，
冰山吓得老泪纵横；
是我们的嘲笑，
玫瑰羞得满面绯红。

北方呵，故乡，
请收下我们的梦：
从每条冰缝长出大树，
结满欢乐的铃铛和钟……

【讲给孩子听】

亲爱的朋友，在我小时候，每到春天的时候，就听大人们说：小燕不过三月三，大雁不过九月九，八月十五雁门开，小燕去，大雁来。意思是说，到了农历三月，也就是春天的时候，小燕子就从南方回到我们这里，而大雁就飞到更北的地方，它们会飞到俄罗斯、西伯利亚一带。而到了农历八、九月，天气开始变冷，小燕子又回到温暖的南方，大雁呢，就从西伯利亚老家飞回我们中国的长江中下游一带越冬。人们管小燕子叫夏候鸟，它们夏天在我们这一带生活；管大雁叫冬候鸟，它们冬天在我们中国的南方过冬。这些候鸟根据季节的变化南北迁徙，它们每次迁徙都要飞很远很远，历尽艰辛，跨越大陆和海洋，据说北极燕鸥能从北极飞到南极！白天，候鸟们根据阳光和大地上的山脉、河流导航，夜晚就利用月亮和星座导航，比我们大多数人更聪明。我们今天要讲的这首《候鸟之歌》，就是写它们的。

这首诗的作者是诗人北岛。他是我国当代重要的诗人，也是《今天》杂志的创办者。他年轻的时候当过建筑工人，那个时候他开始写诗，后来出版了很多诗集，影响了很多人。这首《候鸟之歌》，写的是冬天到了，寒冷像笼子一样围困住这些热爱自由、追求光明温暖的候鸟，于是，在一个绿色的、充满希望的早晨，候鸟们决定冲出牢笼，开始它们勇敢的长途跋涉。

亲爱的朋友，你们读过《尼尔斯骑鹅旅行记》吗？就是一个小男孩骑在一只家鹅的背上，和一群野鹅一起长途旅行的故事，那群野鹅就是我们俗称的大雁。大雁、天鹅、游隼等等，这些鸟儿都是候鸟。它们飞行途中，拍打着有力的双翅，有时候羽毛会掉落下来，诗人希望这些漂亮的羽毛轻轻落在姑娘们的头顶，就像对姑娘们的一句问候。诗人觉得，它们飞翔的翅膀如此充满力量，好像连太阳都被它们的双翅抬上了天空。候鸟们能飞得很高，据说最厉害的大天鹅飞行高度在9000米以上，甚至能飞过世界最高峰——珠穆朗玛峰！候鸟们飞行的时候，天上的乌云都在它们的翅膀下面，好像是一群被它们放牧的马群，它们和这些抖动着鬃毛的"马群"一起穿过天上的彩虹，那是非常壮丽的情景。到了春天，天空中的气流，也就是我们说的风，在它们的飞翼间流动，也好像是在被它们放牧着，翅膀兜起的空气里装满了它们的歌声。歌声，就是候鸟们的鸣叫，是它们内心发出的欢乐的叫声。它们跟着太阳飞行，这欢乐的叫声似乎能够融化雪山；雪水潺潺流下山谷，它们嘲笑那些永远不能自由飞翔的植物，连玫瑰都羞红了脸庞。这些候鸟带着自己的梦想，坚定地朝着北方的故乡飞去，等它们到来的时候，寒冰会裂开，大树们重新长出绿叶，它们会开花，会结满了铃铛和钟。

——你注意到了没有，大树会开花，会结果，但诗人并没有写它们结出果实，这是因为，它们结出的果实不是我们能吃的果实，而是铃铛和钟。他为什么这样写呢？果实吃完就没了，但铃铛和钟声却永远会响起，叮叮当当，唤醒人们喜悦的心灵。所以，诗人并不在意物质的东西，他在意的是人的灵魂和精神。在这首诗中，诗人虽然写的是候鸟，但他的真实意图却是写人自由坚强的心灵，写人们对美好理想的追求。如果我们在生活中感到困惑或遇到了挫折，那就让我们想起这些永不向严寒低头的候鸟吧，想起它们勇敢自由的飞翔，或许，也能鼓励我们内心更加强大，更坚韧不屈地和困难斗争。

美人的镜子

[波斯]贾拉鲁丁·鲁米

你不知道要找一个礼物送给你
是多么地困难。似乎没有一样合适。
给金矿送金块或给海洋送水,有什么意义呢。
我能想到的,都像把香料带去东方。
将我的心和灵魂献给你也没用,
因为这两样你都已经有了。
所以我送你一面镜子。让你
望着自己,想起我。

(黄灿然 译)

【讲给孩子听】

亲爱的朋友,我曾经读过一本书,书中介绍了一种不停地转圈的舞蹈,就像我们小孩子转圈、转圈的样子,这种舞蹈叫苏菲教旋转舞。苏菲教是信奉伊斯兰教的人们中一个神秘的派别。苏菲这个词,在阿拉伯语中是羊毛的意思,据说古代的波斯苏菲教徒们,生活都很清贫朴素,身上披着羊毛织的粗布衣服,这个名称就由此而来。

在古代的波斯,苏菲教派出现了一些伟大的诗人,他们的影响一直持续到了今天。其中有一位诗人叫莫拉维·贾拉鲁丁·鲁米,简称鲁米,1207年他出生在一个叫巴尔赫的地方,这个地方现在在阿富汗的境内。当时蒙古人打仗到了那里,为了躲避战乱,鲁米一家搬迁,最后住在现在土耳其的一个地方。鲁米在他父亲的引导下,很小就开始学习神学、哲学和文学,长大以后,他写了很多了不起的诗歌,并且创立了苏菲莫拉维教派,把音乐、诗歌和一种旋转舞结合起来,让人们获得一种特别的宗教体验。我们今天就讲一首鲁米写的诗,诗的名字是《美人的镜子》。

一般来说,给人送礼物,都要挑选能代表心意的、最好的,或者是别人没有的东西送给亲人或者朋友。越是重要的人,礼物也越珍贵。这首诗的首句就提到了挑选礼物,那么,我们看看诗人要送给他的朋友什么礼物——

第一句他就写道:"你不知道要找一个礼物送给你是多么地困难。似乎没有一样合适。"我们就知道,诗人为了挑选一件称心的礼物费尽了心思,同时我们也知道,这位接受礼物的人对于诗人来说非常非常重要,所以他才会如此认真地寻找礼物。但是，为什么找不到合适的礼物呢？诗人说："给金矿送金块或给海洋送水，有什么意义呢。"哎，我明白了，诗人是说，我如果给你送去黄金，可你就像一座金矿，拥有无数的黄金，那么我的礼物什么意义也没有了。你就像一片汪洋大海，如果我送给你一瓶水，那我就太可笑了，因为你根本就不缺少这些东西啊。诗人还说，我能想到的，都像把香料带去东方——这句话我跟大家解释一下：在古代，东方指的是中国、印度、南洋、中亚地区乃至希腊、埃及等地，这些地区出产香料，有花朵、果实和种子，用来烹饪、制药、做化妆品，或者用于宗教仪式。其中有一些香料非常名贵。诗人说我所有想送给你的礼物，都像是带着香料到香料的出产地去，这可怎么办好呢？你什么都不缺，你比谁都富有，什么才是你需要的呢？

大家注意到没有，这四行诗，虽然是在写诗人找不到礼物的烦恼，但其实是在写他的那位朋友是多么多么可贵的一个人。不管是物质的、精神的财富，还是美德品格，他已经应有尽有。这些诗句让我们看到诗人是多么敬爱他的这位朋友，而这位朋友也值得诗人这般敬爱。接下来呢，诗人说："将我的心和灵魂献给你也没用，因为这两样你都已经有了。"这两句诗的意思是，你看，我找遍了世界，也找不到可以送给你的礼物，那么，我想把我自己当作礼物送给你，把我的心脏、我的灵魂送给你。这是我自己最宝贵最重要的东西了，但即便如此，我发现也没有用处，因为你已经拥有了我的心，拥有了我的灵魂。这两行诗，说的是诗人的朋友已经得到了诗人全部的爱，全部的友情，以至于诗人从自己身上也拿不出什么东西给他的朋友了。怎么办呢？诗人只有一个办法了，那就是：他带来了一面镜子送给他的朋友，让他照一照镜子，让他看到镜子里的人，只有他自己才是最最珍贵的礼物，他就是诗人找到的、这个世界送给他自己的礼物。而诗人唯一的请求就是：请这位朋友记住他。

这是一首令我深深感动、深深震撼的诗，我不仅记住了诗人的这位尽善尽美、完美无缺的朋友，我也记住了这位赤子一样愿意把自己的一切都奉献出来的诗人。这大概是世界上最最无私热烈的爱了，也是最温柔、最美丽的爱了。但愿我们这一辈子，也能拥有这样的爱和友谊，也能像诗人这样去爱某个人、爱某一件事情，爱这个世界。

诗歌的广告

［澳大利亚］史蒂文·赫里克

购买诗歌吧
配方全新改良，巧克力色的
每首诗的韵律都加入了一杯半奶油
喝起来非常提神
每家每户都应该有诗歌！
一天一首诗能让你轻松工作，快乐玩耍
这全都是诗歌的好处！
准备改变吧！来尝试一下诗歌！
没有诗歌你的人生将会一片空白！
当你痛苦的时候，你可以先来点诗再去看医生。
每次从一碗诗歌开始特别的一天
不加糖，不加人工香精和食用色素
全世界的人都在唱诗歌
虽然不会在一夜生效，但是使用低脂诗歌
可以让你在五周之内减掉十公斤
诗歌——对我有用，对你也有用！
从今天起尝试一下诗歌吧
注意：诗歌不应该被那些
不喜欢笑的或者节制诗歌饮食的人所接受
百分之九十的医生因为可以长寿而推荐诗歌

（胡若羽 译）

【讲给孩子听】

"——磨剪子来，戗菜刀！"

"——过了这个村，没有这个店，吃了这个饺子，没有这个馅！"

"——大西瓜，大西瓜！清凉解渴，又甜又沙！"……

亲爱的朋友，你们都熟悉这些吆喝声吧？这些叫卖的声音，就是最初的广告。广告就是广而告之，意思是把某种想法告诉很多人。有些广告是宣传自己的产品，希望这些产品能卖出去，这就是狭义的广告。有些广告不仅仅要卖东西，更重要的是，它们要宣传某些观点，让更多人了解和接受这些观点。我们今天就学一首和广告有关的诗，这是我见过的最有趣的广告诗！

这首诗的作者是澳大利亚诗人，他的名叫史蒂文·赫里克，他是澳大利亚最受欢迎的儿童文学作家之一。1958年，史蒂文出生在布里斯班，是家里七个孩子中最小的那个。在学校里，他最喜欢的课是足球课。自昆士兰大学毕业后，他从事了各种工作却依旧坚持着这个爱好。很多年来，他一直是一位全职作家，经常在世界各地的学校从事创作和教育工作。史蒂文为儿童写的《爱，鬼魂和鼻毛》《一个像这样的地方》《简单的礼物》《汤姆·琼斯拯救世界》《在河边》等多部作品，曾获过国内外各种奖项，同时他的书也是《纽约书评》畅销书榜的上榜作品。这样一位诗人，会如何向孩子们介绍诗歌呢？哈哈，他写了一首诗，叫《诗歌的广告》，我们来看看他是怎样为诗歌"吆喝"的！

这首诗一开始就说：快来买诗歌吧！全新的改良配方，巧克力色的，每首诗的韵律都加入了一杯半奶油，喝起来非常提神，每家每户都应该有诗歌！

亲爱的朋友，我们都知道，诗歌是一种精神产物，是写在书上的文字，并不能像冰淇淋那样能吃。但我们的诗人在他的诗中，把诗歌形容成了一种甜美可口的食物，这是因为所有的孩子们都喜欢吃东西，甜的东西，香的东西，比方像巧克力啊，奶油啊，这样好吃的东西。所以，诗人把诗歌形容成这样的东西，孩子们才会喜欢，才会流哈喇子，哈哈！

诗人告诉我们，好的诗歌不仅仅能像冰淇淋那样甜蜜，而且还能让你心情愉快，甚至，诗歌对于我们的生命非常重要，因为诗人说"没有诗歌你的人生将会一片空白！"当我们心情悲伤的时候，诗人建议我们先来点诗再去看医生——意思是我们先读一些诗，因为诗歌有安慰人心的力量，有些时候比看医生还管用。据说，在很多大灾难之后，书店里就会来很多人买诗集，大家读诗歌，流泪，感动，变得坚强，开始振作起来。这说明诗歌真的对我们的心灵充满了抚慰。

诗人还说："每次从一碗诗歌开始特别的一天，不加糖，不加人工香精和食用色素。"你瞧，人是铁，饭是钢，一天不吃饿得慌。诗人认为，像吃早餐一样重要的是，每天清晨我们"来一碗"诗歌，这些诗歌都是健康食品，对我们的身体和心灵大有裨益！不仅如此，诗歌还有减肥的功效——大家都知道，我们人类经常会吃很多垃圾食品，这些东西让我们发胖、生病，所以，很多人需要减肥，市场上有很多减肥产品和减肥药物，但没有哪种减肥药物能像诗歌那样，让人变得轻盈自由。诗人说"五周减掉十公斤"，当然是因为喜爱诗歌的缘故，虽然有些夸张，但读起来非常非常幽默可爱！诗人把一首诗写得像是产品的使用说明书，将诗歌的内容、成分、外观、作用等等予以了详细的介绍，而且在最后还专门写到了诗歌的禁忌，我们在一些药物说明里也经常会见到这样的注意事项——"诗歌不应该被那些不喜欢笑的或者节制诗歌饮食的人所接受",也就是说,那些诗歌喜爱那些充满活力和欢乐的人,不懂得什么是幸福的人可能不会接受诗歌。为了增加人们对诗歌的热爱,诗人在最后一句写道:

<blockquote>
百分之九十的医生因为
可以长寿而推荐诗歌
</blockquote>

我们大家都知道,医生是为我们人类的天使,这个职业的职责就是救死扶伤。没有人不听医生的话,因为医生代表了健康和长寿。如果百分之九十的医生都推荐大家多读诗歌,那么诗歌一定是对我们心身最好的东西。这句话非常厉害,你想啊,谁不想健康长寿啊,这一切只有诗歌才能给我们。

亲爱的朋友,这首诗以诙谐的语言、形象的描述,将诗歌这种抽象的文学形式,化为具体而生动的描述,尤其是结合了小朋友对可口食物的祈盼、人们对健康的渴望、对医生权威推荐的认同,将诗歌对我们的身体和精神的各种好处娓娓道来,让我们在笑声中培养探索诗歌秘密的好奇心。读了像这样的诗歌广告,谁还能拒绝诗歌巨大的魅力和吸引力呢?

别挤啦
[英]查尔斯·狄更斯

你,不要挤!世界那么大,
它容纳得了我,也容纳得了你。
所有的大门都敞开着,
思想的王国是自由的天地。
你可以尽情地追求,
追求那人间最好的一切。
只是你得保证,
保证你自己不使别人感受压抑。

不要把善良从心灵深处挤走,
更得严防丑恶偷偷潜入你心底。
给道德以应有的地位,
给每一件好事以恰当的鼓励;
让每一天成为一项严峻的记录,
面对着它,你应当问心无愧;
给人们生的权利,活的余地,
不要挤,千万不要挤!

(佚名 译)

【讲给孩子听】

亲爱的朋友,我们先介绍一下写

《别挤啦》这首诗的诗人。他的名字叫查尔斯·狄更斯，他是英国人，小的时候家境贫寒，四处颠簸。狄更斯曾在黑鞋油作坊当过童工，也当过律师所的学徒、速记员、记者、业余演员等等。他写了大量的小说、故事和儿童文学作品，最有名的有《雾都孤儿》《老古玩店》《大卫·科波菲尔》《圣诞颂歌》《双城记》等。

为什么他要写这么多书？因为他和妻子生了十个孩子！要养育这么多孩子，没有钱可不行，所以狄更斯才拼了命地写书。因为他生活在底层，看到了太多穷人遭受的苦难，所以他决心要记下来，写下来。他活到五十八岁就生病去世了。他死后被埋葬在英国最尊贵的西敏寺的诗人角，他的墓碑上写着："他是贫穷、受苦与被压迫人民的同情者；他的去世令世界失去了一位伟大的英国作家。"

我们今天要讲这首《别挤啦》。挤，是个动词，与别人发生拥挤的意思。人为什么会挤在一起呢？因为他们都想要某一种东西。比方说，坐公共汽车、地铁，大家都挤作一团，抢座位，对！就是为了抢一个座位才去挤的。在医院看病，在火车站买票也挤，大家都不愿意等待，都想早点儿轮到自己，不想浪费自己的时间。这些拥挤的人大多都是为了自己，想把别人挤走，这样自己就有机会、有好处了。这是一种自私自利的行为，因为他们这么做的时候，只想到了自己，不愿意想到别人也很着急，也很需要一个座位，尤其是那些老人、孩子、怀着小宝宝的孕妇，以及残疾人。狄更斯知道这一切，所以他第一行诗就写道："不要挤！世界那么大，它容纳得了我，也容纳得了你。"

这行诗是什么意思？狄更斯显然说的不仅仅是真实的空间，不仅仅是公共汽车、地铁站，他说的是人的心灵。一个人的心灵要是广阔，容得下别人，他就不会跟别人挤，不会跟别人抢。所以，他接着说："思想的王国是自由的天地。你可以尽情地追求，追求那人间最好的一切。"亲爱的朋友，思想，看不见，摸不着，但它是你唯一的精神财富。你想什么都行，只有思想是无法被别人管制的。你喜欢谁，厌恶谁，你尽可以去思想。这是你的天赋自由，是你的权利。但狄更斯还是希望，那些会思想的人，要去追求好的东西、善良的东西，而不是坏的、丑恶的东西。所以他才接着说，只要你保证你不让别人感到压抑，在这个前提下，我们自己喜欢什么，追求什么当然是可以的；但是，如果你的喜欢和追求让别人感到了压抑，感到了难过，那我们就应该停止我们的行为。

比如说，我们喜欢一枝玫瑰花，我们想摘下它带回家，但这朵玫瑰花是别人种的，我们的行为就会让种花人感到生气和愤怒，这就是我们做得不对，我们不应该损人利己。狄更斯认为，不要把善良从心灵深处挤走，更得严防丑恶偷偷潜入你心底，给道德以应有的地位。什么是道德？道德就是衡量一个人行为是否正当的标准。如果一个人很善良，总是帮助别人，那么我们就可以说这个人是一个讲道德的人，是一个好人。如果一个人总是欺负别人，偷别人的东西，伤害别人，那么我们就会说这个人是一个不道德的人，是一个坏人。道德就像我们的心脏，它在我们的胸中，我们就能活得好，它不在我们胸膛里，我们就会活得很糟糕，甚至会毁灭生命。要尊重善良，鼓励善良，远离丑恶的一切，只有这样我们才能问心无愧。

狄更斯在诗中一再呼吁，不要挤，不要挤，其实就是在说，不要自私，不要只想到自己的好处，而不顾别人的利益。这让我想起一个故事。故事说的是有一位伟大的魔术师，他看到自己的两个学生为了谁的床铺占的地方多而在吵架，两个人都指责对方占了太多的位置。这个魔术师没有当面批评他们，转身就走了。到了晚上，这两个学生去找魔术师，推开门看到他们的老师和老师的弟弟一起躺在一根扁担上，安安稳稳，也不会掉下来。学生非常惊讶，问老师这是为什么。这位伟大的魔术师回答道：扁担是窄的，但我们俩的心却是宽的，所以一根扁担也愿意让我们睡在上面而不会掉下来。这番话让两个学生感到非常羞愧，他们很快就意识到自己很自私，于是就向对方道歉，和好了。

亲爱的朋友，当我们想要某种东西，而别人也想要这种东西的时候，我们是不是可以对自己说一声"不要挤"呢？

争抢某种东西，似乎是人自私的本能。但是，只有最自由的心灵，才会拥有广阔的世界。这首诗从人们生活中自私的拥挤争抢写起，升华至善良和自由的心灵，给我们展现了无私博大的心胸给人生活带来的变化，强调了道德的重要性，是对孩子进行最基本伦理教育的一首经典之作。

给仙人的信
[意]贾尼·罗大里

不知道是真是假：
说是夜里，
仙人把礼物放进毛袜。
不知道是真是假：
说是过节，
仙人把玩具放在好孩子的枕头底下？
我不顽皮，一举一动都好，
就是在袜子里什么也没找到。

亲爱的仙人，今天是除夕，
你的火车一定开过这里。
我心里就怕一件事情，
就怕你的火车开过我们这儿不停，
就怕你走过了穷人们的破房土窑，
把我们这些好而穷的孩子漏掉。

仙人哪，我们要感谢得了不得
如果你坐上一辆慢车，
在有孩子等你的
每家门口停上一刻。

（邢文健　亓茵　译）

【讲给孩子听】

亲爱的朋友，世界上有很多国家都有过圣诞节的习惯。他们的圣诞节，就相当于我们的春节。在这些国家生活的人们，圣诞节前一天的晚上，都要给孩子们准备礼物。大人们说，在那一天晚上，从北极圣诞村那里来的圣诞老人，会驾着驯鹿拉的雪橇，雪橇上装满了小精灵们给孩子们准备的礼物，这些礼物通常都会被放进一只很大的袜子里。圣诞老人有时候会从烟囱里爬进孩子们的家中，把礼物放在孩子们的枕边，如果圣诞老人太胖，爬不进窄小的烟囱，就会把礼物挂在孩子的家门上。这些糖果啊，皮球啊，还有各种各样孩子们想要的礼物，给大家带来了多少欢乐啊！

是啊，每到圣诞节，所有的孩子都眼巴巴地盼望着自己能收到一份礼物。我们今天要讲的这首诗，是一个叫贾尼·罗大里的诗人写的。你读过《洋葱头历险记》吗？或者《假话国历险记》？这两本书的作者就是出生在意大利的贾尼·罗大里。他是20世纪最伟大的儿童文学作家之一。他一生为儿童写出了大量作品，被授予国际安徒生奖，这是世界儿童文学领域内的最高奖项。他的很多作品都被翻译成各国语言，陪伴全世界的儿童成长。

罗大里在《给仙人的信》这首诗里写到，一个穷人家的小孩子非常担心自己得不到礼物，于是就给仙人写了一封信。仙人就是我们中国人说的神仙，在外国孩子心中，圣诞老人、天使、小精灵们都属于仙人。仙人无所不知，无所不晓，而且还愿意帮助那些向他们祈祷的孩子。所以，这个孩子相信，如果仙人收到了他写的这封信，就会来帮助他实现自己的心愿。那么，这个可爱的孩子有什么心愿呢？我们先看这封写成诗的信——

第一段孩子就写道，不知道是真是假，他听说过仙人会把礼物放在袜子里，然后把袜子放在孩子枕头下。"不知道是真是假"这一句，告诉我们，这个孩子还从来没有得到过礼物，即便他那么乖，也不调皮，也从来没有在袜子里找到过任何东西。所有的孩子都有礼物，这个穷人家的孩子却什么也没有，但他没有抱怨和愤怒，只想自己再做好一点，期待仙人不要忘了他的存在。接下来孩子向仙人祈求说："今天是除夕，你的火车一定开过这里。"

诗人真是非常敏锐的人。他写到火车的时候，我就意识到，这个孩子因为从来没有收到礼物，所以他就无法想象圣诞老人坐着雪橇来。现代的孩子只见到过火车，在他们的心里，火车来自遥远的地方，仙人一定从那里来，因为对于一个孩子来说，只有火车这件事是可信的，所以他才想象仙人会坐着火车从这里经过，而且还是在夜里。因为只有夜里才是神秘的，夜里的黑暗会隐藏很多神秘的事情。从字面上看，他唯一担心的事情是害怕火车经过这里不停，其实他真正害怕和担忧的是什么呢？他担忧仙人和人间的人一样，是个嫌贫爱富的人，看不起穷孩子，不会给他礼物。但他没有这么说，因为他害怕仙人生气，真的忘记了他。所以这个可怜的孩子继续祈祷，而且提前感谢仙人对他们的眷顾，他说："仙人哪，我们要感谢得了不得，如果你坐上一辆慢车，在有孩子等你的每家门口停上一刻。"

这个胆怯害羞、听话懂事的穷人的孩子，他有什么样的经历，才会变得如此令人心酸、令人同情。一个富有家庭的孩子对礼物似乎并没有那么多渴望，因为很多礼物用钱就可以买到。这个穷人家的孩子是那么想得到一件礼物，哪怕是一件小小的礼物，因为对于一个孩子来说，礼物是什么？礼物是爱，得到一份礼物，就意味着有人爱你，关心你。这个才是孩子真正渴望的礼物，是爱。是你不必做什么就能得到爱，就是这样一份礼物。礼物对于孩子的意义并不在于它的货币价值。罗大里在这首诗里塑造了一个令人潸然泪下的孩子的形象，诗人的悲悯，诗人的善良，诗人对这个世界存在的贫穷、无情和冷漠是什么态度，你一定通过这首诗就了解了。亲爱的朋友们，当我们收到别人送给我们的礼物时，别忘了这个穷孩子，别忘了也许在我们身边，就有这样的穷孩子，或许我们也能为他们送一些小小的礼物，送一点点爱心。

狗

[日]金子美铃

我家的大丽花开的那天
酒铺的"小黑"死了

总是冲着
在酒铺前玩耍的我们
发火的老板娘呜呜地哭了

那天，我在学校
兴冲冲地说起这件事

一下子觉得空落落的

（田原　译）

【讲给孩子听】

　　一只小狗，睁着黑黑的眼睛看着你，湿漉漉的鼻子闻着空气，毛茸茸的小脑袋拱到你的怀里……亲爱的朋友，你喜欢小狗吗？你想不想养一只小狗？我们家曾经有过两只小狗，它们给了我和我的女儿无限的爱和欢乐。在法国，有个儿童心理专家叫多尔多，他说，给儿童照顾宠物的机会，可以使他完整地体验到付出爱与得到爱，这非常重要。养过小狗或者猫咪的人都知道，当你放学回家，小狗和猫咪就会跑过来和你亲热，拱到你的怀里，或者让你伸手抚摸它。小狗和孩子能建立深沉的友谊，也能在这个过程中随时安抚孩子孤单和受到委屈的心。这首诗是日本著名的童谣作家金子美铃写的。金子美铃很小的时候，她的爸爸就去世了。她的家庭很贫穷，她的妈妈早早让她嫁给了一个对她很不好的男人。离婚的时候，她的女儿被丈夫带走了，孤苦伶仃的金子美铃只活了26岁，就早早告别了人世。她写了大量动人的童谣，被非常非常多的日本孩子诵读和热爱。

这首诗的第一句就是"我家的大丽花开的那天/酒铺的'小黑'死了"。请注意，她首先记住的是"我家的大丽花开"了。那么我们就知道，她一定很喜欢花儿，大丽花开了这是一件让人高兴的事情，是一件美好的事情。接着呢，另外一件事却跟她似乎没什么关系，因为是邻居家、一个小酒铺养的小狗死了。小狗的名字叫小黑。这两件事，第一件是叫人高兴的，第二件呢？她高不高兴呢？下面她说，在酒铺门口玩耍时，总是呵斥她们的老板娘，呜呜地哭了。哦，她原来不喜欢小酒铺的老板娘，因为老板娘可能因为孩子们太喧闹，所以经常不高兴地呵斥孩子们。这样一个讨厌的老板娘养的小狗死了，而且她非常伤心，孩子应该幸灾乐祸、应该偷偷地感到高兴才对吧。所以，当孩子到了学校跟小朋友们说起这件事的时候，她觉得一个凶巴巴的大人伤心地大哭很好笑，是活该的。但是，为什么这个孩子说着说着，忽然又感到"空落落"难过了呢？嗯，那是因为死的是那只小狗，是小黑死了。这只小狗肯定不会呵斥孩子们，它一定曾经和孩子们一起玩耍，给孩子们带来了很多很多的快乐。这样一想，孩子的伤心就代替了她的幸灾乐祸，她和老板娘一样对小黑的死感到痛苦。那么，老板娘也不那么坏了，因为她也和孩子们一样，很爱这只小狗啊。

金子美铃虽然没有写出孩子对老板娘态度的变化，但是，她心里的难过却表达出了她内心微妙的变化：因为失去小黑的痛苦让她和老板娘之间有了一种联系，她发现这个老板娘并不是那么坏了，老板娘会为小黑哭，可见老板娘心肠并不硬，说不定孩子心里甚至有点同情老板娘了。

年轻的朋友，当我们特别不喜欢

一个人的时候,或者有点讨厌一个人的时候,我们也可以看看这个人有没有做过什么好事,是否也有善良的时候。这样一来呢,我们或许就会把自己内心的不高兴赶出我们的心灵了,我们也能学会对别人宽容,对别人更多一点理解了。

这首诗写出了一个孩子从对他人充满敌意到因为小狗的爱而心变得柔软的过程,把孩子脆弱的心灵、单纯而天真的天性微妙地呈现出来,真实而感人。给孩子读这首诗,能帮助孩子认识自己内心的委屈和痛苦,也能启发他们对人的爱和宽容。

那幸福的孩子
[英]威廉·亨利·戴维斯

今天我看见美丽的花儿密密层层怒放——
但没有一朵像那个孩子曾经采摘的那样。

我听到绿油油的园林里群犬吠叫——
但没有一只狗叫得像那个孩子曾经听见的那样。

今天我听见鸟儿一只接一只歌唱——
但没有一只像那个孩子曾经听到的那样。

我见过一百只蝴蝶——
但没有一只像那个孩子所看见的那样上下飞舞。

我见过许多马儿在草上打滚——
但没有一匹马像那个孩子看见的那样飞跑。

今天我的世界够可爱的了——
可就不像那个孩子曾经看到的那样。

(其翔 译)

【讲给孩子听】

亲爱的朋友,我小的时候,在家门口的空地上,种了几棵向日葵。每天放学之后,我放下书包,就拎着小桶去给向日葵浇水。向日葵每天都在长高,它的叶子每天都在变化。三个多月以后,向日葵就超过我了,而且还生出了一个个大大的花苞。花苞在白天总是朝着太阳的方向,真是好神奇啊!过了没多久,向日葵一个接一个开花了,金灿灿的花盘,越长越大,里面的籽粒也越来越饱满。到了秋天,向日葵成熟了,沉甸甸的花盘低垂了下来。收割向日葵的那天,我哭了。我的爸爸说:不要哭,把它的种子留下来,明年还可以继续种。我的小伙伴们都分享了我的向日葵,他们说可好吃了。但是,我却没有吃,我宁可去街上买别的向日葵吃,也不舍得吃我自己种的向日葵。因为向日葵是我种的,我对它有很深很深的感情。感情这个东西很神秘,它到底是怎么来的呢?今天我们就讲这首英国诗人威廉·亨利·戴维斯写的《那幸福的孩子》。

威廉·亨利·戴维斯,出生在英国,在他三岁的时候,他的父亲去世了。后来,他到处流浪,因为生活很贫困,他也做过一些错事,他偷了别人的东西,因此坐了牢。再后来呢,他被释放以后,因为一次车祸,又失去了一条腿。从那以后,他决心要做一个好人,就开始学习写作。他写了很多诗,还出版了自传《一个超级流浪汉的自白》,著名戏剧家萧伯纳为他写了序言。

萧伯纳可是大名鼎鼎的作家,所以这对于戴维斯来说,可是非常大的鼓励。

这首《那幸福的孩子》写的是什么呢?他写有很多很多很美丽的花儿开放了,林子里有很多狗在叫,许许多多的小鸟儿在枝头唱歌,还有一百只蝴蝶在飞舞,一大群马儿在草地上打滚儿。但是呢,这么多这么可爱的事物,却还是有点遗憾啊,因为诗人说,那么多花儿,没有一朵能比得上被孩子摘下过的那朵好,那么多欢叫的小狗,没有一只比得上孩子曾经听过的那一只叫得好听,那么多鸟儿、蝴蝶和马儿,都没有被孩子看到、听到的那一只鸟儿、那一只蝴蝶、那一匹马儿好。为什么呢?这是因为它们和孩子有过亲密的接触,比方说,孩子特别喜欢那朵花,花朵把自己的芳香送进了他的鼻子里,比方说孩子喂过或者抚摸过那只小狗,孩子的手上停留过一只蝴蝶，孩子骑过那匹马在草地上奔跑……所以，孩子会和它们产生感情，所以，它们不同于其他的花朵、蝴蝶、马儿、狗等等。

还记得我一开始说的那个故事吗？就是我种向日葵的故事，也是这个道理。因为我付出了我的时间去给向日葵浇水、捉虫子，我每天都去看它，所以在我的眼里，它和大街上卖的向日葵是不一样的。我们这首诗里的孩子，也是这样的。他对那些和他接触过的东西有感情，他们在一起的时候，这朵花和小狗、鸟儿，也把它们的芳香、它们友好的叫声给了这个孩子，所以，他们之间的感情就这样产生了。想一想，你和爸爸妈妈在一起，是不是因为你们彼此相爱，你们在一起共同生活，所以才有了感情呢？你爱自己的爸爸妈妈肯定比爱别人的爸爸妈妈要多一些，对吧？因为你们彼此给予对方的要比别人多了很多很多。

这首诗的最后说：今天我的世界是够可爱的了——可就不像那个孩子曾经看到的那样。哦，读到这里，我忽然明白了。原来，诗人是在回忆他的童年时光，是羡慕那个还是孩子时的自己啊。这么一想，我就更加明白了诗人心中淡淡的忧伤，这是因为当

人们还是孩子的时候，他们的心灵最纯洁，他们的心性最天真，童年的时光是最美好的时光，童年时看到的听到的一切，都那么美好地留在记忆的深处。所以，这首诗写的是留在我们记忆中的往事，这些往事之所以被我们记住，是因为在这些往事里有我们的感情，有我们的幸福的感觉。

为什么我们会对一个人或者某段人生产生感情呢？那是因为我们和这个人彼此都赠予了自己拥有的东西：时间、微笑、爱和喜欢、体贴入微的帮助、无声的安慰等等。这些东西在时光中留下了生命的温度和刻度，当我们慢慢长大，回想起这些时刻、这些人和事物的时候，留在记忆深处的感情便会像井底的泉水般翻涌上来，让我们看清我们自己，看清那些难忘岁月里我们曾经爱过的人和事物，而正是这一切，赋予我们生活的意义。

亲爱的朋友，珍惜你们现在的时光吧，因为在童年时期，每个孩子都是天使啊！

维修外星人

[中]津渡

这样的事情我一周干一次
他们从太空舱里走出来
我就准备好了护理床

雷德诺，丘拜停，或者伍云道
就是这样好听的名字
黄金手掌，洋铁皮一样的笑脸

清洗完后脑上的螺纹沟
盖上合金椰子壳
我给他们眼眶里填上五角星

再来一点简单的眼药水
捏一瓣橘子，挤几滴橘子汁
我用柠檬片擦洗他们的牙齿

我检查他们水晶花一样的心
香水瓶吸管一般的肠胃
我用雪花膏的润滑剂

我给他们长腿里的弹簧充满云
最后系好锆丝鞋带
他们就跳出去，消失在银河系里

【讲给孩子听】

亲爱的朋友，我们今天讲讲外星人。外星人，谁见过呢？有新闻报道说，金字塔就是外星人造的。也有报道说，有人曾经见过外星人，还被外星人掳到飞碟上，飞到另一个星球，又送回地球。在电影里、科学幻想小说里，外星人长得奇形怪状：有的眼睛长在头顶上，像两只大大的灯泡；有的外星人有八只脚，十二根手指头；有的外星人没有鼻子，只有鼻孔，还朝着天，反正是千奇百怪。科学家们说，宇宙这么大，一定有外太空生物存在，这些外太空生物就是外星人。今天，我们就讲一首和外星人有关的诗，这首诗是一个很厉害的修理工写的，他的任务是把坏了的外星人修理好，并把修理的过程写成诗给亲爱的朋友们看。

这首诗的作者叫津渡，他可是真的修理工。他告诉我们，他一周只上一次班，因为出了问题的外星人一周只被送回来一次。让我们看看外星人是什么样子吧。

这些外星人平时都在太空舱里生活，他们到来的时候，修理工就像医院的大夫那样准备好治病的床。这些外星人都有自己的名字，他们叫雷诺德、丘拜停，或者伍云道。前两个名字很像外国人的名字，伍云道呢，很像中国武侠小说里的名字。这些名字都很好听。这些外星人有着黄金做的双手，他们的脸也是金属的，就像白亮亮的洋铁皮一样，脸皮好厚啊——好了，病人们来了，我们的修理工要开始工作了。

他首先给外星人清洗了后脑勺上的螺纹沟，清理完后，就盖上了合金椰子壳，哈，我们这才知道，这些外星人的脑壳是用合金做的，像椰子一样圆溜溜。他们也像人类一样有大脑沟回，只不过他们的大脑沟回像螺丝纹，我们的却像核桃仁。

外星人的眼睛什么样呢？修理工告诉我们，他们的眼眶里装了五角星！他们的眼珠是五角形的，我们的眼珠是圆的。好了，接下来，修理工开始给外星人治眼病了。他用的药水是橘子汁，他给外星人刷牙用的牙膏是酸酸的柠檬片。这太有意思了，就像在玩儿一样。

这些外星人像我们人类一样有心脏吗？有。我们的心脏是桃形的，会突突地跳，外星人的心脏却像是亮晶晶的水晶花。他们的肠胃像弯弯曲曲的香水瓶的吸管，修理工清理这些肠胃时，要用润滑剂，这些润滑剂很容易找到，就是我们平时用的雪花膏、擦脸油。

当修理工把这些外星人的肠子肚子都修理清洁完后，他就开始给外星人大腿里的弹簧充满云——咦？弹簧我知道是增强弹力的东西，为什么要像给自行车轮胎充气一样，给外星人充那么多云呢？修理工没告诉我们。我想，大概云在外星人身上会产生某种能量吧。

最后一道工序终于到了，修理工给外星人系上鞋带，这鞋带是锆丝做的。锆，是一种能够耐高温、耐腐蚀的金属，这样的鞋带非常结实。鞋带一系好，这些顽皮的外星人就彻底康复了。他们长腿一蹬，就跳到银河里去了，比孙悟空的筋斗云还远、还快！

这首诗很简单，讲的就是你们从没见过的外星人修理工是怎么修理外星人的，外星人的身体构造是什么样的。但这首诗又不是那么简单的，因为有一天我问这个修理工，外星人真的是那个样子吗？他狡猾地看着我说：你觉得呢？我啊，我觉得真的是那个样子哦！这些外星人说不定就是这个名叫津渡的修理工做出来的，他可真了不起！

我就想办法
[中]玄武

房子后面小哥哥
跪在大门口哭,
他爸爸一直踹他。

我爸爸不给他救命
说没办法,他逃学
他爸爸也不对。

趴窗户感冒了
我爸爸很生气,
他没有踹我。

谁也不能踹我。
谁敢我就使劲打
我就想办法。

【讲给孩子听】

　　亲爱的朋友,这首诗的作者叫玄武,他是个非常有心的爸爸。他有个聪明活泼的儿子,才三岁,小名叫臭蛋,哈哈,这个名字可真逗。臭蛋经常会说出一些很有意思的话,这位玄武爸爸就帮孩子把这些话记录下来,整理成诗。我们今天讲的这首诗,就是玄武爸爸和小臭蛋合作的一首诗。

　　亲爱的朋友,刚才你听到了,这是一首有点叫人不高兴的诗,为什么不高兴?因为臭蛋看到邻居家的小哥哥在挨打。这个小哥哥跪在大门口,而他的爸爸一直在踹他。太吓人了,一个大人一脚下去可疼了!那个小哥哥一直在哭,是啊,这样小的孩子,谁能忍受得了!怪不得小臭蛋非常震惊,于是,他就去找自己的爸爸,让自己的爸爸去救那个小哥哥。

　　小臭蛋的爸爸去了吗?没有。小臭蛋说"我爸爸不给他救命"——他用了"救命"这个词。一般来说,只有当一个人的生命受到了严重威胁的时候,才会用救命这个词:救命,十万火急!小臭蛋一定觉得小哥哥快要被打死了,才去叫爸爸救命。但是,爸爸没有去,因为爸爸知道小哥哥为什么挨打,小哥哥逃学了,所以他的爸爸才打他。从这些话里,我们能猜到臭蛋自己的爸爸其实也是不喜欢孩子逃学的,他认为孩子逃学是不对的。但是,他也说,小哥哥的爸爸也不对!也就是说,他认为逃学是不对的,打孩子也是不对的,而且这是别人家的事,他可能不好出面干预,于是,臭蛋的爸爸只能叹息，说："没办法。"大家记住了，作为一个大人，臭蛋的爸爸对于别人打孩子这件事情，是没有办法的。

那么臭蛋怎么想呢？

臭蛋想到自己有一次趴在窗台上时间太长，受凉感冒了，生病了，自己的爸爸很生气。为什么生气，因为爸爸很爱孩子，心疼孩子，所以小家伙把自己弄生病了，爸爸当然是又心疼又生气了。但是，臭蛋的爸爸即便是生气了，也没有去打自己的孩子。这是一个和小哥哥的爸爸不一样的爸爸。臭蛋的爸爸爱孩子，孩子做错事了，他也不会很暴力地打孩子。他是个很理智的爸爸。小哥哥的爸爸就不理智，而且还很暴力。小臭蛋看到小哥哥被他爸爸用脚踹，想到了自己惹爸爸生气，但爸爸也没有踹自己，是不是心里还很感激爸爸呢？是不是觉得爸爸爱自己，比那个小哥哥的爸爸好一百倍呢？

这首诗的最后一段，小臭蛋想，虽然那一次感冒爸爸没有踹我，但是，谁也不能踹我！他就是这么想的，谁也不能，当然也包括了自己的爸爸，爸爸也不能打我踹我！因为孩子是弱小的，是需要保护的，孩子不是爸爸妈妈的私有财产，孩子还是国家的孩子，是全人类的孩子，谁都不能打孩子！

——讲到这里，我要提醒爸爸妈妈们，瑞典在几十年前就已经立法不能打孩子了，谁要是打孩子谁就是犯法，严重的就要抓进监狱，判刑坐牢。随后很多国家也制定了不许打孩子的法律，并且得到了严格的执行。在这些国家，一旦有人打孩子，不管是陌生人、老师，还是亲生父母、爷爷奶奶，只要你敢打孩子，那你的麻烦可就大了。谁见了谁都可以报警，孩子自己也可以报警，警察一来，你就完了，就得面临监禁、坐牢、罚款，剥夺你养育这个孩子的权利。孩子会被送到一些专门的机构，或者受人尊敬的家庭，由他们来抚养保护。因为孩子不属于谁，他们是国家的孩子，是一个国家的宝贝，人人都有义务保护他们，政府也会养育他们。

在我们这首诗里，小臭蛋很勇敢，也很聪明，他意识到谁也不能打自己，所以他就要争取自己的尊严和权利。他说，谁也不能踹我。谁敢，我就使劲打，我就想办法！大家听好了，第一，臭蛋知道自己的尊严和应有的权利；第二，他知道面对暴力必须反抗，所以他也会使劲回击。但是呢，他毕竟是个孩子，那么弱小，肯定打不过大人，因此，他有了第三个想法，那就是如果打不过，就要想办法。想什么办法呢？臭蛋没说，但就是这一句"我就想办法"，就比臭蛋的爸爸要高明，因为爸爸面对小哥哥挨打，说的是没办法。臭蛋的想办法，和爸爸的没办法相比，臭蛋还是非常聪明和勇敢的。

不过，话又说回来，臭蛋懂得这些道理，是谁告诉他的呢？当然是爸爸和妈妈了！

亲爱的朋友，打孩子是一种野蛮的暴力，只有内心懦弱、不知道怎么教育孩子的人才会气急败坏打孩子。嘴上说打你是因为爱你，这种说法我是不认同的。大街上遇到一个人，劈头盖脸揍你一顿，然后说是因为太爱你了，你信吗？鬼才信！

中国在2016年3月，也开始施行《中华人民共和国反家庭暴力法》，明文规定不许打孩子，也不许打老婆或者打丈夫，总之在家里不许打人。这就是法律。孩子们，爸爸妈妈们，你们可要记住啊。

打骂孩子在中国似乎是常见的事，并且还都打着"我为了你好"的名义。这首诗以一个三岁孩子的口吻，写出了孩子面对暴力时的恐惧、愤怒和争取自己权利的抗争心情。这首诗提醒家长，暴力并不能解决任何问题，对弱小者实施暴力是不对的，只有爱才是抵达孩子心灵的唯一道路。

雪 人
[意] 贾尼·罗大里

雪对于雪人来说十分美丽,
雪人生命短暂却很快乐。

他站在院子里当卫士,
只戴一顶小红帽。

他不会生冻疮,
也不得风湿和感冒。

我知道有一个地方,
那里只有他一个人不饿。

雪是白的,饥饿是黑的,
儿歌就唱到这儿吧。

(邢文健　亓菡　译)

【讲给孩子听】

　　亲爱的朋友们,今天我给大家介绍一首非常杰出的童诗,诗的题目是《雪人》。

　　我们前面讲过一首诗叫《给仙人的信》,是一个叫贾尼·罗大里的意大利诗人写的。今天这首《雪人》也是他写的。

　　雪人,想必大家都见过吧。下过雪之后,大人和孩子们出门扫雪,把扫起来的雪堆成雪人,胡萝卜当鼻子,煤核或者小石头当眼睛,雪人站在街头,在家门口,非常好看。

　　所有的孩子都相信雪人和我们一样有生命。不过,令人惋惜的是,太阳一出来,雪人就融化了。每年都会下雪,每年我们都会堆雪人,所以,从这个角度看,雪人还会以另外的样子出现在我们的生活中,仍旧那么洁白,那么可爱。

　　罗大里这首诗一开始就告诉我们,雪人的生命很短暂,但即便如此,它依然会给我们带来无限的快乐。它像忠诚的卫士一样,不用穿衣裳,只戴着一顶小红帽站在院子里。它喜欢雪,也不害怕寒冷,所以它也不会感冒和生冻疮。

　　罗大里为什么这么写呢?

　　因为这世界上有很多孩子没有温暖的手套和棉衣,他们的家里可能也没有暖气。小手和小脚在寒冷中时间长了,就会生冻疮,就会又痒又疼,然后溃烂。罗大里写雪人不感冒、不生冻疮,是在提醒我们想到那些穷孩子，他们因为贫穷和寒冷，会感冒生病，手脚和脸上会长满冻疮。

接下来他说："我知道有一个地方，那里只有他一个人不饿。"

我读到这句话的时候，眼泪一下子涌了出来。

我们知道，雪人不需要吃饭，也不需要棉被棉衣保暖。它当然不会饿，也不会渴。罗大里说的那个地方，只有雪人不饿，我们就知道那里所有的人、所有的孩子，都在忍受着饥饿和寒冷。所有的人都吃不饱、穿不暖，这是多么可怕的事情啊！你们能想象一下吗？如果那就是我们，我们每天没有东西吃，随时都会饿死，会是怎样悲惨的一件事情。

接下来，罗大里没有描写那里的人们饥寒交迫的情形，他只是说了一句："雪是白的，饥饿是黑的，儿歌就唱到这儿吧。"诗人为什么没有大段地描写遭受饥饿的人们悲惨的情形呢？因为他想让我们自己去想象那些人的生活。这样的写法给读者留下了无穷的想象空间，是非常震撼人心的。

儿歌一般都是快乐的，因为孩子们的天性就是天真快乐。但是，诗人看到那些没有饭吃、没有衣穿的孩子悲惨的生活，他已经伤心欲绝，再也无法写下去了。

想想看吧，洁白的雪人，欢乐嬉闹的孩子，本来应该是一幅欢乐的景象，但可怕的饥饿把这一切都染黑了，像黑夜一样黑，像死亡一样黑。

我在想，诗歌是什么呢？诗歌是想象力，它让我们能够想象到我们之外的其他人，想象到他们的欢乐或者痛苦；让我们能够有同情心，像一个真正的人那样同情别人，爱别人，尊重别人；让我们能够在生活中去做一些事情，去帮助那些需要帮助的人，这才是我们读诗、学诗的真正目的。

你说是吗？

这是一首太容易被忽略的杰作，它掩藏在平淡无奇的语调中。

洁白的雪人、天真的孩子、快乐喧闹的情形，这是映入我们眼帘的场景。但在它的后面，诗人告诉了我们另一种生活。在那样悲惨的生活中，没有生命的雪人被许多人羡慕，因为雪人不必害怕饥饿和寒冷。看似不经意的突然转折，震撼读者的心灵。

国际安徒生奖得主贾尼·罗大里的这首经典之作，将极其克制的哀伤、举重若轻的表达与仁慈良善之情融于一体，在不知不觉中孕育着儿童们的悲悯之心。

实　话
[中] 顾城

陶瓶说：我价值一千把铁锤
铁锤说：我打碎了一百个陶瓶

匠人说：我做了一千把铁锤
伟人说：我杀了一百个匠人

铁锤说：我还打死了一个伟人
陶瓶说：我现在就装着那伟人的骨灰

【讲给孩子听】

　　亲爱的朋友，你玩过一种叫大象和老鼠的游戏吗？在这个游戏里，大象最大，然后是狮子，接下来是狼和狗，然后是猫和老鼠，老鼠最小。把这些动物做成纸牌，大家出牌后，谁的动物大，就可以吃掉对方。比如，你出了一只狼，我出了一只猫，狼比狗和猫都大，所以你就赢了，我输了。

　　在这个游戏里，最大的是大象，但是，有一个最小的、不起眼的小家伙能治得了它，这个小家伙就是老鼠。小老鼠如果钻到大象的鼻子里，大象就会很痛苦，非常害怕，所以它们俩遇到一起，老鼠就会赢了谁都害怕的大象！这个故事很有意思，我们今天讲的这首诗，和这个游戏有很相似的地方。这首诗的作者顾城给诗起了一个名字叫"实话"，我们就看看什么样的话才叫实话。

　　在这首诗中，有四个人物在说话，分别是陶瓶、铁锤、匠人和伟人。第一个发言的是陶瓶。陶瓶很骄傲地说自己的价值很大，要用一千把铁锤才能换一个陶瓶。铁锤马上反驳它说：你有什么了不起，我曾经打碎过一百个陶瓶！

　　是啊，铁锤虽然没有陶瓶值钱，但铁锤能够很轻易地打碎陶罐陶瓶。在铁锤面前，陶瓶的价格没什么用。

　　既然铁锤这么得意，那制造了铁锤的匠人就更厉害。匠人说："别那么得意，有一千把铁锤都是经我的手做出来的！"他话音未落，一个伟人开口说话了，他说："哼哼，我杀过一百个匠人！"匠人是干什么的？匠人是最普通的劳动者，做木工的叫木匠，做铁器的叫铁匠，盖房子的叫泥瓦匠，他们都是普通人。但是伟人可就不一样了。伟人，从字面上看，指的是伟大的人，通常也指那些拥有很大权力的人，他们可不是普通人。因为拥有很大的权力，所以他们也很危险。比方说，他们能发动战争，他们能让一个国家和平富裕，也能让成千上万的人死去。所以，在这首诗里的伟人就不是一个真正的伟人，而是一个暴君，因为他居然杀了一百个匠人。但就在这个时候，匠人造的铁锤听不下去了，它说："我还打死了一个伟人。"当然了，人的脑袋是经不起铁锤狠狠的一击的，任你是伟人也没用。而最脆弱的陶瓶这时接上话说："我现在就装着那伟人的骨灰。"

在这首诗里，每个人物，不管是陶瓶、铁锤，还是伟人和匠人，都有他们的价值和权利，这四个人物放在一起，组成了一组关系，就像我们开头讲的大象和老鼠的故事，那个看起来最有力量、权力最大的角色，往往被看起来最弱小、最没有权力的人推翻或者消灭。就像大象被小老鼠制服一样，伟人也丧命于一把普通的铁锤。

这首诗的题目叫《实话》，说明它不是在给孩子编故事，而是告诉大家，这些都是真的，不是杜撰的。因为不管是大自然还是人类社会，每个成员都不可避免要与其他成员发生关系，这种关系互相制约，达到一种生态平衡。就像大鱼吃小鱼、小鱼吃虾米、虾米吃污泥、没了污泥也饿死大鱼，这就是实话对吧。千里大堤溃于蚁穴，也是一个例子。这首诗告诉我们，谁也不要自高自大，谁也不要欺负别人，因为真的不知道有哪个被欺负的人，会改变世界的关系，最后因果报应到你自己身上。我们永远要记住，尊重比你弱小的人，只有这样，你才是安全的。

想想别人

[巴勒斯坦] 穆罕默德·达维什

当你做早餐时想想别人，
别忘了喂鸽子。
当你与人争斗时想想别人，
别忘了那些想要和平的人。
当你付水费单时想想别人，
想想那些只能从云中饮水的人。
当你回家，回你自己的家时，想想别人，
别忘了那些住在帐篷里的人。
当你入睡点数星辰的时候想想别人，
还有人没有地方睡觉。
当你用隐喻释放自己的时候想想别人，
那些丧失说话权利的人。
当你想到那些遥远的人们，
想想你自己，然后说：
"我希望自己是黑暗中的蜡烛。"

（曹疏影　译）

【讲给孩子听】

亲爱的朋友，今天，我们要讲的这首诗，是巴勒斯坦国歌的作者写的，他的名字叫穆罕默德·达维什。达维什是当今阿拉伯地区最伟大的诗人之一，也是《巴勒斯坦国民宪章》的主要起草人。这个出生在小村庄的诗人，出版了三十多部作品，获得过很多奖项。现在，我就给你讲一讲这首《想想别人》。

我们的一天从早上开始，这首诗呢，就从早上吃早餐的时候开始写起。诗人提醒我们，当我们吃早餐的时候想想别人。他没有说要我们去想哪个人，而是说，别忘了去喂鸽子。这是什么意思呢？我们吃早餐的时候，应该想一下还有人没有早餐吃，不仅仅是人，或许你养的鸽子还在饿着呢。由我们自己联想到其他人，其他的生命，这是多么宽广的胸怀啊。一切生命都是平等的，你饿的时候，也有人在饿着肚子，你吃饭的时候，还有人和其他的动物没吃东西，所以诗人跟我们说，别忘了喂鸽子。

接下来他又说，当你和别人争斗的时候，别忘了那些想要和平的人。哎呀，是啊，有时候我们觉得自己很有道理，就会气势汹汹地跟别人吵架，甚至一个国家会发动军队去和别的国家打仗，这个时候我们就该想一想，这世界上有很多人希望不要有战争，人与人之间不要吵架打架，遇到问题我们可以心平气和地坐下来，讲道理，不要用语言辱骂别人，用枪炮打死别人。达维什从吃早餐开始写起，写到了鸽子，紧接着又写到了和平这样大的问题，他的想象力真是太丰富了。

　　第二小节呢，他说："当你付水费单时想想别人。想想那些只能从云中饮水的人。"亲爱的朋友，我们现在住在城市里，我们每天喝水、做饭、洗衣、洗澡，都要用到水，这些水都是经过自来水公司消毒后，用水管接到我们家里的，所以我们用水要交费。我们只用伸手一拧水龙头，水就哗哗地流出来了，真是太方便了。达维什让我们别忘了那些从云中饮水的人，什么叫从云中饮水呢？我们知道，云是水汽升腾后形成的自然现象，云里面都含有水分，这些水分凝集得越来越多，就会落下来，这就是我们说的雨水。"从云中饮水"的意思，就是只能靠雨水活命的人。那些生活在干旱地区、戈壁沙漠的人，都应该是从云中饮水的人。

　　我记得有一个新闻报道，说西北山区的一些地方，人们很多年都没水洗澡，要走很远的路运水，一盆水先洗菜淘米，然后再洗脸洗手，再然后洗衣服，浇地，真是非常艰苦。达维什这行诗也在提醒我们，当我们拥有一些东西的时候，我们要珍惜，因为很多人不可能像我们一样拥有这些东西。诗写到这里还没完，诗人继续从我们平常的生活想到，我们有房子住，但有人只能住帐篷，或者睡在露天的角落，流浪在街头，无家可归。最可怕的是，我们有自由，但有一些人没有自由，连说话的权利都没有。在这个世界上，有一些地方被坏人统治着，所有反对他们的人，都会被抓起来，关在牢里，他们就是被剥夺了自由和说话权利的人。那些生活在恐惧中的老百姓，也是这样的人。这是最严重的事情，是最可怕的人类的灾难。达维什让我们想想别人的遭遇，是为了什么呢？这首诗的最后一段就给了我们一个回答，他说："我希望自己是黑暗中的蜡烛。"他列举了很多不幸的人们，他们就像生活在黑暗之中，没有未来，没有明天，但诗人希望当我们想到他们的时候，我们要像蜡烛那样，给他们带来光明和温暖，应该尽我们的努力，帮助这些人改变他们的命运。这是一首充满了爱的小诗，它让我们想到，一个人可以跳出自我、自私的狭小天地，进入一个辽阔的、和人类共命运的世界。

　　无论是在家庭还是在学校和社会，爱的教育永远是第一位的。人人都需要爱，这样的爱又要靠人人都付出爱才能实现。这首诗列举了很多例子，通过对他人的想象，培养孩子的同情心和善良，直至有一天，这善良也会回赠到诸位的身上。

一把苦艾草

[俄]鲍·谢尔古年柯夫

一只羊，早晨起来咩咩叫，
主人给它端来一筐红苹果。

苹果真甜啊，
羊很快就吃完了。
它说：我还要。

主人又给它端来一盘桃子，
羊很快又吃完了。
它说：我没吃饱，我还要。

主人给它拿来一捆新鲜的青草，
羊又吃完了，说：我还要。

主人想了想，递给它一把苦艾草。
羊在嘴里嚼了嚼，吐出来，说：
够了。现在我吃饱了。

（林庆祺　林光杞　译）

【讲给孩子听】

亲爱的朋友，曾经有个小孩儿对我说："我最想听到大人问我的话就是——你想要什么。"我问这个小孩儿："为什么呢？"

小孩儿回答说："这样我就可以得到我想要的东西了。"

我说："有些东西可能你想要也得不到呢。"

"什么东西？"他赶紧问我，我就告诉他："星星！你能让你的爸爸摘一颗星星给你吗？就算他能把星星摘下来，你把它放在哪儿？你的床肯定放不下，你家、你家那栋大楼也放不下，这么大的东西你一个人没法独占吧。"

小孩儿眨眨眼睛，认为我说得对。不过，他还是说，他想要这，他想要那！我问他："感冒你也想要吗？肚子疼也要吗？"

小孩儿笑了，摇着头说："不要！"

想要某种东西，这种强烈的感觉就叫欲望。今天我们讲的这首《一把苦艾草》，就和欲望有关。

这首诗的作者叫谢尔古年柯夫，他是一个非常非常伟大的作家，他写过很多童话和散文。他大学毕业以后，到了一片森林里当护林员，在森林里待了整整九年，写下了很多赞美大自然的神奇的文章。现在，谢尔古年柯夫爷爷住在俄罗斯的彼得堡，他的小院子里种了很多小苹果树。夏天的时候，他会住到森林里去；冬天的时候，他就住到俄罗斯的大诗人普希金曾住过的地方，那个地方就是彼得堡的皇村。这首《一把苦艾草》，讲的是一只羊的故事。

这只羊一大早饿了，主人就给它端来了一筐又甜又脆的苹果。苹果又脆又甜，谁都爱吃对吧。苹果对于羊来说，就相当于我们吃甜点，吃冰激凌和蛋糕，当然很好吃了。我们人类一般吃一个苹果，顶多吃两个就觉得快饱了。但这只羊居然把一筐苹果都吃掉了，还嚷嚷着说饿，所以，羊的主人就给它端来了一盘桃子。一盘桃子也不少，但这只羊吃完了还是觉得不够，它还要。我们大家想一想，一只羊的肚子有多大啊，这么吃下去，会不会撑破了肚皮啊！但是，这只贪得无厌的羊，还是不满足，它继续咩咩叫着，还要吃。这次，善良的主人没有苹果了，也没有桃子了，只好给它一筐青草。羊儿本来就是吃草的，况且是这么新鲜的草。这只羊很快就把满满一筐草吃完了，它居然还要！这太过分了，主人一定非常担心这只羊会撑死，他得想一个办法阻止这只羊无休无止的欲望。这只羊的主人是个非常聪明的人，他想了一想，就拿了一把苦艾草给这只羊吃。苦艾草，顾名思义，是一种特别苦的草。这只羊把苦艾草放进嘴里嚼了嚼，赶紧就吐了出来，它终于说：够了，我吃饱了！哈哈，这只羊终于吃饱了。

真的是这样吗？

肯定不是！因为按照羊的肠胃来说，第一筐苹果吃完后，就应该吃饱了。没有饱的是它的欲望，那种特别特别想吃好东西的欲望，让它停不下嘴。为什么呢？因为苹果很甜，它太想占有这些好吃的东西了，所以，在吃了一筐苹果、一盘桃子、一筐青草后，它并没有满足，一直到吃了一口苦艾草，它才停止了自己的欲望。因为苦艾草那么苦，谁爱吃苦东西啊？没人爱吃苦对吧。这个故事让我想起那些穷孩子，他们平时吃不饱，如果忽然得到了一颗糖果，也不舍得吃，经常是舔了又舔，用糖纸把糖球包好，第二天再接着舔。这些吃过苦的孩子懂得甜蜜的珍贵，他们小心翼翼享受这甜蜜带给他们的感觉，珍惜这小小的幸福。人吃点苦头是件好事，只有经历过痛苦的人，才知道幸福的可贵和来之不易。人的欲望也是如此，放纵自己的欲望是件可怕的事，人间还真有放纵欲望导致死亡的事情：喝酒不节制，吃糖不节制，沉溺于某种不健康的活动、不良的嗜好等等，都会给人带来灾难和毁灭。一个人是不能为所欲为的，如果这只羊的主人没有给它喂那把苦艾草，而是继续给它吃苹果、桃子，这只羊的命运一定是悲惨的。所以，懂得满足，懂得万事万物的有限，懂得克制我们过分的欲望，才是一种健康的生活态度。

某些时候，过度的贫穷和过度的溺爱，都可能造成孩子欲望的放纵。一旦放纵自己的欲望，这个孩子就会在生活中毫不节制，为所欲为，造成可怕的后果。这首诗通过一把苦艾草制止住羊无休无止欲望的故事，告诉我们：有时候吃点苦头对孩子们是有好处的，只有能克制自己的欲望，才能珍惜你拥有的一切，才能真正知道什么是痛苦、什么是幸福。

最难的单词

[德] 约瑟夫·雷丁

最难的单词
不是
墨西哥的
山名——波波加特帕托,
不是
危地马拉的
地名——
乞乞加斯坦兰戈,
不是
阿非利加的
城名——阿瓦卡杜哥。
最难的单词
对许多人来说
是:
谢谢!

(柳笋 译)

【讲给孩子听】

哈喽,大家好!

"哈喽(hello)",是英文里打招呼的一个说法,就像我们见了面说声"你好啊",再见的时候说"拜拜(bye-bye)"。"哈喽"和"拜拜",如果你学习外语,就知道这是外语单词。

我们中国人开始上学,学着写自己的名字——请注意啦,我们学习的是字,一个字一个字连在一起,就成了词。比方说,我认识一个"蛋"字,需要给它找个小伙伴,找到了"鸟"字,它们在一起就是"鸟蛋"。找到了"鸭"字,就组成了"鸭蛋"这个词。找到了"坏"字,就组成了"坏蛋"这个词。我们中国人的文字组成,就是一个字一个字,然后组成词。一般都是两个字、三个字等等,组成一个词。比如:"星星"、"月亮"、"玫瑰花"、"香喷喷"。外国人用的都是字母,ABCD……他们很少有单独的字。我们有字和词,他们不分这个,他们统统叫单词。"哈喽"、"拜拜",都是单词。那么,有谁知道世界上最难的单词是什么?今天我们讲的这首诗,题目就是《最难的单词》。

我先问个问题:你会说绕口令吗?你学过没有?

我曾给一些学习播音主持的学生讲过课。我记得一进校门,就听到他们在嘟嘟囔囔背东西,背什么东西呢?我一听就乐了!

八百炮兵奔北坡，
北坡炮兵并排跑……

还有更难的：

红鲤鱼家有头小绿驴叫李屡屡，
绿鲤鱼家有头小红驴叫吕里里。

哎呀，太难了！这是绕口令。我们今天讲的这首诗的作者叫约瑟夫·雷丁，他是一个德国人，出生在1929年。他写过小说、广播剧，也给孩子们写诗。他的诗在德国深受孩子们的喜爱。今天这首《最难的单词》很好玩，也很有深意。诗歌的开头，雷丁就举了一个例子，他说世界上最难的词，不是墨西哥的一座山的名字。这个名字好难念啊，就像我们前面说的绕口令，我们一起读一读这座大山的名字："波波加特帕托"！

雷丁接着又举了一个例子，他说，世界上最难的词，也不是危地马拉的一个地名。危地马拉你们知道在哪里吗？它在墨西哥的南边，这两个国家都讲西班牙语。西班牙语的单词发音比较长，所以，雷丁说在危地马拉有个地名，这个地名叫"乞乞加斯坦兰戈"，是不是念起来也很拗口？但这都不是最难的单词。雷丁又举了一个例子，他说最难的单词也不是阿非利加的城市名，阿非利加就是非洲，这座城市叫阿瓦卡杜哥。他一连举了三个例子，这三个单词读起来很麻烦，很长，很拗口，但这都不是最难的单词。在雷丁那里，最难的单词是："谢谢"。

我们汉语说"谢谢"，英文说"thank you"！德语说"danke"，法语说"merci"，日本人说"ありがとう"！

"谢谢"这个词很简单，我们中国人张嘴很快就说出来了。但为什么雷丁说"谢谢"这个单词是最难的？在这首诗里，他并没有给我们答案，他举了那么多例子，那么多很难念很难记的单词，只是为了告诉我们，最最简单的"谢谢"这个词，反倒是最难的单词，你知道为什么吗？

在生活中，每天我们都和别人打交道，有很多人都在为我们做着工作，有些我们能够看到，比方说妈妈给我们做饭，爸爸带我们出去玩，姥姥姥爷给我们买玩具。那些我们看不到的人呢，他们有的在种地，这样我们才有粮食吃，有的在种棉花、织布，这样我们才有衣服穿；有人在修路；有人在造汽车、火车、飞机；有人在研

041

究如何发明创造，如何制定保护我们所有人的法律……我们能活在世上，是因为有很多很多人在帮助我们，给我们提供食物、安全、房屋等等。但有多少人会想到对他们说一声"谢谢"呢？那些清晨起来为我们扫地的清洁工人、那些建筑工人、我们不认识的农民、工程师等等，我们即便看不到他们，也应该在心中充满感谢对不对？

往小里说呢，每天我们从睁开眼醒来，到晚上躺下睡觉，习惯了给别人提要求，比方说："妈妈，我饿了！""爸爸，我鞋带开了！""奶奶，我要吃巧克力！""爷爷，你给我收拾玩具吧！"好了，妈妈就把饭给你做好，爸爸给你系鞋带，奶奶给你买巧克力，爷爷帮你收拾玩具，你会对他们说声"谢谢"吗？如果他们每天都为你做这些，你可能觉得这都是他们应该做的啊，你会记得对他们说声"谢谢"吗？其实啊，在我看来，只在嘴上说声"谢谢"是远远不够的，只有你的内心真的感到了别人对你的爱和辛苦付出，这一声"谢谢"才真正有意义。我们学会感恩，不仅仅是说一声"谢谢"，更重要的是，当我们能够帮助别人的时候，我们也能去为别人做一些事情。

学会说"谢谢"，当然是礼貌和教养，同时也是一个人品行的重要组成部分。亲爱的朋友，今天就让我们学会说"谢谢"吧——谢谢太阳给我们光明，谢谢夜晚给我们美梦。谢谢爸爸妈妈养育我们，谢谢老师给我们传授知识，谢谢桌子和椅子，谢谢大树和阳光！

狗的歌

[俄] 谢尔盖·叶赛宁

清晨，在黑麦秆搭的狗窝里，
在草席闪着金光的地方，
一条母狗下了七只狗崽，
七只小狗啊，毛色都一样棕黄。

母狗从早到晚抚爱着它的小狗，
用舌头舔梳它们身上的茸毛，
雪花融化成一滴滴的水，
在它温暖的肚皮下流过。

傍晚，当一群公鸡，
栖落在暖和的炉台，
主人愁眉不展地走过来，
一股脑把七只小狗装进麻袋。

母狗沿着雪堆奔跑，
跟着主人的脚迹追踪；
而那没有结冻的水面，
长久地，长久地颤动。

当它踉跄往回返时已无精打采，
边走边舔着两肋的汗水，
那牛栏上空悬挂的月牙，
好像是它的一个小宝贝。

它望着蓝色的天空，
悲伤地大声哀叫，
纤细的月牙滑过去了，
隐入小丘后田野的怀抱。

当人们嘲笑地向它扔掷石块，
像是扔过一串串赏钱，
只有两只狗眼在无声地滚动，
宛若闪亮的金星跌落雪面。

（刘湛秋 译）

【讲给孩子听】

亲爱的朋友，在二十世纪二十年代的俄罗斯——那会儿的俄罗斯叫苏联，出现了一个来自乡村的青年诗人。他有着蓝色的眼睛、高高的个子和满头的金发。他写了很多讴歌俄罗斯乡村的诗歌，引起了读者们狂热的崇拜。他就是诗人叶赛宁。

当时，被誉为世界"现代舞之母"的女舞蹈家邓肯，被苏联邀请到莫斯科演出、办舞蹈学校。在一次演出时，他们认识了，两个人一见钟情。邓肯曾说过这样一句话来表达她对叶赛宁的爱和对他才华的珍惜："哪怕叶赛宁头上一根金色的头发受到损害，我都不能忍受。"

有一位俄国诗人到遥远的加拿大访问，他在一次聚会上朗诵了叶赛宁的一首诗，下面的听众一听到叶赛宁的名字，就欢呼起来。听了这些介绍，大家就知道叶赛宁是怎样一个诗人了吧。好，我们今天就讲他写的《狗的歌》。

一只狗妈妈在清晨生下了七只小狗崽儿。这是件喜事，对不对？我们都能想象到那个画面——在黑麦秸秆盘成的狗窝里，毛茸茸的七只可爱的小狗躺在妈妈温暖的肚子下面。这是一幅多么温馨的情景啊。接下来第二段，写刚当了妈妈的狗一整天从早到晚用舌头舔它的狗宝宝们。狗舔人、舔手、舔自己的狗宝宝，都是在表示喜欢和爱，就像我们人类的拥抱和爱抚一样。而这些刚来到人间的狗宝宝，就挤在妈妈的肚子下，让妈妈给它们喂奶，用身体温暖它们。我们从诗里可以看到，这时候的天气是冬天，因为诗人写到了雪花，狗宝宝们如果没有人照顾就会冻死。到了第三段，天黑了，狗的主人愁眉不展地走了过来，把七只小狗崽装进麻袋带走了。

他为什么要带走这七只小狗？诗人没说，但我们从他"愁眉不展"这个词中猜想一下。这户人家养着鸡，说明他是个农民；狗窝是黑麦秸秆堆成的，说明他很贫穷。一个贫穷的农民很可能没法养活这七只小狗，所以他才愁眉不展。

他做了什么？他把七只小狗装进麻袋里送给别人，或者是卖给了别人。那么，他是不是一个狠心的人呢？大家想一想。他是不是也很让人同情呢？大家也可以想一想。

接下来，狗妈妈看到自己的孩子被带走了，就一直跟着主人，它走过了寒冷的雪地，结了冰的河边，最终还是无可奈何地回头了。诗人描写它疲惫伤心的样子，用了"踉跄"这个词，就是走路摇摇晃晃没有力气的样子，还写到了它在寒风中浑身都是汗水。这只可怜的狗妈妈看到天上的月牙儿，都觉得那是它的宝宝。但是，路上的人们还朝它扔石头，看到它浑身湿淋淋落魄的样子还嘲笑它。失去孩子的巨大悲哀，让这个悲痛的母亲变得麻木了，它不知道疼痛，不知道愤怒，只有两只悲伤的眼睛像陨落的星星那样，映照在雪地上。

这是一首悲伤绝望的诗，它让我们同情这个狗妈妈和它的孩子们的遭遇。可是，亲爱的朋友，你想过没有，是什么造成了这样悲惨的生活？是什么让一个穷人不得不卖掉或者送走他无法养活的狗？为什么这世界上有一些人永远那么贫穷？我们长大了，是否应该帮助那些穷人呢？

所以，这首诗不仅仅写了一只狗妈妈和它的孩子们的悲剧，还能唤起我们更深入地思考贫困带来的很多问题，对不对呀？

这首诗用几乎写实的手法，记下了一整天从清晨到夜晚发生的事情，完整叙述了狗妈妈和小狗的遭遇，表现了狗妈妈对小狗的爱，谴责了人间的冷漠，更让人思索贫穷给世界带来的悲剧。阅读这首诗，能够培养孩子的爱心、同情心，能够体察到别人的痛苦，这就是通过"悲伤"而得到的爱的教育。

吉他之谜
［西班牙］加西亚·洛尔迦

在圆形的
十字街头
六位美少女
起舞。
三位粉红，
三位亮银。

昨夜的梦还在寻找她们
那金色的波吕斐摩斯
却把她们
全拥在怀中。
吉他！

（王家新　译）

【讲给孩子听】

亲爱的朋友，你见过吉他吗？你一定听过吉他演奏出来的乐曲。现在很多年轻人都很喜欢吉他，很多歌手都能熟练地弹奏吉他。吉他和钢琴、小提琴被公认为世界三大乐器。公元前1400年，在小亚细亚地区就出现了和我们今天的吉他非常近似的乐器，所以，专家们都认为在那里出土的这种乐器就是吉他的祖先。吉他有六根弦，琴身像个大"8"字，葫芦状，能发出特有的共鸣声，这就是吉他的共鸣箱。吉他的共鸣箱中间有一个圆圆的孔，来播散出里面的共鸣声。很多小朋友第一次听到吉他，都会惊奇于它的美妙声音。今天我们就讲一首《吉他之谜》。

这首诗的作者，叫加西亚·洛尔迦。他是二十世纪西班牙最伟大的诗人。他从小就喜欢音乐和戏剧，并且能弹一手相当精彩的钢琴和吉他。他写的诗富有节奏感和音乐性，以至于当时的西班牙，大街小巷演奏的都是根据他的诗谱写的歌，人们听到了就会忍不住跳起舞来。举个例子，你们就知道他当时有多么受人尊敬和欢迎了。

1936年元旦那天，当时身在国外的洛尔迦收到了无数贺年卡，其中一份贺年卡是从他的故乡西班牙牛郎喷泉镇寄来的，上面有镇长和五十多名村民签署的名字，他们称他是真正的人民诗人。许多艺术家、诗人和普通民众都疯狂地喜爱他的作品。直到今天，西班牙人没有谁不知道洛尔迦的名字。我们今天讲的这首诗题目叫《吉他之谜》，吉他到底什么地方神秘呢？

诗人一开始就告诉我们："在圆形的/十字街头六位美少女/起舞。"我们猛地一读，咦，这几句话和吉他没有关系啊。他写的是在圆形的十字街头有六个美少女啊。但是，亲爱的朋友们，既然诗歌的题目是《吉他之谜》，那么，我们是不是可以就从这几句诗里找到和吉他有关的信息呢？

我们可以想一下，吉他抱在怀里，它的共鸣箱是不是很像两个连在一起的圆形？而吉他有几根弦呢？六根，对不对？这下，你们明白了没有？在圆形的、十字街头，有六位美少女在起舞，这是不是就在写吉他呢？吉他弦就是那六个起舞的美少女，吉他的共鸣箱就是圆形的十字街头，对吧？

我们看啊，洛尔迦没有说吉他像什么，而是直接描述一个场景来形容吉他，这种方法就是文学上的一种修辞方法，它就叫隐喻。他不用"好像"、"仿佛"、"如"等等这样的比喻词，直接把感受到、想象到的形象写出来，这就是隐喻。用一种隐蔽的方法来呈现描写的对象，让大家自己去联想，这就是隐喻的方法，是一种特别高级的修辞手段。

接下来呢，洛尔迦写道：三位粉红，三位亮银。吉他有六根弦，也就是他说的那六个少女。我们知道，吉他有六根弦，有的是尼龙弦，有的是钢弦或者羊肠弦。这六根弦其中三根是低音弦，比较粗，弦外面缠着细细的金属丝，所以看上去泛着红铜色。另外三根高音弦都是亮晶晶的，所以洛尔迦说是"三位粉红／三位亮银"。当然了，粉红色只是诗人内心的感觉，因为他要比喻成少女，才用了粉红色这样一个颜色。接下来，他又写道："那金色的波吕斐摩斯／却把她们／全拥在怀中。"波吕斐摩斯，他是什么人？现在我就来告诉大家。

在古代的希腊神话传说中，波吕斐摩斯是一个巨人，他是海神和海上的仙女生下的，传说他居住在西西里岛的山洞里。他力大无比，但却只有一只眼睛，长在额头中间。一只眼睛？好吧，那么我们想一想，在吉他上，哪里能找到一只眼睛，一只巨人的眼睛呢？对了！就是吉他中间共鸣箱的那个圆孔。它是不是很像一只巨人的眼睛呢？巨人波吕斐摩斯的眼睛。我们找到了。洛尔迦说那六个跳舞的少女，都被波吕斐摩斯拥抱在怀里，不正是六根吉他弦在吉他音孔处被弹奏吗？

大家想一想，到此为止，洛尔迦一直在描述一个场景，又是少女又是巨人的眼睛，直到最后，他才把谜底解开，这首诗的最后两个字就是——吉他！我们才恍然大悟，原来他一直在描述的就是吉他啊！这就是拟人化的隐喻，就像是出谜语一样让我们猜想，是不是非常奇妙？我告诉你吧，诗人经常会用隐喻把不相干的事物联系在一起，来表达自己的感受。这首诗里的吉他、少女、巨人，本来是没有联系的，但诗人把他们联系在一起了，使一把吉他呈现出一个场景，非常生动，非常形象，对不对？

会运用隐喻，可是需要一些时间学习的。大家不要着急，随着对诗歌的积累不断加深，相信你们总有一天会慢慢了解。当然了，我更希望你们也能自己动手写几行小诗，表达你们生活中的感情和感受。

跳蚤歌

[德]歌德

从前有一个国王，
他有一只大跳蚤，
他对它非常宠爱，
比爱子不差分毫。
有一天他宣召裁缝，
裁缝来到了宫里：
"来，给公子量量衣服，
还要给它量一量裤子！"

公子于是穿起了
天鹅绒和丝绸的服装，
衣服上滚着缎带，
还挂着一枚十字章，
它立刻当了大臣，
胸前佩着一颗大星。
它的弟兄也在朝中
做了大官，掌握权柄。

朝中的百官和贵妇人，
都感到十分苦恼，
就连皇后和宫女，
也受到跳蚤的叮咬，
他们不敢掐死它，
又不敢随便乱搔。
要是有跳蚤来刺我们，

我们立即把它的性命送掉。

（钱春绮　译）

【讲给孩子听】

亲爱的朋友，今天我们讲一讲一种特别让人讨厌的昆虫，它的名字就叫跳蚤。跳蚤是一种会咬人、吸人血的虫子，比芝麻还小，能跳很远，人们很难捉到它们。跳蚤和虱子、臭虫，都是害虫，它们经常寄生在人类或者其他动物的身上，一旦被它们叮咬，就会又痒又肿，身上会起大包，有的人被咬后甚至会过敏，彻夜难眠。这样一种害虫，有个大作家、大诗人以它为题写了一首诗，今天，我们就讲这首《跳蚤歌》。

这首《跳蚤歌》的作者，是德国鼎鼎有名的大诗人歌德，他的全名是约翰·沃尔夫冈·冯·歌德。他1749年出生在德国的法兰克福，我曾经去过他的故居，那是一个看上去很普通的房屋。他写过一本小说《少年维特的烦恼》，这本小说一出版，风靡了整个欧洲，很多青年和少年都喜欢得不得了，有一些人甚至模仿小说主人公维特的打扮和衣着。歌德在晚年还写出了一部长篇诗剧《浮士德》，也产生了巨大的影响。他不仅仅在德国是家喻户晓的人物，在全世界也非常著名。我们今天读的这首《跳蚤歌》，就选自他的这部长篇诗剧《浮士德》第一部的第五场。这首诗别看它很短，有很多大音乐家都为它谱过曲，像贝多芬、里拉、柏辽兹、穆索尔斯基等等，都是赫赫有名的音乐家。如果你有兴趣，可以在互联网上搜到这首歌，听起来太可笑了。

这首诗讲的是从前有一位国王，他有一只大跳蚤，国王很宠爱它。大家知道，一个正常的人，一定会厌恶跳蚤的，只有那些变态的人才会喜欢跳蚤。那么，我们就知道，这个国王不是什么好人，所以他才会把一只跳蚤当作王子那样宠爱。他居然叫裁缝给跳蚤做衣服，用丝绸、天鹅绒。这些都是一般老百姓买不起的衣料。而且，他还给跳蚤佩戴十字章！

什么是十字章？在欧洲，十字章一般是颁发给贵族、打仗建立了功勋的英雄的，戴上这种十字章，就表明了一个人的身份很高贵，也拥有很多权力。国王就这样让一只跳蚤当上了朝廷的大臣，并且还让跳蚤的兄弟们也当了大官，怂恿支持这些害虫为非作歹。而跳蚤呢，不用说，仗着国王给的权力，在朝廷中横行霸道，欺压百姓。因为国王给它的权力太大了，连皇后、公主和其他大臣、贵妇人都要被它咬，这让他们非常苦恼。为什么苦恼？因为他们不敢反抗这只跳蚤，他们害怕国王生气。国王一旦生气了，他们就会失去官位，被赶出宫廷，甚至要去坐牢或者被杀头。也就是说，这些人真正害怕的是谁呢？当然是国王了！因为国王的权力最大，也不受任何人限制。其实，他们不知道，这样一个变态的国王，是不配当国王的，人们完全可以把他赶走的。这些大臣也好，贵妇人也好，被一只小小的跳蚤叮咬，还不敢吱声，是不是太窝囊、太愚蠢啊！所以，这首诗的最后，诗人干脆利落地说："要是有跳蚤来刺我们／我们立即把它的性命送掉！"

对呀，凭什么让一只可恶的小跳蚤咬我们呢？凭什么让一个昏庸变态的国王欺负我们呢？

这首诗以讽刺的手法，揭露了国王的愚蠢可恨、跳蚤的狐假虎威，讽刺了胆小势利的大臣和贵妇人，也赞美了人们勇敢反抗的正义精神。和安徒生《皇帝的新衣》一样，孩子单纯的眼睛具有一眼看穿事物本质的能力。很多大人在这一点上不如孩子，因为掌握权力的人经常欺骗单纯的人们，导致了人们对权力的崇拜、恐惧和对它的屈从。这首诗让我们知道，自大又残忍的国王和他的跳蚤，才是人类的害虫，我们不要怕他们！

　　这是一首非常典型的讽刺诗。什么叫讽刺诗？讽刺诗一般是用夸张的手法，塑造被讽刺的对象，揭穿他们种种可笑、愚蠢的行为，语言通常很幽默，也很犀利，对不好的事情和人物，毫不留情地进行批判。这一类的诗就叫作讽刺诗。年轻的朋友，如果我们在生活中遇到一些让人讨厌的人，我们也可以用苍蝇啊、蚊子啊等等这样的形象，来写一首小小的讽刺诗。

说天使
[挪威]豪根

我们的小天使，
在涂金的纸上，
个个都庄严，
刚刚洗过脸，
刚刚梳好头发，
还把翅膀整整齐齐地叠好，
在肩胛骨之间。

个个都金发飘飘，
长而卷，从不梳小辫儿，
不绾小髻儿，
从不戴眼镜，
不戴绒线帽，
也从来看不到
他们脚上穿鞋袜。

有一夜我梦见
一个圆脸蛋的小家伙，
穿着家织的裤子和毛衣，
他出了汗，
理不好翅膀，
而且翅膀又小又黑，
像只画眉鸟。

他挺不好意思地笑了笑，

赶快溜掉了。

这事我从来没告诉别人。

（飞白　译）

【讲给孩子听】

亲爱的朋友，听说过天使这个词吗？在图画书、电影或者电视里，你见过天使的样子吗？

在外国很多地方的神话和宗教传说中，天使代表着圣洁、善良、天真和正义，有男天使，也有女天使，更多的是像孩子们一样的天使。他们长得都非常漂亮，背上有一对儿洁白的翅膀，在天上飞来飞去。"天使"这个词，最早是一个希腊词语，意思是上帝或者神的使者。记得神话中有个光着屁股的小天使，叫丘比特，对啦，他就是小爱神，手里拿着一把弓箭，射中了谁，谁就会陷入恋爱之中。"天使"这个单词翻译成中文也叫"安琪儿"，他们能在天堂和人间来回传信，保护人们不受恶魔的侵扰。我们今天讲的这首诗，就和天使有关。

这首诗是挪威著名的诗人豪根写的。挪威在欧洲的北部，挪威这个词的意思是"通往北方之路"，看一看地图我们就会知道，挪威是在地球北半球的北面，再往北走，就要走到北极圈了。挪威到了冬季的时候，天很早就黑了，天亮得又很晚，白天的时间很短，夜晚却很漫长。漫长的夜晚，孩子们都做什么呢？当然是听老爷爷和老奶奶们讲童话故事。所以，北欧的很多国家，比如丹麦、挪威、瑞典、芬兰等等，出了很多写童话写童诗的诗人和作家。我们这首诗的作者豪根和著名的童话大师安徒生都是北欧人。介绍完这点小知识，我们接着讲这首《说天使》。

在现实生活中，谁真的亲眼看到过那种飞来飞去的天使吗？好像我没有听说过。大家都是听故事听来的，或者在绘画上、动画片里见到过。所以，这首诗一开头就告诉我们，诗人看到的小天使是画在金箔纸上的。

在西方国家，很多教堂里的壁画都画着天使，也有画在画布上、金箔纸上的。这些小天使表情都很庄严，穿着整齐美丽，他们在没有飞的时候，肩胛骨后面的一对翅膀，也会整整齐齐地收拢起来，就像诗里写的那样。诗人还告诉我们，这些小天使都长着金色的卷发，他们不像我们的小朋友那样扎小辫,也不绾发髻,也不会得近视眼,所以他们也不戴眼镜。因为他们是天使,所以不怕冷,他们都不戴帽子,也不穿鞋袜,都光着脚——谁见过戴眼镜的小天使啊?没有,对不对。好了,这两段诗,是描写诗人在画上看到的天使的模样。但是呢,诗人接着说,有一次他梦见了一个小天使,这个小天使穿着奶奶或者妈妈织的毛衣毛裤,而且他还会出汗,他的小翅膀又黑又小,乱蓬蓬的没有理好。因为自己这个样子被人看到了,小天使很不好意思,赶紧跑掉了。

我们想一想,如果你看到这样一个小孩子,穿着奶奶或妈妈织的毛衣毛裤,身上弄得灰头土脸,你会觉得他是画上的天使吗?他是不是很像我们生活中经常可以见到的小朋友呢?当然很像了,说不定你有时候也是这样的。那么,诗人梦见的到底是谁呢?他就是一个普普通通的小孩子,连那对翅膀也不像是一个正经天使的翅膀。但是,为什么诗人还是要让他有一对翅膀呢?这是因为,每个孩子的身上都有一个天使!在诗的这一部分中,有一个细节需要我们注意,那就是这个小天使会出汗!会出汗说明他是一个活的生命,有血液在身体里流淌,只有活生生的生命才会出汗。画上的天使、大理石天使、木雕和青铜的天使是不会出汗的。所以,他分明就是一个人间的小孩子。尽管他们有时候调皮捣蛋,有时候还惹妈妈生气,但是,孩子们比很多大人更单纯,更天真,更纯洁。他们是地上和人间的小天使,对不对呀?

你能告诉爸爸妈妈你身上那个小天使是什么样的吗?说一说你可爱的时候、你做过的好事,也让爸爸妈妈知道这一点吧!

另外呢,我觉得,每个孩子身上的那个可爱天使,都需要爸爸妈妈去发现——天真、活泼、聪慧、善良等等。天使不是凭空想象的完美无缺的神话般的存在,而是孩子们在日常生活中隐藏起来、被大人忽略了的好品质。这首诗的意义,对于孩子来说是让他们发现自己;对于家长和大人来说,是发现孩子身上最美、最可爱的那一部分。

爱情诗

[澳大利亚] 史蒂文·赫里克

今天史蒂夫·瑞克女士
给我们读了首有关
爱情的诗——

你的嘴唇就像樱桃那样
成熟，甜蜜，柔软
我们在皎洁的月光下亲吻
我们要晕倒了
我们的双手紧握着
眼睛明亮地对视着，愿这一刻永恒
我把这枚戒指戴上
你的手指
我们的唇，我们的手
我们的心……

当她读完
全班三十二个
讨厌数学的学生
纷纷举起手来
说：
"史蒂夫女士，
我们现在能做数学了吗？
拜托了……"

（胡若羽　译）

【讲给孩子听】

亲爱的朋友，我相信，如果你们把这个题目大声念给你们的爸爸妈妈或者老师听，估计他们都会放下手里的活计，像猎犬那样竖起耳朵，睁大眼睛，然后一步一步走到你们面前，充满狐疑地问："——嗯？什么意思？"

我知道，所有的家长和老师，都对"爱情"、"早恋"这样的词，充满了警惕。他们觉得，在孩子们上学的年龄，读书是第一重要的，如果有了早恋，一定会影响学习，说不定学习成绩直线下降，保不准将来考不上的大学，考不上大学就没法找到好工作，找不到好工作就不能有好生活，就要忍受贫困，这一辈子就完蛋了。你们瞧，早恋多可怕啊！怪不得那么多家长会偷偷摸摸查看孩子们的日记、信件，了解"敌情"；怪不得那么多老师都悄悄观察，谁和谁一起上学、放学，一起玩耍。他们为了孩子的未来，可真是操碎了心！

对于小学生们来说，爱情意味着什么？结果可能完全出乎大人们的意料。不信，我们就看一首诗，看看这首"爱情诗"告诉我们事情的真相吧！

我们都知道，爱情诗是写爱情的。

爱情是些什么东西呢？

这首诗告诉我们，某一天，女老师史蒂文·瑞克给学生们读了一首爱情诗，爱情诗里充满了奇怪的描写，譬如：你的嘴唇就像樱桃那样，我们在月光下亲吻，然后我们又要晕倒了如何如何，我们握着双手，我们互相盯着对方看如何如何……而且，还有各种"胡言乱语"——什么你的手指头、我们的嘴唇、我们的心、我们的手等等等等！

这有什么好玩儿的呢！对于我们这个年龄的小学生来说，远没有打游戏啊，踢球啊，以及吃好东西来得更爽对吧！这首爱情诗简直太无趣了，一点意思也没有。所以，当我们好不容易等到史蒂文·瑞克老师把这首爱情诗念完，全班三十二个平时特别讨厌数学的孩子一齐举起手说："我们现在能做数学了吗？拜托了……"

哈哈哈哈——看到了吧，对于孩子们来说，宁可去做枯燥的数学题，也不愿听那些没头没脑、絮絮叨叨、奇奇怪怪的爱情诗。我想，如果家长和老师们知道在孩子们心中爱情原来是这样的，他们一定会吃惊得眼珠子都掉下来吧？

当然了，如果我们再长大一点，我们也会慢慢开始喜欢某个男生、某个女生。但我觉得，初中生、高中生，还不能像成年人那样真正理解什么是爱情，这个问题非常深奥，你们可以坦率地和父母交流一下。或许，只有我们真正长成了大人，能够负担起对另一个人和家庭的责任，我们才会明白爱情是多么严肃和重要的事情。

今天我们讲的这首诗《爱情诗》，作者细致而又幽默地观察到了小孩子们对爱情诗的反应，读起来叫人忍俊不禁。实话说，我们中国人一向很含蓄，也很害羞，所以很少有家长和老师公开和孩子们谈论这些事情，更是把早恋视为洪水猛兽。其实呢，和孩子们坦诚而亲切地谈论这样的话题，有助于打消孩子们过度的好奇心，正确理解爱情和责任的真实含义，不仅不会带来让家长和老师们心烦意乱的"麻烦"，而且还能让孩子们消除对爱情的神秘感，用正确而客观的态度对待自己的学习，区分喜欢、好感和责任的不同。就拿这首诗来说吧，在我们中国，几乎看不到有哪一本书（我们这一本除外）能收入和爱情有关的童诗，但在澳大利亚就有这样的童诗，在美国、德国等国家，也会有这样的童诗。我觉得这是一种进步，是一种更平等和开放的教育，大家说对吗？

贼的故事
[中] 耿占春

寒冷的深夜，一个人在大佛塑像下徘徊
终于爬上佛像的肩头，试图取下大佛发髻
镶着的金子。可他还不及佛的耳垂
恍然，佛像垂下了头，慌张中他抓获了
金子

许多年后，一个贼成为佛的信徒
千年之下，我们再也难以成为这个幸运
的贼
更难成一有信仰的人，因为在这片土地上
众多的佛再也不肯垂示一点点神迹

哪怕把你平伸的施无畏手印弯一下小拇指
或者对这个以贼为师的世界眨一下
你慈悲的眼皮，贼、人也将改变。然而
在平淡的岁月里，谁都能够像佛本身那样

在一个贼人的非分之想面前，再次把头
垂下
假如金子还在那里的话。因此我同意
这个故事的寓意而不是故事本身。或许
相反？我喜欢这个故事，而不赞成它的
寓意

【讲给孩子听】

　　亲爱的朋友，你听过《渔夫和金鱼》的故事吗？一个渔夫网上来一条金鱼，金鱼说，如果把它放回大海，它将满足渔夫所有的愿望。渔夫有个贪婪无比的妻子，她开始向金鱼要很多很多东西，不但要宫殿，还要做女皇。最后，因为她的贪婪，一切都没有了，又回到了很贫穷的日子。这个故事告诉我们，追求好的生活没错，但要付出辛勤的劳动，过于贪婪终究会一无所获。但是，如果一个人虽然有缺点，但还有一些良知，这时得到了别人的帮助，说不定他就会感动，变成一个好人，比方说，一个贼变成了好人。

　　你问了，贼是什么？贼就是小偷啊。下面我们就讲这首《贼的故事》。

　　这首诗的作者是耿占春先生，他是一个非常智慧、非常善良的大学老师。他在诗里就讲了这样一个关于贼的故事。

　　说的是在一个寒冷的夜晚，一个贼爬上了佛像，想偷大佛发髻上镶嵌的金子，但是发髻很高，小偷手臂短，够不着那块金子。就在这个时候，神奇的事情发生了——大佛的头动了！大佛为了让小偷能够到金子，他低下了头。小偷肯定吓坏了，他惊恐不已，取下金子跑了。

好，这就是第一段讲的故事。现在我们分析一下小偷是什么样的人。这个小偷肯定是个穷人，他需要钱，所以他才会趁着夜深人静的时候去偷。他肯定很早就发现大佛的发髻上有金子。别人为什么不会去偷这块金子呢？因为这可是佛像头上的金子，信佛的人都相信佛是神圣的，他无所不知，万一神灵惩罚自己呢？而且偷盗这个行为是可耻的，是犯罪行为。诗里说，这个小偷在大佛塑像下徘徊。徘徊，就是犹豫了很久，在那里走来走去。他内心一定也非常矛盾，要不要去偷呢？这说明这个小偷心里还有一点点残存的良知，他也害怕神明的惩罚，所以他才徘徊。但是，对金子的渴望终于压倒了恐惧，他动手了。

大家要问了，既然偷盗是罪恶，为什么大佛没有惩罚他？而是低下头让他把金子偷走了呢？这个问题我也很好奇，那么我们接着看第二段。第二段讲的是这个贼过了很多年之后，变成了一个虔诚的信徒。我们都知道，在佛教里，不杀生、不偷盗，是非常严格的戒律。如果这个小偷变成了一个虔诚的信徒，这说明这个贼变成了好人，不再是一个贼了。这就是大佛为什么会让他得到金子的原因！

大佛的仁慈感动了他，使他为自己的行为感到羞耻，唤醒了他的良知，从此以后再也不去偷东西了。这个故事，让我想起了法国伟大的作家雨果写的长篇小说《悲惨世界》，里面的主人公冉阿让也经历过这样的事。冉阿让贫困潦倒，差点饿死，被一个好心的牧师收留了，而且给他可口的食物，给他用的餐具都是银餐具。结果，冉阿让把这些银餐具偷走了。不料，半路上他被警察抓住。警察看他衣衫褴褛，但身上藏着很贵重的银餐具，怀疑是他偷来的，就带着他去和牧师对质。结果你猜怎么着，这个牧师说，这些餐具不是他偷的，是送给他的。牧师的仁慈和怜悯使冉阿让免于牢狱之灾，冉阿让内心非常感动，发誓以后要像这个牧师一样，做一个好人，一个帮助很多穷人的好人。亲爱的朋友，你看，这个故事是不是和我们这首诗里的故事很像啊？

在第三段和第四段，诗人说的是，现在我们很难看到这样的故事发生了，也很难看到有人像那尊大佛一样慈悲了。如果有人遇到这样一个贼，能够像大佛那样做，或许世界就会改变，这个贼也会改变吧。当然了，诗人承认这只是他美好的愿望，但是他很喜欢这个故事。我也很喜欢这个故事，因为它充满了对生活的希望，充满了对善良和仁慈能够在人间传播的希望，也充满了对一个坏人能够变成好人的希望。

  亲爱的朋友，不是所有的坏人一生下来就是坏人，这里面有一些人是因为贫困、因为经历过不幸才变坏的。如果我们能够同情他们的遭遇，用爱和善良帮助他们，说不定他们会变成好人。你们说是这样吗？

  和童话《渔夫和金鱼》的故事不同，渔夫的妻子拥有了很多东西，却不知满足，而在这个故事里，贼偷金子是因为贫穷。如果帮助了一个有良知的穷人，或许就能拯救他的心灵。这是一个令人深思的故事，从大的灵魂拯救，到小的、生活中的善意，给我们的善良行为一个理由。尽管在生活中善良并不是每次都能得到相应的结果，但抱着一份希望和善意生活，对我们自己的心灵一定是最好的祝福。

牧　歌
〔美〕威廉·卡洛斯·威廉斯

如果我说我听见了些声音
谁会相信我？

"谁也不曾把手浸入
天空的黑水中
也不曾采撷在清爽的
茎上摇摆的百合
没有哪棵树曾经
等待得够久够安静
与月亮触碰过手指。"

我看了看，有一些小青蛙
喉咙鼓了起来
在黏液中唱着歌。

（傅浩　译）

【讲给孩子听】

  亲爱的朋友，你们去过草原吗？见过牧羊人、牧马人、牧牛人——甚至还有牧猪人，赶着他们的牲口家畜去吃草吃食吗？

有时候，我们在电视上、电影里或收音机里，能听到这样的一些人唱的歌，都和大自然、乡村田园以及草原放牧生活有关系，这些牧人唱的歌就叫"牧歌"。今天，我们就讲一首《牧歌》。

这首诗的作者是美国著名诗人威廉·卡洛斯·威廉斯，名字有点长是不是？那好，我们就简单地称他为威廉斯。

1883年威廉斯出生在美国的新泽西州，这个新泽西州是全美国科学家最多的地方，爱迪生就是在这里发明了灯泡。威廉斯上大学时是学习医学的，毕业后成为了一位有名的全科和儿科专家，就是既能给大人看病也能给孩子们看病的大夫。但是，他热爱写诗，觉得能当个诗人是很光荣的事情，所以他业余时间写了很多诗，成了美国著名的大诗人。今天我们读的这首诗，题目叫《牧歌》，虽然不是牧人们唱的歌，但因为是写乡间的生活，所以叫"牧歌"也是没有问题的，是很贴切的。

在国外，有一种被叫作"牧歌体"的诗，这种牧歌体最早出现在两千三百多年前的古代希腊，诗人们写了大量关于乡村生活的诗，赞美大自然，赞美简朴纯洁的田园生活，人们把这一类的诗歌称作"牧歌体"。在古希腊，写牧歌体的诗人都是有名有姓的，但我们中国以前唱牧歌的牧人们都没有留下姓名，很多牧歌也不知道是谁写的，这就是两者的区别。

下面我们就来讲一讲这首牧歌。

这首诗一开始就说："如果我说我听见了些声音，谁会相信我？"这个问号很有意思，也就是说，诗人听到了一些声音，但是，如果他告诉别人，他不知道有没有人相信他的话，因为除了他，别人可能没有听到这些声音。那么，他听到了什么声音呢？

这首诗的第二段，就是他听到的那些声音。那些声音说："从来没见过有人把手伸进天空的黑水里，也没见过有人来采摘这些正在开放的百合花。"这些声音说了这些还没完，接着继续说，"它们从来没有见过有哪棵树能安安静静地等待很久"，等那么久干什么呀？"等那么久是为了和月亮握一握手"。这就是那些声音说的话。

到底是谁在说话呢？第三段就告诉我们了。诗人说，他四周看了看，发现水中或者是水边有一些小青蛙，小青蛙的喉咙鼓了起来，它们在黏液中唱歌。在这里，诗人并没有直接告诉我们上面那些话是青蛙说的，但是，他的描写已经告诉了我们，就是这些青蛙在说话，被他听到了。我们知道，青蛙叫的时候，喉咙是鼓起来的，发出呱呱的声音。诗里说青蛙鼓着喉咙在黏液里歌唱，大家别忘了，威廉斯是一个医生，有时候就会用医生的习惯说话。青蛙身上滑溜溜的，大嘴巴里有很多黏液，它们吃飞虫的时候，要靠这些黏液来消化虫子。所以，在黏液里歌唱看上去没有那种美美的诗意，但却很真实有趣。好了，现在，我们知道了，诗人听到这些青蛙在说话。

有意思的是，青蛙是两栖动物，大部分时间生活在水里。那么，青蛙看到的世界，和人类看到的世界有什么不同呢？当然不同了。你看，青蛙们说，它们从没有见过有人把手伸进天空的黑水里。在青蛙眼里，它们认为天空里也充满了水，它们自己游来游去的水是清澈的，天空的水是黑色的。这是一个属于青蛙的视角，它看世界和我们人类是不一样的，我们看天空能看到白云和空气，青蛙看到的就不是这样。那么，青蛙还说它们没见过有哪棵树能等到和月亮碰一碰手，握一握手。水里的青蛙看到的月亮，一个在天上，一个在水里。那些树长得再高也不可能碰到天上的月亮，当然也不可能碰到水面上的月亮了。这些都是青蛙这种小动物眼睛里的世界，和我们人类看到的世界是不一样的。有科学家研究说，小狗看到的世界只有黑白两种颜色，不像我们看到的世界是彩色的，所以，通过这首诗，我们能够了解到一只青蛙是如何观察它身边的事物的，或者说，我们能够想象一只青蛙是如何看世界的。那么，这首诗讲到这里，我要把诗人威廉斯的第一句话再重复一遍："如果我说我听见了些声音，谁会相信我？"——亲爱的朋友，现在，你信了吗？

在孩子的世界里，他们自由的想象力远比成年人强大。他们能够更有创造性地想象到万物和人一样，能够说话，能够思想。这首诗表现了一个孩子对另一个生命的想象，并在这样的想象中，获得另一个观察世界的视角。我们允许孩子有这样的想象力，也是在培养孩子对他人的感受，人类的善良和同情，都来自能够想到别人的喜怒哀乐和看问题的不同立场。

用什么写作
[德]约瑟夫·雷丁

我的一个儿子
把我的打字机
搞坏了。
"叫我现在
用什么写作？"
我问他。他说：
"你一贯用什么
就用什么吧。"
"用手吗？"我问。
"用心，"
他说，"而且如果
可能的话，
还用一点
脑。"

（柳笛　译）

【讲给孩子听】

　　亲爱的朋友，蓝蓝老师写诗，也写其他的文章，所以经常被人问：你是怎么写作的？

　　如果我说我是在电脑上打字，或者我用笔和纸写出来的，这就是废话啊。一个作家，或者像你们，一个小朋友，如果要写诗，写作文，用什么来写呢？这可是一个很重要的问题。今天，我们就讲《用什么写作》这首诗，通过这首诗来了解一个作家、一个诗人是用什么写作的。

　　这首诗的作者，是德国的作家约瑟夫·雷丁——大家还记得吗？我们曾经讲过他的一首诗，诗的题目是《最难的单词》，想起来了没有？就是那首很像绕口令的诗。世界上最难的词是"谢谢"这个词，对，就是雷丁写的。今天这首诗，他给我们讲的故事是什么呢？

　　他的一个儿子，不小心把他的打字机搞坏了。这不是什么大错，因为肯定不是故意的，所以，雷丁先生并没有发火，只是有点轻微的责怪，他问儿子："你把我的打字机搞坏了，我用什么写作啊？"儿子就回答说："你平时用什么，现在还用什么吧。"雷丁先生一时没听明白他的意思，就接着问："我的打字机坏了，那我用手写吗？"

　　是啊，打字机不能工作了，只能用手拿着笔写到纸上了。没想到儿子接下来回答他说"用心"。他还说，如果可能的话，还要用一点脑。

　　这首诗很短，到这里就结束了。

雷丁先生问的是用什么方式写作,他的儿子回答的是用什么来写成诗,两个人说的不是一回事。但是,雷丁先生的儿子,说的可是写作中非常重要的问题。也就是我们写什么和怎么写的问题。在这里,"用心来写作",心,代表的是我们的感情,就是写作要表达我们的感情和感受。一个人非常快乐,他的心灵是幸福的;一个人非常难过,他的心灵就是悲伤的。有的时候他非常爱某一个人,或者对什么事情非常愤怒,要把这种内心感情说出来、写出来,这就是我们要表达的内容。而要用脑呢,意思是要动脑筋,想一想怎么写,怎么运用语言,这就需要我们掌握一些知识,还要知道写出来会有什么效果。

一个人很悲伤,如果他只是简单地写"我很悲伤",或者"我哭了",这只能算简单的描述。如果想打动别人,就要运用艺术语言,比方说这么写:"我太悲伤了,就像一盏灯永远熄灭了。"或者:"我哭得就像一个人湿淋淋挣扎着上岸。"你们看,这样用一个比喻,就把情感表达得更能感染别人了。所以,用心是非常重要的,你没有这个感情,非要强迫自己写,一定是写不好的,因为你的感情是假的。如果你不用脑,不知道怎么有条理地、艺术地表达,那也是写不好的。所以,雷丁先生的儿子说的这些话都非常有道理。

我们平时写作文,首先要想好挑什么事情、什么人写,然后就要想怎么开头才是最好的,和别人不一样的,这就是用心和用脑。所以,道理很容易懂,做起来却不那么容易,需要我们多读书,多学习别人的好作品,也要多写、多记一些自己的感受、自己的想法。慢慢来,不要着急。

真理从来都不复杂,真理就是最简单、最质朴的道理。在这首诗里,一个早慧的孩子告诉自己的作家父亲,写作要用心,也要用脑,也就是说,写作需要爱,需要真实的感情;写作也需要理智,需要会运用语言,安排好这些话语。诗里孩子单纯质朴的话语,可以启发我们深思心和脑在写作、思考中真正的意义。

我们的手
[中] 西渡

我们的手,是电线,
在爸爸和妈妈之间,
传递着光,
让他们的幸福像灯一样明亮。

我们的手,是桥,
跨越海洋,
在陆地和陆地之间,
传递彼此的问候。

我们的手,是船,
在心灵和心灵之间
托起洁白的帆。

我们的手,是小鸟,
在星辰和星辰之间
欢乐地飞翔。

【讲给孩子听】

亲爱的朋友,我们今天要讲的这首诗,它的作者是当代诗人西渡,他是我的好朋友。他出生在一个很小的山村,18岁考上了北京大学,写了很多诗,他的这首诗还入选了我们的语文教材。一般来说,能入选教材的作品,都具有经典性,什么叫经典性?经典性就是经得起很多读者的挑剔,也经得起时间的检验,是一些读了以后可以不断再读的作品。

西渡这首诗的题目叫《我们的手》,第一段,一开始就是写手。他说,我们的手分别拉着爸爸妈妈的手,大家一起手拉手,这个时候呢,这些手就是电线。亲爱的朋友,我们的家里都有电灯对吧,电灯靠什么明亮啊?靠电线把电输送到灯泡的钨丝上,灯泡就亮了,我们就不怕黑暗了。所以,诗人说我们的手是电线,在爸爸妈妈之间传递着光明,照亮这一家人的幸福。这个比喻是不是非常精彩啊?你们看,西渡叔叔的物理学得也不错,他知道灯泡明亮的原理,才能写出这样的诗句。所以,写诗不但需要语文好,其他的知识懂得越多也越好。

这首诗的第二段呢,说我们的手是桥,能跨越茫茫大海,在大海的两岸传递问候。有人问了,手就是手啊,手怎么会是桥呢?世界上哪里有座桥能跨越大海啊?大海多宽啊。现实当然是这样的,但是呢,诗人这么写是因为,一双手能为你喜欢的人、你的朋友、你的家人，也能为陌生人做很多事情。愿意为别人做事情，就是爱，就是善良之心，它能克服很多障碍，来让我们彼此感知对方的情谊。比如说，我认识几个喜欢音乐的小朋友，他们得知贵州山区很多孩子很喜欢音乐，但是他们没有乐器，这几个小朋友就发起了募捐，用募捐来的爱心款买了很多乐器，千里迢迢地给山区的孩子们寄去。你瞧，这样就传递了他们之间的友爱。在这一段中，手就变成了象征，象征着对别人的帮助，而桥梁象征着彼此的关爱和联系。你们看，这就是一种象征手法，学会了吗？

在接下来的第三段，手又变成了大海上的船，人们心灵之间的关爱就成了船帆。船有了帆才能行驶得又快又稳对吧？最后一段呢，手成了小鸟——它可不是普通的小鸟，它能在星球和星球之间飞翔！天文学家告诉我们，每个星球之间的距离都是非常非常遥远的，但人的爱比银河要辽阔，能够在宇宙中翱翔。你们看，诗人用手来象征人类的感情和爱，又用光明、桥梁、船和帆、飞翔的鸟儿来进一步象征这样的感情和爱，这就像是体育比赛中的三级跳一样，把由手带来的温暖和感情推到了极致，让它充满了天空、大地和海洋。

这首诗用了很多的象征手法，什么叫象征呢？象征就是把可见的事物，比方说手，或者不可见的事物，比方说爱、友谊，用一个具体的事物来表达。尤其是后一种，就是看不见的东西用看得见的东西来象征。我们诗中的友爱，就是用船、帆、小鸟、桥梁来象征的。亲爱的朋友，你也可以在写作文的时候，用一下这种手法哦。

手，是人的感情器官。人的手势会表达人的感情。手和手拉在一起，传递的不仅仅是温暖，还有爱、安全、保护和帮助。这首诗表面上在写手，本质上是在赞美人与人之间的爱和信任，唯有爱和信任，才能让我们建立起美好的生活，才能使人生获得意义。孩子可以从这首诗中学习"象征"手法，增加文学的表达方式。

一九四零年

[德] 贝托尔·布莱希特

我的小儿子问我：我该学数学？
我想说干什么？两片面包比一片多，
这你也会领会。
我的小儿子问我：我该学法语？
我想说，干什么？这个国家灭亡，
只要你用手搓着肚皮呻吟，
人们就已经懂得你。
我的小儿子问我：我该学历史？
我想说，干什么？你学着头往地里钻，
那么你也许幸存。

可是我说，好，学数学，
学法语，学历史。

（冯至 译）

【讲给孩子听】

　　亲爱的朋友，我在读初中的时候，曾经有一段时间，特别讨厌代数课。一到代数课，我就犯困，一犯困我就没法听课，一没法听课我就不懂，一不懂我就考试不及格，不及格就经常挨批评，挨了批评我就更不喜欢代数课了！那个时候我就想，如果有一个大官宣布全中国的孩子永远不用学代数课就好了！

　　过了那个学期，我们有了几何课。教我们几何课的是个白头发小个子老头，他非常幽默，而且上课从来不带圆规和三角尺，仅仅凭着一根粉笔，就能画出完美的圆、角度准确的三角形、菱形、梯形，而且学生们下课用圆规和三角尺、量角器一量，分毫不差！我特别喜欢几何课，我的几何课考试经常是全班第一名或者第二名。有一天我忽然明白了，为什么我讨厌代数课而喜欢几何课，这是因为代数课老师讲课干巴巴的，对学生又很严厉，大家都怕他。而几何课老师对孩子很温和，讲课很幽默，又能举非常多有趣的例子，一听就懂，所以我的几何学得很好。原来，代数和几何都是一门知识，并无高低好坏之分，我因为喜欢几何老师、不喜欢代数老师，就没把代数学好，实在是很遗憾。我想，很多不爱学习的朋友，也是因为一些别的原因，并不是他们生来就不喜欢上学吧。那么今天我们就讲一首关于学习的诗，题目叫《一九四零年》。

　　我查了一下，一九四零年，世界上正在发生什么大事。这一年，世界上正在打仗，希特勒带领的德国纳粹军队，正在攻打法国和欧洲其他国家，而日本也在侵略我们中国和亚洲的一些其他国家。成千上万无辜的老人、妇女和孩子在战争中死去，成千上万的士兵在战争中丧命。就在这样一个时候，德国一位诗人写下了这首诗，他就是布莱希特。布莱希特不仅仅是个诗人，他还是现代戏剧史上独树一帜的杰出人物，是世界三大戏剧体系之一——"史诗剧"的创立者。他创作的戏剧《高加索灰阑记》《四川好人》等等，脍炙人口。布莱希特像当时的很多知识分子一样，同情工人和下层劳动人民，所以希特勒上台以后，他受到了纳粹的迫害，流亡国外很多年。1940年，他正好流亡到俄罗斯。在这首诗中，他记录了他和小儿子的一段对话。

在这段对话中，孩子问爸爸：我应该学数学吗？父亲听了，心里就想说：学数学能做什么呢？反正你虽然小也会知道两片面包比一块多。孩子接着继续问：我还应该学法语吗？孩子和父亲都是德国人，法语对他们来说是一门外语。父亲听了，心里又想说：学法语能做什么呢？如果这个国家就要灭亡了，你只用揉着肚子呻吟，别人也能理解你的痛苦，语言没什么用吧。孩子第三次又问：我应该学习历史吗？父亲听了心里继续暗自想：学历史又怎么样呢？你如果能像鸵鸟那样把头钻进地里，对一切都不闻不问，说不定你就能幸存下来——以上这些都是这位父亲在心里一闪而过的念头。他为什么会这样想？

这是因为，他发现人类这个物种，即便拥有了学习的能力，拥有了知识，也不能避免他们的愚蠢和犯罪，比如发动战争。战争是一部分人类有计划的谋杀另一部分人类，交战的双方都不乏所谓有学问的人，据说像希特勒这样的杀人狂喜欢音乐，小时候还曾想当一个艺术家。这一切都让这位诗人父亲非常绝望，他觉得学数学、学外语、学历史有什么用？能阻挡一颗子弹吗？能阻挡一辆坦克吗？所以，这些都令他痛苦和绝望。但是，他虽然心中闪过这些念头，却没有这样回答孩子的提问，反而，他坚定明晰地告诉孩子：对！你要学习数学，要学习法语，要学习历史！

咦？这是为什么呢？难道他在欺骗孩子吗？为什么他不把心里的话说出来呢？

我来告诉你们吧。诗人父亲虽然非常痛心人类的愚蠢和残暴，但他依然对人类抱有希望。尽管学习知识并不能阻止战争和恶行,但没有文化、不创造文明,人类会变得更加堕落和野蛮。真正懂得以良知和仁慈之心运用知识的人,一定会是造福人类的人。一道数学题做对了,或许能造出一种救人的医疗机械,懂一门外语或许就能了解另一个民族的文化习俗以及爱憎,了解和沟通是彼此尊重的前提;而学习历史更是能让我们提高警惕,避免人类历史上的悲剧重演。所以,我们的诗人经过了绝望的碾压之后,内心的希望依然不屈地挺起了头,催促他对孩子说:要学习数学、法语和历史。言外之意是,不但要学这些,还要更好和更多地学习。只有学习广博的知识,才能不受邪恶思想的蒙蔽,才能明辨是非,才能拥有更强大的力量帮助别人,为人类带来更多福祉。

这首诗前面一直在铺垫悲观的情绪,让我们觉得作者似乎并不支持学习,但结尾来了一个大反转,而且让我们能够在思索以后同意他的最终想法,这种突然的转折充满了戏剧性,无怪是戏剧大师写的诗啊!

跳过小坝子的蝌蚪
[中]津渡

不知道蝌蚪们要不要上课
念不念 a, o, e
坝子里,那么好多棵水草
也要不要
认真数一数

不知道今天晚上
蝌蚪们,默不默写生字
看不看动画
明天早上,会不会
挨上老师的罚

哎呀,水流漫过小坝子啦
小蝌蚪们,一个
一个,跳下去
也不知道它们的妈妈
生不生气:啥时候才能回家

【讲给孩子听】

　　亲爱的朋友,你见过蝌蚪吗?知道小蝌蚪的妈妈是什么样吗?啊,有位小朋友说了,蝌蚪的妈妈就是青蛙啊。小蝌蚪出生在水中，一开始就是一个圆圆的小黑点，慢慢地，它长出了尾巴，在水里游啊游啊。再慢慢地，尾巴消失了，它又长出了四条腿，会蹦、会跳，能从水里到岸上来玩了。很多小朋友都看过动画片《小蝌蚪找妈妈》，我们今天就讲这首写小蝌蚪的诗。

还记得我们之前讲过《维修外星人》这首诗吗？里面的修理工，也就是诗人津渡，是我的好朋友，这首《跳过小坝子的蝌蚪》也是他写的。他现在改行了，不再修理外星人了，现在他在河岸上、湖泊旁当研究两栖动物的科学家。有一天他遇到了一个小朋友，小朋友对他说了这些话，他记了下来，写成了这首诗。

诗的第一段，就是写小朋友看到了这些活泼的蝌蚪。他在想什么呢？他想，这些小蝌蚪要不要像自己在学校那样，学习 a，o，e 这些拼音字母；要不要像上算术课那样，看到水草要数一数一棵两棵三棵。接下来，在第二段，他继续想，这些小蝌蚪啊，到了今天晚上，它们会不会去默写生词？看不看动画片呢？要是看了动画片，忘了写作业，明天早上会不会挨老师的罚，去写很多遍生词，做很多道算术题呢？

大家注意了，这个小朋友虽然心里想的是蝌蚪们，但他描述出来的事情，却都是他自己每日的生活。在课堂上学习拼音字母啊，做算术题啊，晚上回家做家庭作业、写生词，想看动画片，但如果作业没做完，第二天到了学校就要挨罚，等等等等，这些你们也很熟悉吧？这是为什么呢？这是因为，这些东西在小朋友们看来，都是他每天生活的重要内容，他几乎没有想到其他的生活内容，所以当他看到小蝌蚪的时候，就把自己的生活投射到小蝌蚪的生活中去了。那么，他知不知道小蝌蚪其实是不需要学 a，o，e，不需要做算术，也不会因为没写完家庭作业而被老师惩罚呢？他当然知道了，就是傻瓜也会知道对吧。既然他知道小蝌蚪的生活和他是不一样的，为什么还要想象小蝌蚪们和他过着一样的生活呢？这里面是不是也隐藏着他很羡慕小蝌蚪自由自在生活的想法呢？嗯，这个呀，你们觉得呢？反正，我觉得是有那么一点点吧。

好了，到最后，这个小朋友看到了什么？他看到小蝌蚪从小土坝上顺着水流，跳到土坝那边了。什么是坝子呢？在我们国家的南方有很多水田，水田里可以种水稻。水田与水田之间会用土隆起一道高出水面的土坝，这样呢，给水田放水的时候，可以一块田一块田浇水稻。一块田里的水浇满了，水就漫出来，那些小蝌蚪就顺着漫出来的水，到其他的水田或者水田外面去了。这下，小朋友就开始担心了，担心它们的妈妈找不到孩子了。这些自由自在的小家伙，离开了妈妈或许就会遇到危险，妈妈怎么能不担心生气呢？你们看，没有约束的自由是不是也有问题啊？当然是这样。

这首诗，是把一个小朋友的所思所想，投射到小蝌蚪的身上，把别人的生活想象成自己的生活。什么叫投射呢？从心理学上讲，投射是一个人把自己内心的情绪感受，转移到别人的身上，推想自己的生活、自己的想法在别人那里也会存在。这首诗就非常突出地运用了投射这个方式。这个本领，很多小朋友都有，你是不是也能举出很多你想到的事情？把它们告诉你的爸爸妈妈吧！

这是一首充满了童趣和想象力的诗。通过一个儿童对小蝌蚪生活的想象，表达出孩子对自己生活的观察和想法。无论是家庭教育还是学校教育，都会深深影响儿童的心灵塑造和世界观，因此，这首诗也会使家长和老师注意到教育和生活环境是如何对一个孩子产生影响的。这首诗会使孩子懂得"投射"这个心理学名词的含义，也可以将其学习运用到作文中。

蝈蝈与蛐蛐

[英]济慈

大地的诗歌从来不会死亡：
当所有的鸟儿因骄阳而昏晕，
隐藏在荫凉的林中，就有一种声音
在新割的草地周围的树篱上飘荡，
那就是蝈蝈的乐音啊！它争先
沉醉于盛夏的豪华，它从未感到
自己的喜悦消逝，一旦唱得疲劳了，
便舒适地栖息在可喜的草丛中间。

大地的诗歌呀，从来没有停息：
在寂寞的冬天夜晚，当严霜凝成
一片宁静，从炉边就弹起了
蛐蛐的歌儿，在逐渐升高的暖气，
昏昏欲睡中，人们感到那声音
仿佛就是蝈蝈在草茸茸的山上鸣叫。

（赵瑞蕻 译）

【讲给孩子听】

亲爱的朋友，我小的时候生活在山东渤海湾的农村。农村太好玩了，人们的家里养着鸡鸭牛羊，还养鹅。我曾经被一只鹅追着跑了很远，都把我吓哭了。到了秋天的时候，如果你去玉米地和黄豆地里玩，就会听到四处都是大肚子蝈蝈的叫声。大肚子蝈蝈是一种昆虫，有点像蚂蚱，但比蚂蚱肚子大很多，长着碧绿的翅膀，抖动着头上的两根长须，使劲地叫。还有一种叫声比蝈蝈小一点的昆虫，是蛐蛐，有的地方叫促织，叫得也非常好听。

我们在城市里，有时候能看到卖蝈蝈的，用麦秸秆编了拳头大小精致的小笼子，里面养着蝈蝈，可以给它喂白菜叶子、青菜叶子。至于蛐蛐呢，这种褐色的小昆虫，会躲到温暖的地方——比如炉子旁边、墙角过冬。北方有一些大叔，会买来专门养蛐蛐的蛐蛐罐，把蛐蛐放在衣服里，贴着胸口温暖它们，能养一个冬天呢。到了冬天，外面下大雪的时候，能听到蛐蛐美妙的叫声。好，我们今天，就讲这首和这两种小昆虫有关的诗，诗的题目就是《蝈蝈与蛐蛐》。

这首诗的作者是英国著名的诗人济慈，全名是约翰·济慈。他1795年出生于英国的伦敦，如果活到现在，那就该有二百二十多岁了。可是，他很年轻的时候就因为生病去世了，去世的时候才26岁，真是太可惜了。

济慈在短暂的一生中写了很多优美的抒情诗,在英国和欧洲,乃至全世界都有非常大的影响。济慈小的时候当过药店的学徒工,后来又考上了英国很有名的伦敦大学国王学院。他学习非常努力,14岁的时候就翻译了古罗马诗人维吉尔的拉丁语长诗《埃涅阿斯纪》。拉丁语是一种非常难学的语言,只有少数学者、哲学家和研究神学的人才能掌握。那么我们就知道,济慈的语言功底是非常厉害的。济慈年纪很小的时候就失去了父母,这样的遭遇使他一直有点悲伤。不过呢,他写了很多热爱大自然的诗,这些诗是美的,是对生活充满希望的。我们今天讲的《蝈蝈与蛐蛐》就是这样一首诗。

这首诗的第一句就是:大地的诗歌从来不会死亡。你看,这就是济慈很坚定的一个信念。接下来,他要举例子说明自己这个观点为什么是正确的。他说,当天气非常炎热、连鸟儿都被烤蔫了,躲到阴凉的地方打不起精神鸣叫的时候,新割的草地周围,在骄阳的照耀下,响起了蝈蝈欢乐的歌声。蝈蝈不害怕炎热,反倒喜爱夏天的一切。和那些比它大很多的鸟儿相比,蝈蝈是很勇敢也很乐观的,充满了正能量。即便它唱累了,也是很舒心快乐地去歇息,绝不会垂头丧气。

这首诗的第二段一开始,济慈又说:大地的诗歌啊,从来没有停歇。那么,他又举了一个例子来说明这句话是对的。他说,到了寒冷的冬天,外面都是冰霜,屋里的炉子旁边就响起了蛐蛐的歌声,这样的歌声使人们在寒冷困乏的时候,也能感到就像在温暖的夏天听到蝈蝈的歌声一样。亲爱的朋友,你们看,济慈举了两个例子,都是说在环境特别让人感到难受的时候,大地不会因为环境的恶劣而失去它歌唱希望、安慰人们的歌声。哪怕是像蝈蝈和蛐蛐那样小的昆虫,也能顽强地生活着,歌唱着。

这首诗是鼓励人们在人生低落的时候怀着信心生活。这不仅仅是一首歌唱大自然勃勃生机的诗,更是歌唱人类的希望和对未来怀着的梦想的诗。亲爱的朋友,当你感到沮丧的时候,感到疲惫发愁的时候,就想一想这首诗,想一想蝈蝈和蛐蛐的歌声吧。连这么小的昆虫都生气勃勃,或许你就会重新鼓起勇气,重新感到一切还没有那么糟,我们的明天还是充满了希望的。

骑扁马的扁人
[中]王立春

骑扁马的扁人又从大门前
走过了
月光已经为他铺好了
一条白毯子

我能听到嘀嗒嘀嗒的马蹄声

他是从山后过来的
身上背着皮口袋
还有剑　一上一下
闪着亮光
当他从西边坡上刚下来
身子总要摇晃一下
每天都这样

妈妈你看那匹马多像你剪的马
前腿抬着
高高的鼻子
也缺一个碴儿
风一吹
扁人的腿软软的

他慢腾腾走过
每个孩子的门前
孩子们赶紧把梦放下
从窗里往外看

扁人啊　你骑着扁马
到哪儿去
什么地方让你
这样神往

马蹄声消失了
他已经走了很远

今晚　我不睡觉
等着

当嘀嗒嘀嗒的声音响起时
我紧贴在窗上
扁人啊　请你的扁马停一下
请你
看一眼这个孩子吧

【讲给孩子听】

　　亲爱的朋友，我们小时候大都剪过纸人儿。那些薄薄的白纸、花纸，在剪刀的左右翻飞下，被赋予了灵动的身形。等我们慢慢把它展开，小小的纸人便获得了生命的特征：有鼻子、耳朵，有胳膊和腿。他们有男有女，有的愁眉苦脸，有的喜笑颜开，非常好玩！今天，我们就读讲一首和剪纸有关的诗，你们看到了，诗的题目是《骑扁马的扁人》。

这首诗的作者是我们当代著名的童诗诗人王立春，她是我的好朋友，也是一个充满了童心的诗人。这首诗写的是一个小姑娘想象的故事。故事里有两个人物，一个是扁马，一个是骑扁马的扁人。哦，这或许是小姑娘看剪纸看多了，所以才会想象出这样两个人物。为什么我们知道这两个人物是和剪纸有关呢？因为诗里说了，骑扁马的扁人，只有剪纸上的马和小人才是扁扁的，对吧？那么，现在，我们就看看这个小姑娘对这个扁马和扁人想了一些什么吧。

这首诗一开始就说，小姑娘看见骑着扁马的扁人又来了。扁人身背皮口袋和剑，骑着马一上一下地，从西边坡上下来，像每天经过了她家门口一样，地上是月光铺好的一条白毯子。这些，都是小姑娘想象的，因为骑着扁马的小扁人实在是像活的、真的一样啊。接下来，小姑娘忽然发现这个扁人骑的扁马，和妈妈剪的纸马一样，比如高高的马鼻子也会缺一个碴儿；风一吹，扁人的腿软软的。这个骑着扁马的小扁人，经过很多孩子的家门口的时候，那些孩子就把梦放下了，跑到窗口向外面看他。咦，读到这里，我们应该注意，这里提到了孩子们把梦放下了，也就是说，这些孩子正在做梦，这个时候，骑扁马的扁人也来到他们的梦中了，孩子们放下正在做的梦，又进入了这个有扁马和扁人的梦——大家现在明白了没有？这首诗其实就是小姑娘做的一个梦啊。在梦里，小姑娘偷偷趴在窗台上，把脸紧贴在窗口，等着那嘀嗒嘀嗒的马蹄声由远而近，再经过她家大门口。她想的是请扁人的扁马停一下，看一眼自己。

很显然，小姑娘看到的骑扁马的扁人，虽然像是剪的纸人纸马，但又像是从山那边走过来的活生生的人和马。这首诗使我们一下子回想起童年时似乎也看到过这样的景象：在村口，在白晃晃的月光下，打麦场或者大柳树下，一个什么人过来了，骑着马，有点孤单。在小姑娘的想象里，这一切都是非常真实的，因为这是她做的一个梦，在梦中，我们就会觉得一切都是真实的，甚至当我们醒来，回忆起梦中的故事，依然会觉得一切栩栩如生呢。

亲爱的朋友，梦和幻想很相像，在梦中和幻想里，一切都有可能发生，比如剪纸上的人物活了，比如一棵树能够跳舞，比如一只小狗会跟你说话，等等。如果一个人把这些幻想和梦用优美的语言写出来，那就是在进行文学的创造，这首诗就是这样的。你能不能也记下自己的幻想或者一个神奇的梦呢？试一试吧！

　　我想跟你们的爸爸妈妈说，艺术家创造的形象一旦完成，就获得了生命。对于一个爱幻想的孩子来说，这样一个艺术形象，是可以交流和对话的。艺术形象能够唤起孩子的想象力，带领孩子到一个充满幻想的世界，这个世界可以给孤独的孩子以安慰，使孩子学会交流和思考。而孩子们又能够将这一切带回到生活中，将这些思考和感受实践于家庭、社会、学校里人与人的交流之中。

暮　色
[古希腊]萨福

晚星带回了
曙光散布出去的一切，
带回了绵羊，带回了山羊，
带回了牧童回到母亲身边。

（水建馥　译）

【讲给孩子听】

　　亲爱的朋友，你读过古希腊罗马神话吗？可能会有一些人读过，即便没有读过也没关系。但你们是不是听说过，或者从图画书、电视电影上，知道了断臂女神维纳斯、海神波塞冬，或者太阳神阿波罗，还有那个手拿弓箭的小爱神丘比特呢？他们都是古希腊或古罗马神话里的人物。当然了，在古希腊神话里，美神维纳斯的名字叫阿弗洛狄忒，在古罗马神话里就叫维纳斯，其实是同一个女神。古代希腊的文化当时在整个欧洲是最先进的，影响了后世很多年，并一直持续到今天。在当时的希腊，出现了很多伟大的哲学家、数学家和诗人。我们今天就介绍一首古希腊最伟大的女诗人萨福写的诗,她的这首诗很短,只有四行。

萨福,生活在公元前六百多年,如果她还活着,应该就有两千六百多岁了。她出生在古希腊一个叫莱斯波斯的海岛上。她的家庭是贵族,而且,那个时代的希腊有着从全世界来说都非常先进的民主制度。在她的故乡莱斯波斯岛,很多女孩子能够受到很好的教育。萨福很小的时候就听老师讲课读书。据说,她的父亲很喜欢诗歌,所以,萨福在家庭的影响下,开始学习写诗。讲到这里,还要提一下另一个重要的人。在萨福出生前三百多年,古希腊出了一个盲诗人,就是双目失明的诗人,他的名字叫荷马,他是个游吟诗人,就像民间的说书人一样,他创作了两部伟大的史诗,一部叫《伊利亚特》,一部叫《奥德赛》,后人把这两部书记录下来,称作"荷马史诗"。荷马史诗是叙事诗,"叙事诗"主要是在诗中讲故事,有很多人物,有故事情节。到了萨福开始写诗的时候,萨福就开创了"抒情诗"这种形式。抒情诗主要是抒发个人感情,表达感受,并不像叙事诗那样重视故事情节,这就是叙事诗和抒情诗的区别。

因为这两个诗人都非常伟大,所以古希腊人专门创造了两个词,一个是"诗人",专门指荷马,一个是"女诗人",专门指萨福。萨福的抒情诗都很短,非常优美,连大名鼎鼎的哲学家都希望跟着她学习写诗。

这首《暮色》,第一句写的是傍晚的时候,夕阳西下了,天上的星星出现了。晚星,指的就是傍晚的星星。它们的出现,带来了什么呢?第二句和第三句就写到,它把曙光散布出去的一切带回来了,那些绵羊啊,山羊啊,都被带回来了。曙光,是早晨出现的太阳的光芒,天亮了,人们要把牛啊羊啊放出栅栏和羊圈,让它们出去吃草,还有一些人要出去种地、做工。所以,曙光散布出去的,都是人们白天的生活,到了晚上,人们需要休息了,牛群马群、山羊和绵羊,也要回家了。最后一句非常温暖,说的是牧童也回到了母亲的身旁。是啊,小牧童出去放牧,晚上回到妈妈身边,回到家里,等待着他的是做好的晚餐、温暖的拥抱和问候,以及甜蜜的睡眠。这一切都是由曙光放出去、晚星收回来的。

这首诗虽然只有四行,但却写到了曙光、晚星这样一些表达大自然运行的景象,非常辽阔。它也写到了山羊、绵羊这样和人类生活很亲密的动物，它们象征了天亮以后所有人们的生活和工作。最后，写到了劳动了一天的小牧童回到妈妈身边的安宁和甜蜜——这句诗，同时也让我们想到了许许多多人也回到家里了，羊儿牛儿也回到圈里了，太阳落山了，大地上的一切都要在黑夜里休息了。这短短四行诗，包含了天地万物，也包含了一个小牧童和家人的生活，非常温暖，非常甜蜜。一首短诗写成这个样子，实在是了不起！所以，人们认为萨福是古希腊伟大的诗人是有道理的。这首诗用了"散布出去"和"带回来"这两个动词，像是有一个看不见的人做的动作，其实是在写时间带来的一天生活的变化，同时，也让人们想到大自然母亲和小牧童母亲是同样的一个形象，这种巧妙的比喻虽然没有明明白白写出来，但是能够被读者们真切地感受到，这就是萨福诗歌的魅力。

萨福是古希腊，也是古代欧洲第一位被历史记载的女诗人，她的影响巨大。这首诗从傍晚写到清晨，将星辰、曙光和古代人们日常生活的景象，归纳至母亲这个意象之中，既是对大自然母亲的赞美，也是对人间母爱的赞美。这种并行的隐喻，是萨福诗歌特有的精短但含义深远的一个特点。

本课会使亲爱的朋友们对古希腊文学发端、叙事诗和抒情诗的区别，尤其是对萨福在西方文学史上开创的抒情诗这一伟大的诗歌形式，有更多了解。

建 议
[德] 约瑟夫·雷丁

应当来
一次大扫除
去掉世上所有
把人隔开的东西：
去掉铁丝网、
地界标杆、
栅栏、
城墙、
壁垒、
篱笆、
禁令、
关卡、
障碍物
以及"此地
唯我独有！"
"他人不得
入内！"
"禁止在此地
寻物！"
"滚到你
该去的地方去！"
等句。

（柳箏 译）

【讲给孩子听】

亲爱的朋友，不知道你们有没有过这样的经历：

在幼儿园或者在学校，你和你的同桌闹别扭了，于是就在课桌上画一条线，不许对方越过这条线，当然也不和他说话。不过，当有一天你们和好了，就会抹去这根线，你们就可以重新成为好朋友，一起玩耍，一起做游戏，分享零食和图画书，是不是啊？这条课桌上的线，多不好啊。它影响我们的友谊，我们应该去掉这条不团结的线，对不对？那么今天，我们要讲的这首诗，里面有非常好的建议，所以它的题目就是《建议》。

这首诗的作者是德国的诗人约瑟夫·雷丁，还记得他吗？对，我们之前讲过他的诗《最难的单词》。这首《建议》呢，他写到的可不仅仅是小朋友课桌上那条线。我们现在来看看，在这个世界上究竟有多少分开人们的不团结的线吧——

雷丁一开头就直截了当地说："应当来一次大扫除，去掉世上所有把人隔开的东西。"都是些什么东西呢？它们是铁丝网、地界标杆、栅栏，这些东西我们经常可以看到，比如铁丝网，一般都是用来防止别人走进自己的领地。在电影里，一些坏人把好人抓起来，关进高墙里，高墙上都缠着铁丝网，有的还通了电，一旦有人碰着了，就会被电死。地界标杆呢，也起着一个表明"这块地方是我的"的作用。栅栏更不用说了，都是告诉别人，这块地方只有我有权力进来，你们没有这个权力。

好了，上面讲的都是我们可以看见的隔离物。接下来还有，它们是城墙、壁垒、篱笆、禁令、关卡、障碍物。城墙，是一个城市为了防止别人来攻打而垒起来的很高很高的墙。壁垒是准备打仗用的军事堡垒，里面可以有士兵守着，放着枪炮。篱笆和栅栏的用处差不多，都是阻挡人的东西。至于关卡、障碍物，这些也是，统统都表明只有我有权力在这些地方做主，你们是不能随便进来的。

雷丁还写到了禁令。禁令是什么呢？禁令是一种强制性的命令，也就是说，不管你们愿意不愿意，都要听我的命令。这个禁令，不像铁丝网、栅栏啊，能让我们看到，禁令是看不到的，一般都写在纸上，贴出来。现在呢，就会在广播里、电视里、互联网上发布出来，是告诫人们不能做什么事情的命令。一旦有人违反这个命令，他就要被抓起来，或者受到惩罚。

雷丁是个很伟大的诗人，他还发现，有一些话语也是对人很粗暴的隔离。比如说"此地唯我独有！""他人不得入内！"意思是：这块地方是我的，谁都不能进来！比如"禁止在此地寻物！""滚到你该去的地方去！"这些话充满了对别人的侮辱，充满了对别人的歧视。这些很强硬的话，和城墙、栅栏、铁丝网一样，在人们的心中竖起了高高的隔离墙，使大家不能互相了解和沟通。说这些话的人，从来不会想到，他们也有需要别人帮助的时候，如果到了那些时候，谁还会去帮助他们呢？比如，很久以前，白人是歧视黑人的，不允许黑人和他们在一个餐馆吃饭。比如，到现在还有很多有钱人，不允许穷人家的孩子和自己家里的孩子玩，等等等等。这些有形和无形的隔离，实在是我们人类的灾难。在这里，我还想提醒一下大家，雷丁写这首诗的本意是，希望所有人都团结友爱，互相尊重，互相帮助，这是他美好的愿望。不过呢，在生活中，有时我们还是需要有栅栏和地界标杆的。你知道为什么吗？可以动脑筋想一想，也可以问问爸爸妈妈哟。

这首诗以一系列具体的标志，写到了伤害和隔离人们情感、造成歧视的不平等的语言，旨在教育孩子们从小培养平等友爱、互相尊重的品德。这首诗也提醒我们，我们说话的时候必须注意，因为语言有时候也会伤人，侮辱性的话语会给孩子造成难以愈合的心理伤害。

草原上的阳光
[中]伊水

草原上的阳光，
坐在马背上眺望远方，
他是个金色的骑士。

草原上的阳光，
坐在帐篷上唱歌，
他是个歌手。

草原上的阳光，
坐在小草上梳妆，
她是个少女。

草原上的阳光，
坐在小河边沉思，
他是个诗人。

草原上的阳光，
抚摸着小牧童的脸，
她是个妈妈。

草原上的阳光，
给大家带来欢笑，
他是个神灵。

【讲给孩子听】

亲爱的朋友，在很多年以前，我刚刚大学毕业参加工作。有一次，我在工作的休息期间，轻声哼起了一首在草原学到的蒙古族民歌，没想到被一位我尊敬的老师听到了。等我唱完了这支歌，他好奇地问："你是不是在内蒙草原有男朋友？"我笑了起来。他这么问不是没有道理，因为那是一首歌唱草原、歌唱爱情的歌，非常动人，非常深情。所以，这位老师才会那样问我。我当然没有一个蒙古族男朋友。可是，我又点了点头，为什么呢？因为，整个大草原都那么美，谁会不爱它呢？就当草原是我的男朋友吧！好，亲爱的朋友，我们今天讲的这首诗，就是和草原、和草原上的阳光有关的诗。

去过草原的人都知道，草原一望无际。草原上没有高楼和高墙遮挡住阳光，所以，草原上的阳光可以普照一切。花啊草啊，牛羊和骑手，蒙古包，都在阳光灿烂的照耀之中。我们知道，阳光就是光，它没有形体，但作者给了它一个比喻的形体，这个形体是什么呢？她说："草原上的阳光，坐在马背上眺望远方，他是个金色的骑士。"也就是说，作者把阳光比喻成坐在马背上眺望远方的金色骑士。金色，那是阳光的颜色；骑士，是俊美的，也是自由的。这种拟人手法一下子塑造了阳光的形象。

那么，还有别的什么形象也可以用来形容草原上的阳光吗？作者接着写："草原上的阳光，坐在帐篷上唱歌，他是个歌手。"

你看，这一个形象是歌手，他坐在帐篷上。而前一个骑士呢，是坐在马背上。这很符合阳光的特点，因为阳光不会在阴影里，它不会出现在马肚子下面，也不会出现在帐篷的角落里，因为阳光照不到那里。阳光是无声的，但是作者能够听到阳光的声音，所以她将阳光比喻成歌手。这种感觉在文学中叫"通感"，是一种文学修辞手法，就是在描述一个事物的时候，用形象的语言使你的感觉转移，将你的听觉、视觉、嗅觉、味觉、触觉等不同感觉互相沟通，彼此挪移转换。举个例子说，鼻子闻到的香气可以是灰暗的，或者是灿烂的，这样就把嗅觉变成了视觉。你看到的云彩可以是沉甸甸的，可以是轻飘飘的，这样就把视觉变成了重量感觉。在通感中，颜色似乎会有温度，声音似乎会有形象，冷暖似乎会有重量。这可是一个很美妙的文学手法，你也可以试一试啊。

我们还回到这首诗,接着往下讲。作者在把草原的阳光当成骑士、歌手之后呢,又接着把它描绘成梳妆的少女、河边沉思的诗人和慈祥的妈妈。最后,我们的小诗人认为草原上的阳光给大家带来了欢笑,所以它是一个神灵。大家想一想,每天都有太阳升起这件事,是不是很神奇?如果没有太阳,我们就会永远生活在黑暗里,没有花草,没有树木,也没有庄稼给我们食用,地球就成了一个荒凉黑暗的星球。所以,把阳光比喻成神灵是很准确的。

不知道大家注意到了没有,小诗人塑造的阳光的形象,也都和草原有关。骑士、帐篷上的歌手、梳理着小草般发辫的少女、沉思的诗人和摸着牧童脸蛋的母亲,这些形象经常在草原上出现,所以呢,这首诗不仅仅是在赞美草原上的阳光,同时也是在赞美草原上生活的这些人。他们以阳光的形象出现,所以他们也是阳光,阳光也是他们——这才是我们的小诗人在这首诗里真正的发现和创造。一首小诗用拟人手法赞美大自然的同时,更是在赞美人——骑士、歌手、妈妈、少女、诗人和神灵。人类形象都可以在大自然中找到对应的象征,用大自然来比拟人,是在发现两者的共同之处,并在这些明亮和温暖的事物与人之间,建立交相辉映的联系。

这首诗是一个名叫伊水的小姑娘写的。她很小的时候就喜欢诗,她的父亲就是一位诗人。她后来长大了,因为热爱大自然的缘故,读大学的时候学的是园艺,现在是一个景观设计师。亲爱的小朋友,你看到阳光的时候,会不会想到这首诗里的那些形象呢?

要不,你也来写一首吧,看看你的阳光像什么。

坏名声

[印度]泰戈尔

哦,宝贝,为什么你眼泪汪汪?
有人对你说三道四?
只管开口对妈妈讲!
你写字,手和脸
沾上了黑墨汁,
所以有人骂你是脏孩子?
咳,干吗这样,
月亮圆圆的脸也有污斑,
谁说过月亮的脸很脏?

哦,宝贝,有人挑你的毛病,
看来他们不满意
你做的每件事情。
你在外头玩耍,
不小心扯破衬衣,
所以有人骂你是野孩子?
咳,这是哪家的王法!
朝阳穿着褴褛的云衣微笑,
谁敢当面说他的坏话?

哦,宝贝,别理睬人家说什么!
尽管眼下对你的
责怪越来越多。
你喜欢吃甜食,
村里、家里,

所以有人说你是馋孩子,
咳,这太过分!
那么,喜欢你的叔叔、阿姨
该算是什么人?

(董友忱 白开元 译)

【讲给孩子听】

亲爱的朋友,告诉你们一个小秘密——我小的时候,头发是黄黄的,经常被大人叫作"黄毛丫头"。一开始我很生气,后来,慢慢地觉得他们没有什么恶意,只是跟我开玩笑,所以我就不生气了。我小时候在家门口的小菜园浇水,经常弄得身上脚上都是泥巴,脸上也有,有个大姐姐就笑话我,说我是个脏丫头,我觉得这不是开玩笑,是真的嘲笑我,我很愤怒,也不知道该怎么办,走路遇上她,我就远远地躲开。这样一些人,一点都不懂得爱我们小孩子。今天,我们就讲一首诗,说一说如果总是遇到有人挑我们的毛病该怎么办。这首诗的题目是《坏名声》。

《坏名声》这首诗是印度伟大的诗人泰戈尔写的。泰戈尔出生在1861

年，是印度著名的诗人、哲学家、社会活动家。他的家庭是富有的贵族，他13岁就能创作长诗和颂歌体诗歌，后来他去英国留学，再后来就回到印度。1931年，他以自己杰出的诗篇《吉檀迦利》获得了诺贝尔文学奖，是第一个获得这个奖的亚洲人。泰戈尔有伟大仁慈的灵魂，他的心总是向着儿童和母亲们。这首诗《坏名声》，就证明了这一点。

　　这首诗一开始写一个妈妈抱着自己的孩子在说话，孩子眼泪汪汪的。为什么呢？因为这个小朋友写字的时候，手上和脸上都弄上了黑黑的墨汁，和我小时候一样，就有人骂他是脏孩子。妈妈听说了就很生气，妈妈知道孩子学习写字是多么好的一件事，大人有时候也会把墨汁弄到手上，这是很正常的啊，为什么要骂孩子呢？你看，天上的月亮里面也有一些阴影，可谁会说月亮很脏呢？

　　这首诗的第二段，妈妈继续谴责那些骂孩子的人，因为孩子在外面玩耍的时候不小心扯烂了衬衣，就有人骂小朋友是野孩子。扯烂衬衣又不是故意的，为什么要挨骂呢？妈妈说，早晨的太阳四周都是一块一块的云彩，就像扯烂的衬衣那样褴褛，可谁敢骂太阳啊！

　　这首诗的第三段，妈妈在安慰孩子，不要理睬那些挑我们毛病的人，哪怕有好几个人骂我们，我们也不要理睬。小孩子吃一点甜食，又没有过量，凭什么骂我们是馋猫呢？这简直太过分了。这世界上总是会有人当着我们的面，或者背地里骂我们，却一点也没有看到我们的好处和优点。我们写字是为了学习，我们玩耍是为了开心健康长见识，我们吃东西为了长身体，也为了品尝美味。我们没有伤害别人，也没有妨碍别人，我们扯烂衬衣也不是故意的，骂我们的人一点都没有同情心，也不知道尊重别人，实在是太不应该了！小朋友们不必为这个担心，因为妈妈说了，如果真像那些骂人的人说的那样，那么，喜欢我们的叔叔、阿姨又算什么呢？难道不是因为我们身上有很多优点才叫人喜欢的吗？当然是啦！

　　亲爱的朋友，读了这首诗，你们是不是很开心啊！因为我们不要怕有人骂我们，只要我们做事是正当的，偶尔的过失不是故意的，就不要害怕别人骂。如果我们感到了委屈，就回家告诉妈妈，就和妈妈一起读一读这首诗，这可是一位大诗人写的，连他都这么说，这样爱护我们，那我们还怕什么呢？当然了，如果我们真的做了什么错事，可就要好好想一想，以后不要再犯错了。我知道你会的！

　　现在，我想跟爸爸妈妈们讲，苛责、求全责备，会在孩子的心灵留下深深的伤痕。世上没有完美的人，成长中的孩子更是需要不断地鼓励而不是责骂。在学校和家庭中，孩子更容易受到同龄人的语言攻击，因为同龄的儿童并不像大人那样有理智和文明的自我控制力。一旦孩子受到这些语言的伤害，应鼓励孩子向家长说出来，并给予安慰和保护。如果是因为孩子偶尔没有做好某件事情，只要不是故意的，也不要简单地呵斥责怪，而是鼓励他多发扬自己的优点，平时注意一点即可。

鹿
[俄]阿·巴尔托

谢辽查睡来睡去睡不着——
躺在床上抬头望，
望着一只短腿鹿，
在远远的林中草地上；
望着一只短腿鹿，
在高高的天花板上。

这鹿又漂亮又神气，
耸起了角站在那里，
周围青草发黑，
草地伸展开去。

谢辽查跪起来，
把天花板仔细瞧。
他看见墙上一些小裂缝，
奇怪地马上躺倒。

第二天窗帘一拉开，
他就说道："这仍然是只鹿，
可是跑到山上去了。"

（任溶溶　译）

【讲给孩子听】

亲爱的朋友，记得差不多十年前，我在瑞典的首都斯德哥尔摩参加一个会议，当时我和几个诗人住在另一个诗人的家里。有一天下午，我忽然从窗子看到苹果树下有什么东西，仔细一看，原来是一头鹿！离我只有几步远。哎呀，简直太惊喜了！我屏住呼吸，看那头鹿悠闲地嗅嗅树叶，又悠闲地走开了。那是我第一次在不是动物园的地方看到野生的鹿。后来，我在希腊也见过野生的鹿，漫山遍野都是，真是动人心魄。在我们国家，以前也有很多野生鹿，但后来，慢慢只能在一些原始森林里才能看到了。这种美丽、警觉的动物，因为人类对森林的砍伐，它们失去了生存的家园，变得越来越少。今天，我们就讲一首和鹿有关系的诗，这首诗的题目当然就叫《鹿》。

这首诗的作者叫巴尔托，是俄罗斯的女诗人，她也得过国际安徒生奖。她的全名很长，叫阿格丽娜·列夫福娃·巴尔托。巴尔托1906年出生，她的父亲是一位兽医。巴尔托从小就爱写诗，她19岁的时候就发表了一首长诗《中国小男孩万力》。

我敢说，她那个时候很可能没有到过中国。但这有什么关系呢？法国有一个很著名的诗人叫兰波，他也是十几岁时就写出了让全欧洲都大吃一惊的诗，其中有一首长诗叫《醉舟》，写大海和舟船，那个时候他也没见过大海是什么样子。但是，巴尔托、兰波都有非常厉害的想象力，他们凭借着想象，就能写出诗来。我们今天这首《鹿》，也是在写一个孩子的想象力。

诗歌的第一段，写一个叫谢辽查的孩子睡不着，躺在床上看。看什么？看一只短腿的鹿在远处的草地上。第二段就告诉我们，谢辽查是躺着看天花板，哦！这样啊，原来他在天花板上看到了一只短腿鹿在远处的草地上。不知道你们有没有遇到过这样的事情，比方说，我们看天上的云彩，会觉得那些云彩像一匹马在跑，有的像大象在走路。有时候看到地上的水渍，水渍一滩滩的形状也像各种动物，有时候又像人的脸。这个谢辽查在天花板上看到的那些隐约的图案，就像一头鹿在林间的草地上。这头鹿有角，又漂亮又神奇。鹿四周的青草有点发黑。这一段写得很细，连鹿角都看得很清楚。

这幅图案如此逼真，谢辽查很惊奇地从床上跪起来，仰着头看天花板，发现那上面有一些细小的裂缝。作者没有说正是这些裂缝组成了鹿的图案,他是通过描写谢辽查的观察告诉了我们。谢辽查发现了这一点,所以他感到很奇怪——明明刚才看到的是一头鹿啊。他有点沮丧地躺下睡觉了。到了第二天,他醒过来了,窗帘一拉开,屋子里肯定变得很明亮,天花板上鹿的影子看不到了。谢廖查就对自己说:昨晚上看到的肯定是一只鹿,现在它不在天花板,一定是跑到山上去了。

这首诗真有意思啊!

这头鹿一开始在草丛里,草丛在天花板上,后来它又离开天花板,跑到山上去了。谢辽查相信这是真的。你们觉得呢?即便这是他想象出来的,也没关系啊,毕竟,想象出来一个东西,它就会活在想象中,它实实在在地在一个人的眼睛里和脑海里,总比什么都没有好,对不对呀?以前的人们曾想象自己能在天上飞,现在不就有飞机了吗?还有航天飞机,还能到月亮上去,想象力太重要了!它是一切奇迹的开始呢。年轻的朋友,把你们想象的事情记下来吧,或许哪一天就实现了呢。

喜欢幻想是儿童最宝贵的天性。儿童在幻想中创造的世界,是对现实世界不足之处的弥补,从这一点来说,儿童的幻想并不比成年人对生活创造的价值低。这是因为,幻想是想象力,而想象力是创造力的基础驱动力量。成年后的创造力大半是因为童年时期的想象力得到过鼓励和保护。这首诗从孩子面对天花板的想象开始,到天亮后对幻想消失给予了奇妙和合乎情理的解释,充分表现了孩子不仅仅有想象力,也拥有对想象进行诠释的能力。

收买破烂

[意] 贾尼·罗大里

"喂！老头，收买破烂的，
你背了一袋子啥东西？"

"是把拉弓，没提琴；
是只鞋子，没鞋跟；
是个锅子，没锅底；
是只袖子，没衫身；
是个颈圈，没有狗；
是个茶壶，没盖头；
是个部长，没皮包；
他才上台就垮掉。
他叫全国去打仗，
现在躺在袋底上！"

（任溶溶 译）

【讲给孩子听】

亲爱的朋友，你们平时有没有注意到收废品、收破烂的人？他们的袋子里都有些什么？当然都是一些别人不要的东西。旧报纸、破书、饮料瓶子、旧衣服、破玩具等等。这些东西会被送到废品收购站，在那里分类，有的可回收的东西，就拿到工厂里重新加工；实在是没有用的，比方说烂菜叶子之类，就要被集中送到一个地方焚烧销毁，或者挖个深坑埋起来。

收废品、收破烂的大多都是一些生活比较贫困的人，但是，他们能从人类制造的垃圾里发现很多秘密。不要小看这些垃圾，有时候警察破案，也能从垃圾箱里寻找到线索呢。好，我们今天就讲这首《收买破烂》。

这首诗的作者，是我们的老朋友了，他就是意大利的诗人罗大里。对了，我们以前讲过他的诗《给仙人的信》，还记得吗？那么，今天这一首，你们是不是觉得很好玩？

这首诗是由两个人的对话组成的：有个人看到收买破烂废品的人，就问："你的袋子里都有什么呀？"收破烂的人就回答他了："里面有一把拉弓，但是没有提琴。"

我们知道，小提琴必须要有拉弓才能拉响，但只有一把拉弓也是没有用的，所以没有提琴的拉弓就是废品。那么袋子里还有什么呢？收破烂儿的老头继续说："里面还有一只鞋子，但是没有鞋跟。"鞋子都是成双成对的，一只鞋有什么用？而且还没鞋跟，那就更是废品了。

收破烂的人还说："里面还有一只锅，可惜没有锅底。里面还有一只破衣服袖子，但是原来那件衣裳不见了。唔，还有一个颈圈，就是戴在小狗脖子上的颈圈，但是没有小狗。还有一个茶壶，但是没有壶盖。"这些东西都是不完整的，不是缺这个，就是缺那个。别人一看没有用，就扔了。但这个老头儿呢，把它们捡回来，去换一点可怜的小钱。

接下来，袋子里还有什么呢？老头儿说了，"还有一个部长，但是他没有皮包。"

部长可是个大官啊，大官平时人五人六的，胳膊里总是夹着一个文件包。这样一个大官，怎么到了垃圾袋里呢？老头儿解释说，这个部长刚上台，就垮掉了，就下台了。因为他让全国人民都去打仗。打仗会死人的！他让那么多人都去送命，大家肯定不愿意了，就起来反抗，让他下台了，部长当不成了。

那么，他去哪儿了？他在垃圾袋最下面呢。当然了，垃圾袋里装不进一个真人，这个部长的照片印在报纸杂志上，这些报纸杂志现在都成了废品！是啊，这样一个根本不顾人民死活的人，不是垃圾是什么呢？

亲爱的朋友，这首诗非常诙谐，读着很好笑，我第一次读就笑了很久。但是，如果我们想到这个收破烂的人生活是那么贫苦，我们就笑不出来了。他过着那么苦的日子，是谁造成的？难道不正是像这个部长这样滥用权力的人造成的吗？人们扔掉的那些破烂，却是这个老人生活的来源，这明明是个悲剧啊。罗大里把这个故事写得很明快，很诙谐，其实是一种很高明的艺术表达，它会产生让人笑中有泪的效果，也让我们深思社会的不平等，让我们对那些在底层生活的穷人们抱有同情之心。

旋转木马

[美]兰斯顿·休斯

这旋转木马上
哪儿是黑人的位置?
先生,我也想坐。
我从南方来,
那里白人和黑人
不能坐在一起。
在南方,火车上
专有黑人车厢。
在公共汽车上,黑人坐后排——
可是这旋转木马
难分前与后。
哪一个木马
能给黑孩子骑?

(陈波 译)

【讲给孩子听】

  亲爱的朋友,你去游乐场玩过吗?坐过旋转木马吗?就是那种很大很大的转盘,上面有很多一高一低起起落落的木马?还有音乐声,还有一闪一闪的彩灯亮着,对,就是那种旋转木马,想起来了吗?很多小朋友都坐过吧。那么,我们今天就讲一首《旋转木马》,它的作者是美国诗人,他的名字叫兰斯顿·休斯。

  休斯是一个黑人,出生在1902年。他很小的时候父母就离婚了,所以他跟着外婆和妈妈长大。他上过大学,当过远洋轮船的水手,还当过厨师和洗衣房的工人。24岁的时候,他出版了第一部诗集,后来就一发不可收,写了很多很多诗,被誉为"黑人民族的桂冠诗人"。这下,你们就明白了,为什么他在诗里写到了黑人和白人的故事。现在,我们来看看他是怎么写的。

  在这首诗里一个黑人小孩询问一个大人,他说:"先生,这个旋转木马是一个大圆盘,我是一个黑人小孩,我不知道我应该坐在哪里?因为我来自美国的南方,在那里,黑人和白人是不能坐在一起的。如果是坐火车,火车上有专门给黑人准备的车厢,如果是坐公共汽车,黑人只能坐在后排,前排那些舒服的座位,是给白人们准备的。"

  年轻的朋友,你们知道吗?在四五百年前,有大批非洲的黑人被贩运到美国的南部做奴隶,为白种人做最苦最累的活儿。一直到一百多年前,美国发生了南北战争，也就是南方的军队和北方的军队打仗，最后北方的军队打赢了，他们宣布废除南方的奴隶制，那些黑人奴隶才得到了自由。但是，得到了自由并不等于受到白人的尊重，白人中有一些人照样歧视他们。直到五十多年前，美国总统肯尼迪颁布了一个叫"平权法案"的命令，黑人受到的歧视才慢慢减少。后来美国还选举出了黑人总统，也很受人尊敬。

我们的诗人休斯，在他小的时候身边还有很多歧视黑人的现象，他说的黑人坐车要坐到后排，黑人不能和白人平起平坐，都发生在那个时候。所以，你们就会理解他在诗里写的，他问那个先生说："你看，这个旋转木马是一个大圆盘，转起来一圈一圈，没法分哪儿是前面，哪儿是后面，我是个黑人小孩，我该坐在哪里？"

诗写到这里就结束了。那位先生也没有回答他，黑人小孩到底有没有坐上旋转木马也没有告诉我们。但是，我们从诗里知道，对黑人的歧视深深地伤害了这个孩子，以至于当他看到旋转木马的时候，也不敢贸然坐上去，因为他害怕白人的斥骂。但是，这个旋转木马真是太好了，没有贵贱之分，没有前后之分，因为它是圆的大转盘，它提供了一个人人平等的机会。当然了，如果有规定只有白人的孩子才能坐，这个黑人小孩该多么伤心啊。

年轻的朋友，在我们的生活中，不平等和歧视到处都有，不知道你们留意过没有。比方说，有的城里人会歧视乡下人，有的富人会歧视穷人，有的男人会歧视女人，健康的人歧视残疾人，重点学校的会歧视普通学校的，等等等等，这跟白人歧视黑人是一样糟糕的。我们试想一下，如果你是一个乡下人，你是一个穷人，你是一个残疾人，你是一个普通学校的学生，面对着别人的歧视、耻笑、挖苦会怎么样呢？你愿意别人这样对待你吗？当然不愿意了。那么，学了这首诗以后，我们要在心中牢牢记住，不要歧视别人，要尊重每一个人，因为制造不平等和歧视是罪恶的，很多人类的灾难都是由不平等和歧视造成的。

小孩儿
[罗马尼亚] 诺夫·马尔蒙特

他们早晨就来了
用小小的手
翻遍葡萄园
找蜗牛

但只找到
几枚银币
古罗马时期的。

到了晚上
他们垂头丧气地回家了。

（王敖 译）

【讲给孩子听】

亲爱的朋友，我想问你们一个问题。如果，圣诞节那天晚上，忽然有人推开了你家的门，进来一个身穿大红袍子、一脸白胡子的圣诞老人，他给你带来了一件小小的礼物，你高兴吗？你是不是会感到惊奇狂喜啊！我想，大多数孩子都会说，那当然了！

那么，我要继续问你，如果这样一件事不让它发生，把另一件事换给你，比方说，给你一堆钱，但不让你看到一个圣诞老人忽然到你家来，你愿不愿意？拿一堆钱换你的梦想，比方说你想看到大鲸鱼，一只你一直很想要的毛茸茸的小狗，一只美丽的小鸟，你愿意换吗？反正我是不愿意换！那么今天，我们就讲一首小诗，这首诗的名字是《小孩儿》。这首诗的作者是罗马尼亚的诗人诺夫·弗里德尔·马尔蒙特。

《小孩儿》写的是什么意思呢？

诗人告诉我们，有一天，几个小孩儿一大早就来到了葡萄园里。来葡萄园做什么呢？他们是来找蜗牛的。就是背着圆圆的壳，头上有两只小犄角的小蜗牛。可是，他们翻遍了整个葡萄园，小手都湿乎乎的，也没有找到一只蜗牛。他们只找到了几个古代罗马的银币。最后，一直到天黑，也没有见到蜗牛的影子，于是他们只好垂头丧气地回家了。

亲爱的朋友，你们知道吗，古罗马的银币是银子铸成的，在大人的世界里，在一些收藏家那里，它们非常值钱。但在这些小孩儿的眼里，它就是一堆破玩意儿，根本没法和可爱的蜗牛相比。

想一想吧，小蜗牛有两只尖尖的触角，你要是用手轻轻一碰，它们就嗖地一下缩回去了！如果把蜗牛放在树叶上，它会慢慢地爬，身后会留下一道闪闪发亮的痕迹。它是一个活的生物，你动一动它，它就会有反应。而银币呢，却是没有生命的金属。所以，对于孩子们来说，蜗牛可比银币更好玩，也更有吸引力。蜗牛可以成为好朋友，但一个人怎么可能跟银币交朋友呢？在小孩儿的世界里，他们喜欢的都是充满生命力的东西，他们最看重的是建立友情。但是，在大人的世界里，有一些人只喜欢金钱，喜欢那些没有生命的东西，这就是孩子们和这样一些大人的巨大差别，也是天真纯洁的人和不再天真的人之间的区别。有人给你一大笔钱，想把你的妈妈换走，你愿意吗？当然不愿意了！印度的大诗人泰戈尔就曾经赞美孩子，他说过："这个洁白的灵魂，他为我们的大地，赢得了上天的接吻。他爱阳光，他爱见他妈妈的脸。他没有学会厌恶尘土而渴求黄金。"你们瞧，泰戈尔也是举了和我们今天讲的这首诗差不多的一个例子。

大地上可以生长很多鲜花、青草，还能生长各种动物，它们在孩子眼里可比黄金神奇多了。小孩子们更重视感情，他们认为感情才是最重要的。能够一直保持这样心灵的人，才是真正纯洁可爱的人，这样的心灵，才是世界上真正的无价之宝。所以，这首《小孩儿》虽然描写了孩子们没有找到蜗牛的沮丧，但其实是在赞美他们视金钱如粪土的天真纯洁。

年轻的朋友，你在听吗？你一定也是这样一个小孩儿，一个可爱的小孩，对吧？想一想你喜欢什么金钱买不到的东西吧，然后把它记下来。

挑妈妈

[中]朱尔

你问我出生前在做什么
我答 我在天上挑妈妈
看见你了
觉得你特别好
想做你的儿子
又觉得自己可能没那个运气
没想到
第二天一早
我已经在你肚子里

【讲给孩子听】

亲爱的朋友,在你小的时候,你有没有想过"我是从哪里来的?"有没有问过妈妈这个问题呢?

我记得我的妈妈就告诉我,我是她从海边的一座小山上找到的。我妈妈说,那天早上,她和爸爸背着一个小筐,带着锄头上山了,他们打算在土里找我,要是找到了,就把我像挖土豆那样挖出来抱回家,但没想到,山上到处是开满了花朵的树,我就像一个很大的果实一样结在一棵树上,他们好高兴啊,就把我抱下来,轻轻放进小筐里,带回家了。

真是这样吗?小时候我还真的有点相信了。我就想,那我以前就是一棵树上的花儿,然后结成了果实,最后被爸爸妈妈发现,我就成了一个小女孩儿,这多神奇啊。那么,你们没出生之前,都在做什么呢?

有一个叫朱尔的小男孩,写了一首诗,诗的题目是《挑妈妈》,让我们来看看他在没出生之前,在做些什么吧。下面,我就给你们讲一讲这首诗。

朱尔写这首诗的时候,刚刚六岁。有一天,他的妈妈也是这么问他:你出生前在做什么呀?他就说:我在天上挑妈妈呀!

原来,很多没有出生的孩子,要先在天上为自己挑一个妈妈。一定有很多很多妈妈,都在等着某个小孩儿挑中自己吧。小朱尔说,他终于看到了一位美丽的女士,他很喜欢她,觉得如果能当她的儿子该多有福气啊。但是,又很担心这位女士会看不上自己,失掉了这个好运气。没想到,第二天醒来,他就发现自己已经在妈妈肚子里了。

据说,朱尔的妈妈听孩子这样讲,非常感动,朱尔的妈妈说:"谢谢我的孩子挑选了我。"

她觉得儿子对她非常信任，那是满满的爱，所以，妈妈也觉得很荣幸。

好，现在，我们来看看这首诗好在哪里。

朱尔小朋友写这首诗的第一段，只有两句话："你问我出生前在做什么？我答：我在天上挑妈妈。"也就是说，这个小朋友在没有来到人间的时候，他和那个将要成为他妈妈的女士是互相不认识的，他们是陌生人。但是，当朱尔小朋友在人群中看到那位女士的时候，他喜欢上了这位女士。喜欢某一个人，就是对他有感情了。他很希望这位女士能做自己的妈妈。到了第二天，他就到了这位女士的肚子里，也就是说，这位女士也很喜欢他，愿意做他的妈妈，所以就让他到自己的肚子里来。

小朋友们请注意，他们两个从原本互相不认识，到互相喜欢，两个人都愿意成为一家人，一个当妈妈，一个当孩子，这个时候喜欢就慢慢开始变成了一种关系，这种关系就是母子之间的爱。在以后的岁月里，孩子爱妈妈，妈妈爱孩子，妈妈为孩子做很多事情，把他养育长大。等妈妈老了，长大后的孩子就开始照顾妈妈，他们之间的爱越来越结实，谁也不能把他们分开。

所以，当爸爸妈妈、爷爷奶奶、老师同学为你做事情的时候，你要想到，他们愿意为你做这些事情，是因为他们爱你，并不仅仅因为你们有血缘关系。那么你呢，你应该心怀感激，并且回过头来爱他们，为他们做点事情，对不对呀？

这首诗还原了亲缘关系的本质，那就是："我们原本是陌生人。我们相爱是互相选择的结果，我们愿意为自己的选择担起责任。"这才是这首诗真正的意义！

礼 物

［奥地利］汉斯·雅尼什

我要送你
一个核桃壳

里面可以有各种东西：
大海
雪
一阵风
一朵云
葱绿的草
彩色的石
一块方巾
你的影像
寂静

我要送给你
一个核桃壳

里面是空的
也是满的。

（姚月 译）

【讲给孩子听】

亲爱的朋友，我们今天讲一首《礼物》。我们以前讲过罗大里的一首诗，那是圣诞节前一个穷孩子眼巴巴等着仙人给他送礼物的故事，你还记得吗？今天这首诗的作者，是汉斯·雅尼什，他是奥地利著名作家，创作了很多部儿童及成人书籍，曾获多项文学奖。那么现在，我们就讲这首《礼物》。

这首诗是一个小朋友对另一个小朋友说的话，他说要送给朋友一个礼物。这个礼物不是什么贵重的东西，是一个核桃壳。

哈哈！核桃壳，我们都见过。砸开核桃，吃掉核桃肉，核桃壳就是空的了。空核桃壳有什么稀罕的？先别急，我们的诗人说，这个核桃壳里可以装进各种东西，比方说大海，比方说雪、草、云彩，或者是一块方巾，或者有着朋友笑脸的影像。哎呀，这不是痴人说梦吗？那么小的核桃壳，怎么能装得下大海呢？还想装进云彩？这是怎么回事呢？我们先往下读。

诗人接着说，我要送你一个核桃壳，里面是空的，也是满的。

核桃壳是空的，没错，这才是真实的啊。但为什么诗人又说，它也是满的呢？因为诗人前面说了，这个核桃壳装进了很多东西，雪啊，大海啊，碧绿的草啊，等等。要是真的装进去，核桃壳不就是很满很满了对吧！但是，我们知道，核桃壳是装不下这些东西的，可为什么诗人说能装得下呢？这是因为，首先，我们给好朋友送礼物是因为有感情，对了，每一样礼物，哪怕是像核桃壳这样的礼物，也充满了我们对朋友的深情。核桃壳本身就象征了你给朋友的很多祝福和爱，这种爱和祝福可以像天地那么大，那么辽阔，这样的爱和祝福当然可以放得下一切你喜欢的东西。如果你喜欢大海，我们就能在一个小核桃壳里感受到大海的起伏，如果你喜欢白云，我们就能在核桃壳里感受到白云的飘浮，如果你喜欢一个小方巾，喜欢春天的花朵，那么我们也能在核桃壳里找到我们所喜欢的这些美丽和感受。也就是说，你的想象力有多大，都可以放到那个空空的核桃壳里，它变得无限广大，你也能在那里看到你爱的这位朋友的面容。

现在，你是不是有点明白了？比方说，特别疼爱你的姥姥或者奶奶，曾经送给你一个铅笔盒，或者一个小水杯，当你想念她的时候，你就会从这个铅笔盒或者小水杯想到她对你所有的爱。爱就是世界最美的东西，它包含了你所有的幸福和欢乐，还有所有那些能让你感到快乐的事物，当然能盛下大海了！

年轻的朋友，核桃壳这个礼物，是不是正像诗人说的那样，它是空的，但它又是满的呢？你可以用你的爱和你的想象力把它填满，正是这样！

我耐心地等自己变老
［中］童子

因为我现在
还是个小孩
在这个世界上
我的意见不重要
我的梦想不重要
我认为地球应该是什么样的
也没人觉得重要
好吧，我耐心地
等自己变老
变成个慈祥又威严的老头儿
可是，万一到那时候
事情又变得颠倒
老头儿的意见和梦想
没有小孩的重要？

【讲给孩子听】

亲爱的朋友，你有没有过那样的时刻，就是特别特别希望自己快点长大，因为长大了，我们就自由了，可以做自己想做的事情，可以自己当家做主了，对不对呀？有一个诗人，他叫童子，他是个杂志社的编辑，写过很多童诗，他就写过这样一首诗，而且，在诗里他有很多很多你们可能也会有的担忧。我们今天就看看他是怎么写的，这首诗的名字就是《我耐心地等自己变老》！

在这首诗里，诗人说自己是个小孩，所以呢，他觉得在这个世界上他的意见不重要，他的梦想不重要，因为他是小孩呀，大人们谁会听一个小孩子的意见呢？大人们总会认为自己才是对的。小孩儿认为地球应该是什么样的，也没人觉得重要！

我就遇到一个孩子，他向爸爸央求，想去找小朋友们玩，但爸爸不让他去，让他在家里待着。和朋友们在一起玩很重要啊，人没有朋友是多么可怕的事情啊，但是大人们才不会替孩子们想一想呢。孩子们都不喜欢暴力，但世界上到处都是战争，可谁会听孩子们的意见呢？世界是大人们在主宰，孩子们没有话语权。

什么是话语权？话语权就是发表意见的权利，而且发表的意见会被人们郑重地对待。你们说说，有谁认真对待过孩子们说的话？很少，对吧？所以，我们的诗人就想：哎呀，我要努力地、耐心地等自己变老，比大人更大的就是老人。孩子这么想不是没有道理的。他希望自己长啊长啊，一直长到自己变成了一个又慈祥又威严的老人——请注意了,慈祥就是很和气,有同情心,不会随便胡闹;威严呢,就是说句话就算数,就有人听从。但是,孩子又一想,万一到了那个时候,事情又颠倒了,老人的意见和梦想,又没有孩子的重要了,那可该怎么办呢?这太悲惨了。

这是一首替孩子们说话的诗,也是替老人们说话的诗。为什么这么说呢?

不知道你们注意到了没有,这个世界到底谁的意见重要?谁的梦想重要?这是由谁决定的?诗里没有说,我猜想啊,是那些有权力的人决定的。他们认为谁重要谁就重要。他们自己肯定首先认为自己的意见和梦想才是最重要的,老人也好,孩子们也好,其实都没有他们重要。这难道就对吗?肯定不对。

孩子的意见和梦想,老人的意见和梦想,都很重要,活在世界上的每个人的梦想和意见都一样重要。这就是平等。

年轻的朋友们,平等是一件重要的事情。打个比方,如果三个人一起种的果树结了三个苹果,一人分一个,这叫平等。如果有一个人分了三个苹果,其他两个人什么都没有,这就叫不平等。同样,有两个人犯了法,一个人住进了监狱,另一个有权有势的人却逍遥法外,这就更是不平等了。一个人滔滔不绝地说话,却不让别人发表意见,这也是不平等。人和人之间的平等,不是指大家都要长得一样,个头也一般高,穿的衣服也要一模一样,而是指人与人要互相尊重,享有一样的社会权利与义务。在制定法律的时候,对待每个人都要一样。学生错了,学生就要道歉和改正。如果是家长或者老师错了,家长和老师也要道歉和改正。这就是平等。如果我们大家都能有发表意见的权利,也都能被大家认真对待,这就叫民主。民主就是要听取大多数人的意见。如果这样的话,我们这首诗里的孩子,就不用担心自己的意见和梦想不重要了,更不会盼着自己赶快变成一个老人了。嗯,平等,民主,权利,大家记住这三个词了吗?

村小：生字课
［中］高凯

蛋 蛋 鸡蛋的蛋
调皮蛋的蛋 乖蛋蛋的蛋
红脸蛋蛋的蛋
张狗蛋的蛋
马铁蛋的蛋

花 花 花骨朵的花
桃花的花 杏花的花
花蝴蝶的花 花衫衫的花
王梅花的花
曹爱花的花

黑 黑 黑白的黑
黑板的黑 黑毛笔的黑
黑手手的黑
黑窑洞的黑
黑眼睛的黑

外 外 外面的外
窗外的外 山外的外 外国的外
谁还在门外喊报到的外
外 外——
外就是那个外

飞 飞 飞上天的飞
飞机的飞 宇宙飞船的飞
想飞的飞 抬膀膀飞的飞
笨鸟先飞的飞
飞呀飞的飞

【讲给孩子听】

　　亲爱的朋友，你现在上几年级了？还记得你刚上学的时候，学习生字的情景吗？老师站在黑板前，指着一个生字，教给你怎么读，还举了很多例子，教给你怎么组词。我们今天，就讲这首题目叫《村小：生字课》的诗，这首诗可有意思了。

　　这首诗的作者叫高凯，他是一个诗人，住在甘肃省。甘肃省在我国的西北部，那里有很多地方还很贫穷。农村的孩子上学很不容易，但如果遇到一个好老师，那可是太好了。

　　在这首诗里，老师教会孩子们几个字啊？我们来数一数：一个"蛋"字，一个"花"字，一个"黑"字，一个"外"字，还有一个"飞"字。一共有五个字。这个老师是一个非常非常棒的老师，他很会上课。你看啊，他教的第一个字是"蛋"字，他说，这个蛋字呢，是鸡蛋的蛋，调皮蛋的蛋，乖蛋蛋的蛋，红脸蛋蛋的蛋。在甘肃和山西那一带，人们管那些很可爱的小孩儿、自己喜欢的小姑娘，都叫乖蛋蛋，把漂亮的小脸蛋儿，也叫成红脸蛋蛋，这些叫法都是当地人很熟悉的叫法，所以举这样的例子，孩子们一下子就记住了。

然后呢，他继续举例子说，这也是张狗蛋的蛋，马铁蛋的蛋。张狗蛋、马铁蛋……只有在农村，才会有家长给孩子起这样的名字。为什么呢？因为那里的人们认为，铁蛋啊狗蛋啊，叫这种名字太不起眼了，不像张富贵、李金宝那样金贵，所以阎王爷不稀罕，这样才能健健康康地长大，一生都平安。所以，一般农村的孩子才会起这样的名字。那么，我们就知道，这些上生字课的孩子们都是农村的孩子。

接下来，老师讲"花"字。农村遍地都是野花，大家很容易记住，老师还举了几个例子，里面提到了王梅花、曹爱花这样两个名字。农村人都觉得花儿好看，所以给女孩子起名都是花啊朵啊。这两个名字肯定也是他们班上女孩的名字。第三个字是"黑"字。老师说，黑是黑白的黑，黑板的黑，黑毛笔的黑。这三个例子都是孩子们最最常见的，他们每天在教室里，面对的是黑板，写字的毛笔蘸上墨水也是黑的，然后老师说，黑手手的黑，黑窑洞的黑。我们大家自己看一看，谁的手是黑的啊？都很白是吧？因为我们不干脏活，只有那些挖煤的、干脏活累活的人，手才会是黑的。在我们的农村，有些地方很贫穷，农民们盖不起房子，只能住在黑窑洞里，所以，老师举的例子也是农村孩子们才会看到的。第四个字是"外"，外面的外。窗外的外。山外，国外，都是农村孩子们没有去过的地方。那里有大城市，有音乐会，有飞机火车，有动物园，有很多农村孩子们没有见过、没有吃过的东西。那里的人们大多生活很舒适，没有贫困饥饿，干净体面。哎呀，想到这里，我就非常心酸，我们大家都是人，为什么农村和城市有那么大的差别呢？人类是不是应该消除这样的差别呢？当然应该！

最后，老师讲了"飞"字，宇宙飞船的飞，飞鸟的飞，飞上天的飞。我们的诗人是什么意思呢？他是多么希望这群山村里的穷孩子们能够飞到更辽阔的远方，能够过上和城市孩子们一样的生活啊！他没有把这些话直接说出来，而是列举了这五个字的用法，来引导我们去想象改变生活的道路，他的心里充满了对农村孩子们的同情，也充满了对他们努力学习改变命运的希望！这首诗写得非常好，也很精彩奇妙，我很高兴把它讲给你们听，也希望城市里生活得幸福的孩子们，不要忘记还有一些和你们一样大的孩子，在贫困落后的农村生活。希望你们长大后多学本领，能够帮助到他们。

屎壳郎的天堂
［中］闫超华

在很久以前
有一位国王
命令他的臣民为一只
死去的屎壳郎祈祷

因为，屎壳郎吃掉了
这个国家所有的粪蛋
"它是一位真正的勇士"
国王说，"试想，如果没有它
这个国家将建在粪堆之上！"

"它应该进天堂！"
有些大臣说，于是
所有的人都点起蜡烛
有些人甚至还为它
建造了巨大的宫殿和雕像
近百年来香火不绝

对此，屎壳郎先生一无所知
如果它真的有天堂
那一定是一个
圆形粪团的模样

【讲给孩子听】

亲爱的朋友，你们见过屎壳郎没有？我估计在农村的孩子们肯定见过，城市里的孩子可能会在图画书、电视上见过。屎壳郎是一种甲虫，它的学名叫蜣螂，有一枚一元的硬币那么大，黑色的，身上有硬硬的黑甲，所以有人叫它"黑甲将军"。因为它是以动物的粪便为食物，比如说牛粪啊，马粪啊，驴粪蛋啊，它经常把这些粪便团成一个小粪球推到自己的家里藏起来，所以也有人叫它推粪郎。屎壳郎对人类的贡献很大，它吞食粪便，清洁环境。美国有一个统计，说屎壳郎为美国的养牛业节省了每年3.8亿美元的粪便清理费用。所以屎壳郎是益虫，我们应该保护它。我们今天就讲一首关于屎壳郎的诗，这首诗的名字是《屎壳郎的天堂》，它的作者叫闫超华，他当过老师，还当过图书的编辑，是一位充满了童心的诗人。

这首诗的第一段，写的是一个屎壳郎死了。这个国家的国王下了命令，让大家为这个死去的屎壳郎祈祷。第二段呢，写国王认为，屎壳郎是这个国家的英雄，因为没有屎壳郎的话，到处都是粪便，大家都要生活在粪便之中，当然应该纪念屎壳郎了。第三段就很有意思了。因为国王认为屎壳郎是个英雄，那些平时喜欢讨国王欢心的马屁精大臣们，就开始出点子。他们说，应该让这个屎壳郎进天堂。所以他们就把屎壳郎像神一样供起来，为它盖起了宫殿，还给它做了雕像，很多人都去那里烧香磕头。但是，诗人是怎么说呢？诗人说：屎壳郎先生对这些根本都不知道。但是，假如它知道的话，它心中的天堂肯定不是什么宫殿，而是一团热乎乎的粪球！

我们先判断一下，你们认为对于屎壳郎来说，天堂到底是一座宫殿还是一个粪球呢？是那些大臣们对还是诗人说得对呢？嗯，我是觉得诗人是对的。宫殿对于屎壳郎有什么用？它又啃不动那些砖头瓦块大理石，也不靠它们活命，说屎壳郎需要宫殿就是胡扯。

人们说每一首诗都会有诗眼，诗眼就是诗的关键地方，这首诗的诗眼在哪儿呢？在我看来呀，就在"天堂"这个词中。那些大臣惧怕国王的权威，所以就别有用心地巴结奉承国王，居然为屎壳郎建宫殿，认为这就是屎壳郎的天堂。而一些盲目迷信的老百姓就来烧香磕头，可见没有文化、没有理性是多么可怕啊。但对于屎壳郎来说，它想活得好，就要有吃的，有事情做。它要做的事情就是推粪球，并让小屎壳郎们把它们吃掉，让它们快快乐乐地长大！我们通过这首诗，知道了有一些掌握权势的人，经常不从实际出发考虑问题，他们只想巴结权贵，愚弄百姓，做了很多荒谬的事情。而国王拥有绝对的权力，谁也不敢反对他。所以，在他的统治下一切非常可悲，被愚弄的百姓们竟然会相信屎壳郎需要一座冷冰冰的大宫殿的鬼话，难道他们从没有看到过屎壳郎推粪球吗？为什么要相信一个根本不可能的谎言呢？

嗯，亲爱的朋友们，"学习"这个词，意思是我们可以经常问"为什么"，而不是对什么都说"好吧，可以"。如果这首诗能让我们明白这一点，这就是真正获得智慧的开始。

童　年

[巴西] 卡洛斯·德鲁蒙德·德·安德拉德

我爸爸骑上他的马去地里干活了。
我妈妈待在家里坐着缝衣服。
我的小弟弟睡着了。
屁大一点的我独自在芒果树之间
看《鲁滨孙漂流记》，
那故事太长，似乎永远都讲不完。

中午，白晃晃的阳光里一个催人入睡的声音
从远处的黑奴工棚里传来——我永远不会
忘记——

要咖啡。
比黑人大妈还要黑的咖啡。
爽到家了的咖啡。
上好的咖啡。

我妈妈待在家里坐着缝衣服
盯着我：
嘿，别弄醒了小弟弟。
摇篮上飞来一只蚊子，
她叹了口气……好长的一口气！

远处，我爸爸骑着马
在没有尽头的田地上奔驰。

而我还不知道我的故事

其实比《鲁滨孙漂流记》更加有趣。

（胡续冬 译）

【讲给孩子听】

　　亲爱的朋友，你见过大人喝咖啡吧？咖啡很香，略微有点苦。因为咖啡里面含有咖啡因，对正在长身体的小孩不好，所以医生们建议年纪小的朋友不要喝咖啡。

　　巴西在南美洲，是一个出产好咖啡的地方。咖啡豆生长在咖啡树上，咖啡豆成熟之后是黑褐色的，人们收集咖啡豆后，可以把它们加工成咖啡粉，煮成美味的咖啡。巴西是咖啡出口大国，咖啡给这个国家带来了很大的经济利益，也就是挣了很多钱。我们今天就讲这首和咖啡有关的诗——《童年》。

　　这首诗的作者叫安德拉德，1902年，他出生在巴西东南部一个矿区附近的村庄。他的爸爸妈妈都是当地的农民。安德拉德是巴西现代最重要的诗人。有多重要呢？告诉你啊，2016年里约奥运会开幕式上，向全世界转播的朗诵诗歌《花与恶心》，就是他写的。能在奥运会开幕式上朗诵的诗，一定是那个国家最受人尊敬的诗人写的。

　　这首诗是写一个黑奴孩子童年时的情景，他的爸爸和妈妈就是黑奴。我们后面会解释什么叫"黑奴"。

　　这首诗第一段，写的是这个孩子的爸爸骑着马去田间了，妈妈呢，在家里做针线活，也就是缝补衣服。那个时候人很穷，衣服破了不舍得扔，缝好了继续穿。家里的小弟弟睡着了。我们诗里的男孩子年纪很小，他在做什么呢？他在读《鲁滨孙漂流记》。这是一本很有传奇色彩的书，你们读过吗？它讲的是一个名叫鲁滨孙的人乘船想到非洲做生意，结果在海上遇到了风暴，船翻了，他被海水冲到了一个没有人的荒岛上，想方设法历尽四年多的艰难困苦活下来的故事。诗人说这个故事长得没完。接下来第二段，诗人说，到了中午，从奴隶的茅草屋里传来了古老的要咖啡的摇篮曲。这声音给小男孩留下的印象是：他永远难忘。永远，这个词是很重要的词，这意味着他一辈子也忘不了。为什么会这样？等一会儿我会讲给你们听。诗人还写道，黑色的咖啡，比黑人老妈还要黑,那是最好的咖啡。

那么,我给你们讲讲黑人和咖啡的故事。在巴西,很多农民都种植咖啡。很久以前,这里世世代代住在当地的人,被叫作印第安人。后来,从欧洲葡萄牙来了军队,他们占领了这里,强迫印第安人为他们种地、种甘蔗、开矿。再后来,葡萄牙人看到种咖啡很赚钱,他们又从非洲运来了很多黑人,把他们当成奴隶,驱使奴隶们种咖啡,残酷无情地对待他们,让他们像牲口一样干活,谁敢逃跑就打死谁。因为非洲人皮肤是黑色的,所以就叫他们黑奴。这些黑奴们没日没夜地劳动,很多人很年轻就累死了、病死了,所以就有历史学家说,巴西的咖啡业是建立在非洲黑奴的脊梁上的。这种情形引起全世界的谴责,一直到十九世纪中期巴西才停止买卖非洲的奴隶。

这一段,虽然诗人没有写出来,但是,如果我们知道了巴西的历史,就知道诗人是多么同情巴西黑奴们的生活,那些香甜的咖啡都是黑奴们用命换来的。第三段,写诗人看到妈妈为摇篮里的小弟弟赶蚊子,而且还深深地叹息——这样我们就知道,这一家就是住在茅草屋里的黑奴。摇篮曲正是这位比咖啡还黑的黑人老妈唱出来的。她深深的叹息是感到了生活的无奈和悲惨才发出来的。而这个时候,小男孩去干农活的父亲还在田地里骑着马走着。小男孩最后说"我不知道,我的故事比鲁滨孙还要动人。"我们大家都知道,鲁滨孙在荒岛上的遭遇是非常凄惨的,同时也充满着他想生活下去的勇气。诗里这个小男孩在人间的经历,也充满了危险,因为他是黑奴的孩子,长大后也会有不可预知的未来在等着他。在这个黑奴的家中,爸爸妈妈、小男孩和弟弟,如果没有人欺辱他们,这个充满亲情的家庭一定会靠着自己的辛勤劳动过得不错,但因为他们是奴隶,生活就会非常悲惨。

写这首诗的安德拉德是个白人,他在这首诗中却用了"我"这个字,来代替黑人小男孩说话,这是怎么回事呢?我来告诉大家。在文学作品中,写人的时候有几种人称,一种是用"我",从我的角度来讲述,这就是第一人称。用"你",你怎么样怎么样,就是第二人称。"他",就是第三人称。我你他,一二三,就是这样排的。作者说"我"的时候,可能真的是他自己,也可能不是他,是他代替一个人以"我"的身份来说话。这是一种写作方法,比如说,男作家有时候也会以女性的身份说话，一个白人也会以黑人的身份说话，我们这首诗的作者就是用了这种方式。他以第一人称"我"，来代表一个黑人小男孩说话，表示了他对黑奴们的深深同情。

这首诗虽然只是描写了一个黑奴家庭的日常生活状态，但却把他们的生活和人类的历史，尤其是黑奴的历史联系了起来，这种以小见大的手法，是非常优秀的诗人和作家都会的技巧。亲爱的朋友，其实你也可以这样思考问题，也可以用你自己的方法把它们记录下来，试一试吧！

小点心
[中]王敖

小点心 小点心
看见你们我就
成了猫
上了年纪的瘦乎乎的猫

围着你们 盘桓良久
我把手指
伸到嘴里 我一向
都很馋

豌豆黄 糍粑糕
爱窝窝 菠萝卷
还有好多
我都不知道名字

看着你们
我忍不住笑
一定有个胖厨师
带着白帽子的白胖子

他把你们每一个
都吃了一点儿
然后他伸出烤红薯
一样的手 把你们摆好

摄影师 不修边幅的家伙
嘻嘻哈哈地
拍下你们
完全不考虑你们的意见

小点心 看着你们
我想起了面粉可能
出现的各种颜色
奶油可能发出的各种味道

我还想起了
一群欢呼的小手
还有我
贫穷的童年

【讲给孩子听】

　　王敖起床了。起床后的王敖洗漱完毕，就开始弹一段吉他。手指在琴弦上扫过，就像突然来了一阵狂风暴雨。突然，雨停了。他逗逗家里养的猫，就出门去工作。

　　王敖是谁？他就是我们以前讲过的、写和爸爸一起去动物园看老虎那首诗的诗人。他喜欢吉他，喜欢摇滚乐，喜欢猫，喜欢诗歌，还喜欢吃小点心。他写的这一首诗题目就叫《小点心》。

　　我们的诗人真像个馋猫啊，他那么喜欢小点心，说自己一看到那些甜甜的、可爱的小点心就变成了猫，一只上了年纪的瘦猫。王敖叔叔其实年纪并不是那么老，但的确是瘦瘦的。他说自己围着这些好吃的点心转悠，还把手指头伸到嘴里，就像已经尝到了点心的滋味。都是些什么点心呢？豌豆黄、糍粑糕、爱窝窝、菠萝卷，还有好多好多。我这么讲着，好像也要流口水了。王敖叔叔乐得心里开了花，他笑嘻嘻地想，一定有一个戴白帽子的胖厨师，在做这些点心，他有烤红薯一样的手。为什么是烤红薯一样的手呢？我们知道红薯皮很粗糙，一直干活的人的手，皮肤也会有点粗糙。但烤红薯很香很甜，王敖叔叔觉得这样的手做出来的点心肯定也又香又甜。这么好吃的点心，连厨师自己都忍不住，要偷偷地尝一尝。还有一个摄影师，在给这些点心拍照，因为它们颜色好看，又那么诱人好吃！

　　接下来，王敖叔叔又想了很多，他琢磨着什么样的面粉有什么样的颜色，又琢磨着各式各样的奶油，哎呀，草莓奶油、菠萝奶油，统统都好吃啊！再接下来，他想到了什么呢？他想到了一群欢呼的小手——谁的小手？当然是小孩子们的小手，他们看到这些点心，该多么开心呀！最后呢，他又想到了什么？他说，他想到了他贫穷的童年。

诗写到这里就结束了。我读到这里，差一点儿就流泪了。

你们看，这个王敖叔叔一开始看到点心，是那么的欣喜，他像个馋猫，把点心仔仔细细地打量着，围着点心转，还舔自己的手指头。我们很少看到哪个大人这么馋吧？大人们自己对点心不感兴趣，有时候还不许我们小孩子吃太多的甜点。所以，这个王敖叔叔的举止和别的大人不一样。他把每一样点心都记住了，还想象到了厨师是什么样，摄影师是什么样，都是为了说这些点心多么美味，多么诱人，以至于使得他简直不像一个大人。为什么他会这样格外喜欢这些小点心？答案就是这首诗的最后一句——他想起了自己贫困的童年。

在他小的时候，他可能根本吃不上这样的点心。或者只能到了过年过节，才能和哥哥啊，爸爸妈妈啊，一起分一块点心尝尝。不像我们现在，很多孩子根本不稀罕点心了，吃不完的随手扔掉。这首诗好就好在前面全部都在写点心的香甜，而最后一句，突然让我们感到了深深的苦涩。这种苦涩使我们同情那些穷孩子们的遭遇，让我们知道，我们现在随便都能得到的东西，正是许多贫穷的孩子们做梦都得不到的。如果你能感受到这些苦涩，你就是一个有感受力和想象力的人，你就不会变得那么自私，你可能就愿意和别人分享你的点心、你的玩具和你心爱的东西了。对别人有同情心，而且还愿意帮助别人，这都是很伟大的品质。这种品质比点心还要甜美！

自 由

[中]黄灿然

我看见别人都是用一条绳子牵着狗
出来散步。大狗小狗都跟着主人的脚步
快速地跑动。我的小狗不这样
我们尝试给她系上狗带,她不是不喜欢,
而是根本不知道怎么走。我们冬天也学别人那样
尝试给她穿衣服,她也不是不喜欢,
而是根本不知道怎么走。总之,
给她任何约束,她就呆立不动。
我了解她,她跟我一样,
温顺、害羞、胆怯,
但顽固地坚持着自由。

【讲给孩子听】

　　亲爱的朋友,我虽然没有见过你们,但是,每一次讲诗我心里都会在想:都有谁会在听我讲童诗呢?你一个人听吗?还是妈妈或者爸爸讲给你听?你家里有小狗吗?有小猫吗?你养了小鸟或者小鱼吗?我们养这些小动物,时间长了,就会对它有感情。你别看这些动物不会说话,但是,如果你每天和它们待在一起,慢慢地你们都会知道对方想做什么——这就是"理解"。你知道喊什么就能让你的猫或者狗立刻回到你的身边,甚至它也知道你什么时候高兴,什么时候生气。我们能够在很多动物那里学到一些知识,同时也能明白一些道理。

　　今天,我们就讲一首和小狗有关的诗,诗的题目是《自由》。自由,可是一个很重要很重要的词,有句话说:不自由,毋宁死。意思就是如果没有自由,宁可去死也不要屈辱地活着。所以,自由极其珍贵。下面,我们就介绍这首《自由》。

　　这首诗的作者是一个诗人,也是很棒的翻译家,他的名字叫黄灿然。他曾经养过一只小狗,就是这首诗里写到的小狗。他写这首诗说到小狗的时候,没有用动物的那个"它"字,而是用了通常写人的、写女性的那个女字旁的"她"字。这说明他很尊重这只小狗,很平等地对待这只小狗姑娘。他的诗很质朴,我们一读就懂。你看,一开始他就写到了给小狗系狗带,也就是戴上小狗项圈的事情。他和他的家人看到别人都给小狗系上了狗带,所以也试着给自己家的小狗系上狗带,可是,这个小狗不知道发生了什么,系上狗带后,她一动也不动,

不会走路了。诗人说，小狗也不是不喜欢，只是不知道系上狗带以后该怎么走路。看来主人只好作罢，因为小狗一动也不动待在家里，那还怎么出门散步遛狗啊？

后来呢，到了冬天，天气变冷了，看到别人家的小狗穿上了衣裳，所以诗人也想试着给自己家的小狗穿上衣裳。不料想，小狗又懵了，不知道这是怎么回事，又不会走路了。诗人说了两遍她"不是不喜欢"，而是系上了狗带、穿上了衣服以后，小狗根本都不会走了，只会待在那里一动也不动。也许她在想："我很健康，我有两个前腿和两个后腿，我的脖子很灵活，我的主人说什么我也能猜得出，我会跑，也会走。但给我脖子上系这么个勒紧我的东西，这到底是什么意思？我自己身上有毛，这是我的衣服，但又给我弄个什么东西裹紧我，这是什么意思？我不需要这些奇怪的东西。"这是一只特别的小狗，和很多小狗不一样。我自己养过的小狗一开始拼命躲着，不愿意系上狗带，后来也就慢慢习惯了。可是诗人家的小狗只要给她约束，她就不走路，谁也拿她没有办法。这首诗的最后两行，诗人说："我了解她，她跟我一样，温顺、害羞、胆怯，但顽固地坚持着自由。"这是很重要的两行诗，"我了解她，她跟我一样"，既是说小狗，也是说诗人自己，因为他们彼此很相像。哪些地方一样呢？是性格一样，比方说都很温顺，同时也很害羞，又有些胆怯。诗人养这只小狗，肯定很了解她的脾气性格，他用了三个词：温顺、害羞、胆怯，但是，这么胆小温顺的人和小狗，都是那么顽固地坚持着自由。当然了，这是诗人对小狗天然地、本能地热爱自由的称赞，也是诗人对自己内心坚持自由的肯定。"她跟我一样"，我也跟她一样，小狗作为一个小动物尚且热爱自由，人就更要知道自己也是自由的，不能当奴隶，不能被人欺压。这就是这首诗告诉我们的道理。

当然了，这是一首诗，是艺术的创造。如果我们在生活中尤其在城市人多的地方养小狗，出门时请一定系好狗带，一是提防小狗太顽皮吓着了小朋友，二是万一它玩高兴了跑丢了怎么办？写这首诗的诗人主要是想写出人应该争取自由的权利，并不真的是号召大家出门遛狗时不给小狗系狗带，这个一定要分清啊！

来 访

[墨西哥] 奥克塔维奥·帕斯

穿过石头和干旱的城市之夜,
田野走进我的房间。
伸出它那戴着小鸟手镯、
叶子手镯的绿色手臂。
手里拎着一条河流。
野外的天空也走进来,
挎着新摘下的珠宝篮子。
大海在地上展开它那洁白的尾巴,
和我并肩坐在一起。
寂静中长出一棵音乐之树,
树上挂着各种美丽的言语,
他们闪烁、成熟、坠地。
我的额头,一道闪电栖身的洞穴……
一切长满了羽翼。

(陈众议 译)

【讲给孩子听】

　　生活在南方的朋友,生活在北方的朋友,生活在东部和西部的朋友,你们的春天是怎样的?还记得吗?

　　我算是北方人,北方的冬天太漫长了!白天北风呼啸,夜晚天寒地冻。如果下了大雪,倒是很好看,雪花飘飘,慢慢落在大地上,孩子们可以堆雪人、打雪仗。可是到了晚上,融化的雪地开始结冰,四周非常冷,人们都躲在家里,不愿意出门,外面的树叶子全落光了。光秀秀地站在寒风中,大地上一片荒芜,人的心情也不好。那个时候,我就盼着春天快点来,春天来了,一切都变得美好!你是不是也这样想啊?今天,我们就讲一首描写春天的田野来到人间的诗,我们来看看在一位诗人的眼中,美丽的田野、美丽的大自然是如何神奇地到来的。

　　这首诗的作者叫奥克塔维奥·帕斯,他是墨西哥的诗人,得过诺贝尔文学奖。能得这个奖的人,基本上全世界的作家和诗人都会知道他。帕斯1914年出生在墨西哥城,他的奶奶是印第安人,妈妈是西班牙白人后裔。所以,帕斯从小就反对种族歧视,因为他就是混血儿。他在大学学习的是法律和哲学,但是他也很喜欢写诗。二十多岁的时候,他在墨西哥南部的尤卡坦半岛创办了一所中学。我去过这个尤卡坦半岛,那里有很多长满野草的荒漠,还有神秘的玛雅人金字塔,帕斯在那里写出了非常多杰出的诗歌。他后来当了外交官,在国外工作。

1968年，独裁的墨西哥政府开枪打死示威游行的墨西哥学生，帕斯知道以后，愤怒地辞去了驻印度大使的职务，从此以后专心写作，写出了更多更好的诗歌。

这首诗的第一段告诉我们，田野穿过石头和干旱的城市之夜，走进了诗人的房间。大家看，诗人用了拟人的手法，把田野想象成一个人，这个人走过布满了石头的荒野，半夜穿过干旱的城市，走进了诗人的房间。

这位名叫"田野"的人什么打扮呢？诗人说，他的绿色手臂上戴着小鸟的手镯、叶子的手镯，也就是说，他的手镯是小鸟和叶子组成的，哇！多美啊，我也想要一个。更奇特的是，它的绿色手臂拎着一条河流！能拎起一条河流的是什么样的人，那就是巨人啊！

接着呢，外面的天空也来了，拎着新摘下的珠宝的篮子。什么珠宝？诗人没说，那我们来猜一猜。天空上有什么？有太阳，有月亮，有彩虹，有星星，有云彩，还有云彩里藏着的雨珠。这些东西都是极其珍贵的，在天空这位巨人的篮子里，就像珍宝一样。然后呢，大海也来了，大海在地上展开它洁白的尾巴，和诗人并肩坐在一起。什么是大海洁白的尾巴？你们动脑筋想一想，在海边，那些洁白的……对啦！就是海边一层层白色的海浪啊！就像是大海的尾巴。看看吧，现在诗人的房间里有那么多巨人，田野、天空、大海。他们坐在一起，屋子里很安静，诗人说这是寂静。寂静就像一片土地，很快这里就开始长出一棵树，一棵音乐的树，这棵树上结满了什么呢？结满了各种言语。原来语言是音乐的孩子啊！

亲爱的朋友，我们知道，音乐是迷人的，是美的，所以我们说的话也应该是美的，因为音乐树上结的就是语言，语言就应该像音乐那样美才对，那些骂人的话、诅咒人的话，太难听了，我们才不要说它们！

大家看，这首诗的题目叫《来访》，这些田野、大海、天空都来诗人家里了，诗人的家里也变得很大很大，否则装不下他们。为什么诗人的家会变得那么大？因为诗人家里有了各种言语，也就是话语，任何事物都能在语言中放下自己，就比如说，我们说"天空"这个词，就能感到天空来了，出现在我们的大脑或眼前。

这些言语结果、成熟、坠落，它们变成了什么？当然是变成了诗人写的诗！诗人说那个时候，他的额头就像是藏着闪电的洞穴，所有他感到的美,都变成了诗句,一切都长了翅膀,这些诗、这些诗人的想象,都会飞起来,飞到四面八方的世界中去!

　　这是一首充满想象力的诗,很美,诗人用拟人化的手法,描写了大自然的美丽,也描写了诗人大脑中的诗歌是如何来的。是不是非常非常神奇?它就像是一个美梦,嗯,亲爱的朋友,但愿我们也做一个这样的美梦吧!

布谷鸟和公鸡
[俄] 伊凡·克雷洛夫

"亲爱的公鸡,你的歌声,
多么嘹亮,多么雄壮!"

"而你,布谷鸟,我亲爱的,
你唱得多么宛转,多么悠扬,
在我们整个森林里真是独一无双!"

"老兄,我一辈子都愿听你歌唱。"

"而你,美丽的姑娘,我发誓,
只要你一停止歌唱
我就一个劲地盼望,
一直盼到你的歌声再度回响……
你怎么有这么好的歌喉?
又清脆,又甜润,又嘹亮……
别看你生来个子较小,
唱起歌来却这样美妙,
连夜莺都不敢跟你比量!"

"谢谢你,老兄,凭良心说,
你唱得比极乐鸟还悠扬,
难怪受到大家一致的夸奖。"

这时飞来一只麻雀,对它们说:"朋友,
尽管你们互相吹捧得这么起劲,

然而你们的歌唱得实在难听!"

为什么布谷鸟昧着良心
如此吹捧公鸡,
因为公鸡也在吹捧布谷鸟,
——彼此需要。

(何茂正 译)

【讲给孩子听】

亲爱的朋友,在俄罗斯,有一个老爷爷,如果活到今天,他就是200多岁了。他一生写了很多的童诗、寓言,连普希金这样的大诗人都非常喜欢他,和他是好朋友。他就是世界著名的寓言家克雷洛夫。

克雷洛夫的祖上是破落的俄罗斯贵族,父亲是一个贫穷的步兵上尉。他三十多岁的时候,遇到了一个寓言家叫迪米特里耶夫,迪米特里耶夫看到他写的东西很好,就建议他也写寓言,结果他一发不可收拾,写了很多,在俄罗斯引起了很大反响。克雷洛夫一生反对沙皇的统治,也反对拿破仑的侵略。他写的寓言很幽默,充满了对统治者的讽刺。在中国也有很多读者很喜欢他的寓言,比方说《狼和小羊》《农夫与蛇》《乌鸦》等等,都是他的作品。那么,我们今天,就给大家讲一首他写的《布谷鸟和公鸡》。

夏天要来的时候,在麦田旁的树林里,我们经常可以听到布谷鸟的叫声——"布谷,布谷",就是这种声音。公鸡呢,在黎明时经常伸长脖子啼鸣——"咯咯咯"。还有夜莺,这种鸟的声音非常婉转美妙,被称为"鸟类中的音乐家"。

你们心里觉得谁的叫声好听?嘘,先别告诉我,我们先讲讲这首诗。这首诗一开始是布谷鸟在对公鸡说话,它对公鸡说:"亲爱的公鸡,你的歌声,多么嘹亮,多么雄壮!"公鸡听了,心里可高兴了,马上就回答布谷鸟说:"布谷鸟,我亲爱的,你唱得多么婉转,多么悠扬,在我们森林里真是独一无双!"这是他们的第一段对话。

我想,布谷鸟听到公鸡这么夸自己,肯定心里就乐开了花!独一无双,这个意思就是谁也没有布谷鸟叫得好听,它是第一名的意思嘛。有来无往非礼也,你夸我那我也赶紧夸夸你!所以,布谷鸟马上也对公鸡说:"老兄,我一辈子都愿听你歌唱。"这句话让公鸡可激动了,它赶紧说了好长一段话，大概意思就是：布谷鸟你是最美丽的姑娘，你的歌声一旦听不到了，那简直就像太阳不出来了。公鸡还发誓赌咒，说自己会一直等着布谷鸟开口歌唱。而且，它还夸奖布谷鸟的歌喉天下第一，就连夜莺也比不上它！

大家注意了，公鸡说到了夜莺，我们知道夜莺可是有着公认的鸟类歌唱家的美称啊，公鸡这么肉麻的奉承，让布谷鸟乐晕了。它也赶紧回应，对公鸡说："哎呀大哥，凭良心说，你唱得比极乐鸟还要好听！大家都这么认为呢！"我没听过极乐鸟的叫声，估计也很好听，我不相信公鸡的叫声比极乐鸟还好听……哈哈，布谷鸟说自己凭着良心说话，这是真的吗？我都想笑了。

就在他们俩互相恭维的时候，一只麻雀飞过来了，麻雀说："朋友，尽管你们互相吹捧得这么起劲，然而你们的歌唱得实在太难听了！"

亲爱的朋友你说，这只麻雀说得对吗？

——当然对了。明摆着的，公鸡的叫声没有极乐鸟好听，布谷鸟的叫声也没有夜莺的好听。这两位互相吹捧，互相谄媚，互相恭维，都是不顾事实，说了假话，因为他们都喜欢听别人说自己的好话，哪怕这好话根本不是真的，那也爱听。这就像某一些人，他们很虚荣，就爱听好话，爱听奉承话，不愿意听别人的意见。这种人往往对别人也是阿谀奉承，非常虚伪。这其实是很愚蠢的，就像安徒生童话里的那个穿新衣的皇帝，就像他的那些只会拍马溜须的大臣，是非常可笑也非常可怜的！

三年之后

[法]保尔·魏尔伦

小门推开了,在那儿震颤,
我又到小园里独自徘徊,
清晨的阳光满地泼洒,
朵朵花含一颗颗湿津津的星点。

什么都没改变。你看:
葡萄架和几张藤椅还在,
白杨仍在诉无尽的悲哀,
喷泉仍在吐银白的呢喃。

和从前一样,玫瑰在悸动,
骄傲的大百合摇曳迎风,
来去的灵雀像都认识我。

站在列树巷尽头的地方,
维蕾达也依旧,一身剥落,
亭亭的,披拥了木犀草余香。

(卞之琳 译)

【讲给孩子听】

亲爱的朋友,大概在十几年前,我去巴黎参加一个会议。会议结束以后,巴黎的一个朋友带我去了卢森堡公园。这个公园里有很多高大的梧桐树、喷泉,还有很多诗人和思想家的雕像。我记得那是秋天,我们坐的公园长椅旁就有一尊雕像,巴黎的朋友告诉我,这是一个诗人的雕像,这个诗人就是魏尔伦。

我听了感到很惊喜。我读过魏尔伦的诗,所以看到他的雕像在身边,当然很高兴。魏尔伦是法国著名的诗人,全名是保尔·魏尔伦,出生在1844年。有人说他是一个忧伤的诗人,他的第一部诗集就叫《忧郁诗章》,他和另外两个诗人被称作"法国象征主义诗歌的三驾马车",这是很高的评价。那么今天,我们就讲一首魏尔伦写的、和卢森堡公园有关的诗,诗的题目是《三年之后》。

魏尔伦的这首诗,并没有写明事情发生在卢森堡公园,但里面一个细节,让我知道了他就是在写卢森堡公园。至于我从哪个细节发现了这一点,后面我会告诉大家。这首诗讲的是他独自一个人推开一个小门儿,在那个园子里徘徊。魏尔伦这么写:"小门推开了,在那儿震颤。"——谁在震颤?是门吗?还是他的心呢?他没有说。那我们继续往下看。他接着说:"早晨的阳光洒在园子里,朵朵花儿上都含着露珠。什么都没改变。"也就是说,他以前曾经来过这里,但很久没来了。有多久呢?三年。我怎么知道的?因为他的诗的题目叫《三年之后》,也就是说,他三年前来过这个公园,三年后他又一次来到了这里。

三年时光过去了,他发现这里什么都没有变:原来的葡萄架还在原来的地方,葡萄架下面的藤椅,也像从前一样在老地方。然后,他看到了三年前的白杨树,如今还在那里,像是在诉说着悲哀;而喷泉呢,也在像以前那样呢喃。呢喃,就是一个人低声地自言自语。

诗人看完了这些,又看到了什么?他看到了玫瑰花和大百合花。这些玫瑰花和大百合花也和以前一样,玫瑰花在悸动——"悸动"这个词和"激动"不太一样。悸动,竖心旁,右边一个季节的"季",意思是因为紧张而心跳得厉害。我们都知道,在西方国家,玫瑰花代表爱情,那么,魏尔伦说到的这些玫瑰花啊,骄傲的大百合花啊,都在惶惶心跳,是不是和他以前爱过的什么人有关呢?他没有说。他继续慢慢观察这个三年没有来过的公园,他说那些来来往往从头顶飞过的灵雀啊,鸟儿啊,都认识他。连鸟儿都认识他,可见从前他经常来这个地方,以至于连这里的鸟儿都认出了他。

然后,他看到了在两行树排列整齐的小路的尽头,有一尊雕塑还在那里,因为在露天里年深久远,雕像的外面已经脱落了,但还散发着木犀草的清香。"站在列树巷尽头的地方,维蕾达也依旧",说的就是这个。列树巷,是西方人把树木修剪得像两面墙一样,齐刷刷地,那么两排树的中间就像是小巷子,所以,公园里这样的道路就是列树巷。在这个道路的尽头,魏尔伦看到了"维蕾达",维蕾达是一千九百多年前的一个女先知,先知就是预言家的意思,是拥有预言世界未来的能力的人,这个女先知就叫维蕾达。

巴黎人都知道,维蕾达的雕像,就树立在巴黎的卢森堡公园,所以,我一开始就告诉了你们,这首诗和卢森堡公园有关,尽管魏尔伦并没有直接告诉我们。不知道你注意到没有,诗人一直在说,在卢森堡公园里看到的一切都没有变,花儿啊,鸟儿啊,葡萄架啊,藤椅啊,都没变,都和以前一样,但是,这座维蕾达的雕像变了,她的外皮在风吹雨淋中开始脱落,就像我们经常可以看到的古老雕像一样。不过呢,尽管如此,这座雕像还是散发出木犀草的香味。我想,能闻到香味儿,说明诗人离她很近,说不定鼻子都贴在这座雕像上了。

  这首诗在写什么呢?我觉得魏尔伦在写对某个人的思念,尽管这个人根本没有在诗中出现。魏尔伦三年以后又来到这个卢森堡公园,他看得非常仔细,把这些景物与三年前对照,说明这里的一切都曾给他留下了深刻的印象,这里的一切都和他三年前的记忆有关。现在他独自一人回到这里,睹物思人,看到这里的花啊、葡萄架、藤椅、悲伤的白杨树啊,都能让他想起他和某个人在一起的时光。但是,公园还在,往日的景物还在,但是那个人不在了。即便是这样,可是他心里的思念,对那个人的情感,就像维蕾达的塑像一样,虽然被岁月模糊了外貌,但这个人的形象还是散发着温暖芬芳的气息。

  你看,魏尔伦把失去朋友的悲伤写得很温柔,没有抱怨,也没有诅咒,只有深深的怀念。这就是一颗柔软的心,别说是三年以后了,就是三十年,这颗心的温暖和爱也是不会改变的。

陌生的地方

[英] 罗伯特·史蒂文森

除了我这个小勇士,谁敢
爬到樱桃树上去瞭望?
我两手紧紧抱着树干,
向四外眺望那陌生的地方。

我看见邻居的园门紧锁,
园里点缀着耀眼的花朵,
还见到许多有趣的场所——
我从前可从来也没见过。

笑出酒窝的河水在流淌,
像镜子映着天空蓝澄澄,
起伏的土路爬向前方,
人们一步步走向小城。

我要是能爬到更高的树上,
就能够看得更远,更远,
能看见大河流入海洋,
穿过船群,再奔流向前;
能看见两边的道路都通到
精灵的乐土,仙女的家,
在那儿,孩子们全都吃得饱,
在那儿,布娃娃全都会说话。

(屠岸 方谷绣 译)

【讲给孩子听】

亲爱的朋友,你爬过树吗?有没有过坐在树上的经历?或者爬上了墙头,看到墙那边的情形?我小的时候有点淘气,我会爬树,能爬很高,风吹过来的时候,树干在摇晃,树叶子哗哗响,就像在绿色的海洋里一样。我也翻过墙,偷看墙那边邻居家在做什么。别笑话我像个假小子啊。我觉得,有好奇心的孩子可能都有点淘气,这些事说不定都干过。那么今天,我们讲一首诗,这首诗就是英国诗人史蒂文森写的,我们以前讲过他写的诗《外国的小孩》,那么今天,我们讲他的这首《陌生的地方》。

我们以前介绍过史蒂文森,他很小的时候身体不好,经常生病,经常只能待在病床上,哪里也不能去。那些护士们就给他念书听。一个孩子肯定很想到外面看看,到陌生的地方看看,所以他写了《外国的小孩》这样的诗,想象离他很远的孩子们过着什么样的生活。那么,今天这首诗,也是在说一个孩子多么渴望看到外面的世界。他是怎么样做的呢?爬树吗?对!就是爬树。

小孩子个头矮,很多东西都能挡住他的眼睛,所以他先是爬到了一棵樱桃树上,这下就高了。他觉得自己很勇敢,但是还是有点紧张,就紧紧地抱住树干,这样就不容易掉下来,他也就可以四处眺望了。他先看到的是离他最近的地方,那就是邻居家。估计以前他从来没有到过邻居家院子里,所以,看到邻居家紧锁的门和院子里开满的花儿就感到非常新鲜。然后哪,他又看到了离自己比较远一点的地方了,那是远处的一条小河,还有在野外沿着起伏的小路走向小城的人们。再远一点儿,小孩儿就看不到了。所以,他就想,如果能爬到更高的树上,就能看得更远了,能看到大海,看到大海上的船,看到那些海岛。如果再再再高一点儿,就能看到又高又远的仙女的家了,那可是很多很多人都看不到的地方。那个地方有什么好呢?这个爬树的孩子说,在那个地方,孩子们都吃得很好。布娃娃都是活的。嗯,我注意到了这句话,这个爬树的孩子为什么这么说呢?是不是在他的家乡,孩子们吃得都不好,所以他才觉得只有在仙女的家里孩子们才能吃上好的食物?我觉得一定是这样,一个孩子能这样说出自己的心愿,我有点心酸了。他还说,在那个地方,所有的布娃娃都是会说话的!是啊,仙女的家里肯定是充满了神奇,木头人会走路，椅子会说话，没有人挨饿，布娃娃是活的，可以跟小孩玩——我知道，在爬树小孩的家里，布娃娃就是布娃娃，不会跟他说话，他平时是非常孤独的，所以才想去看看别处是什么样的。

  这就是诗人史蒂文森写的诗，也是很多渴望到陌生的地方的孩子的梦想。我知道你肯定也有你的梦想，你是不是也可以写下来呢？说不定你将来也会成为一个小诗人呢！

在墓地

[罗马尼亚] 弗朗茨·霍基亚克

读着墓碑上
那些已离开这人世的
所有好人的名字，
我怀疑

坏人都埋在哪里，
还是他们永远活在我们中间？

（王敖 译）

【讲给孩子听】

  亲爱的朋友，你们知道清明节吗？

  清明节一般都在农历四月四日到六日之间，清明节这一天，大家都会到田野踏青，也会到墓地去祭奠去世的亲人。说到墓地，你们会想到什么景象呢？我看过美国著名的摇滚歌手迈克尔·杰克逊的一段演唱视频，你们可听好了。那是在一个昏暗的深夜，一片长满了荒草的墓地鬼火闪烁。突然，有一块墓碑慢慢动了起来，一只手从坟墓里伸了出来……其实啊，你们不要怕，这些都是人扮演的，他们是杰克逊的朋友们，都是一些会唱歌跳舞的人，这是在录像呢。我们刚才说到了墓地，那么好吧，我们今天就讲一首和墓地有关的诗，这首诗一点也不可怕，而且这首诗非常非常有意思。

这首诗的作者叫弗朗茨·霍基亚克，1944年出生在罗马尼亚，他是个很有正义感的诗人，他也写散文。后来他搬到了德国，为什么呢？因为他不喜欢当时的罗马尼亚。那个时候的罗马尼亚，当官的不允许老百姓批评他们，很多人不得不说假话。诗人是反对说假话的，他无法忍受这样的生活，所以就搬到德国了。

这首诗只有两小段，一开始就写到诗人在墓地看到的东西。如果我们在清明节去扫墓，我们也能看到那些去世的人的墓碑。通常，墓碑上都会写这个去世的人是一个什么样的人，这是对他一生的评价。有的写着"高风亮节，永世长存"，意思就是这个人是个好人，他有高尚的品德，人们都爱戴他，他会被人们永远记在心中。有的写着"一生行好事，千古流芳名"，意思是这个去世的人在活着的时候做了一辈子好事，所以他去世以后，他的好名声会一代一代传下去。外国人的墓地和我们中国人的墓地也差不多，一般来说，刻在墓碑上的都是这一类的赞美。在这首诗里，诗人看到的墓碑上也是这样，但是，他就有点怀疑。因为如果这些去世了的人真的都像墓碑上写的那样，全部都是好人的话，那坏人在哪儿呢？难道坏人们都没有死，都活在我们中间吗？

这个疑问很有意思，当然也很有道理。这是因为，天下所有的坏蛋们，都不会承认自己就是坏蛋。你见过愚蠢的国王说自己愚蠢吗？你见过凶狠的野兽说自己是吃人的野兽吗？他们才不会呢。他们尤其愿意把自己装扮成一个好人。大家还记得童话故事里那个装扮成外婆的大灰狼吗？他就是一个典型的伪装成好人的坏蛋。如果他一开始就让小红帽认出他是大灰狼，小红帽就会躲开他，大灰狼就没办法吃了小红帽。所以，他就装扮成小红帽的外婆，骗取了小红帽的信任，最后才能吃掉小红帽。

伪装成好人，是很多坏蛋和骗子的伎俩。他们在活着的时候这样做，还希望死了以后继续欺骗别人。所以，我们的诗人在墓地里是看不到哪个人是坏人的，就是在墓地外面，在我们每天的生活里，坏人的脸上也不会写上"我是坏人"这样的字。我们需要的是一对敏锐的眼睛，仔细辨认出哪些坏人藏在人群里。这里有一个非常重要的方法，那就是永远不要听他在说什么，而是要看他在做什么。我们要看他做的事情，是为了他自己还是为了别人。如果一个人很自私，只为了自己的好处，那么他很可能就是一个坏蛋，不管他嘴上说得多么好听，多么甜言蜜语，也不要轻易相信他。记住了吗？

死　狗
［韩］高银

没有烧火　拆开的炕洞里
离家出走的狗死了
父亲小心地把它抬到后山上埋葬
第二天下雨了　雨后绿油油的树叶汪汪地叫

（薛舟　译）

【讲给孩子听】

　　亲爱的朋友，我们今天讲一首韩国诗人高银的诗。在讲这首诗之前呢，我想问问你们，有谁睡过火炕吗？可能有的朋友睡过，有的还不知道火炕是怎么回事。那我先给大家介绍一下什么是火炕。

　　在我们中国的北方，像东北啊这些比较寒冷的地方，因为以前没有暖气，也没有空调什么的，冬天来了，下大雪了，天气变得非常寒冷。所以，那里的人们就想了一个办法，就是砌一个火炕。炕，就是用土坯或者砖头垒起来的，里面是空的，有一个通道，通到烧火做饭的炉灶上,这样的话,这个炕就变得热乎乎的,人可以躺在上面睡觉,屋子里也变得非常暖和。一般来说,火炕的下面,会留一个小洞,用来通风通气,因为那里热乎乎的,家里养的猫啊狗啊,都喜欢蜷缩在洞口取暖。好了,我们介绍完了火炕,接下来就讲高银的这首诗,这首诗的题目是《死狗》。哎呀,听到这个题目,我好难过啊,狗是人类朋友,如果你养过狗,就会觉得狗就是家中的一员,像我们的亲人一样。这只狗死了,会有什么故事呢?

这首诗很短,只有四行。第一句诗人就告诉我们,家里的火炕没有烧火,他们把炕拆开了,看到他们以为离家出走的狗死在里面了。这两行诗的信息量非常大。首先,我们知道这家人睡得是火炕。前面说了,在我们东北,或者一些非常寒冷的地方,人们都睡火炕。那么,南朝鲜和北朝鲜的人们,从前也是睡火炕的。这家人这一天没有烧火炕,也就是说,他们发现家里的狗离家出走了,也许是全家人都出门找这条失踪的狗了,没有人去烧火炕。也许是因为狗不见了,大家心里非常难过,没心思烧火炕。然后呢,也许是有人闻到了什么奇怪的气味儿,觉得火炕里有点问题,总

之吧,大家把火炕拆开了,这才发现,原先他们以为家里的失踪不见的狗躺在火炕里面,已经死了。

我们大家都知道有一句俗话,叫人不嫌母丑,狗不嫌家贫。意思是不管自己的妈妈长得好不好看,因为她是妈妈,是养育自己、最爱自己的人,所以一个人永远也不会嫌弃自己的母亲。狗呢,狗对主人是最最忠诚的,和主人不离不弃,甚至在危险的时候还能勇敢地救主人。那么,这一家人发现狗不见了,还以为它离家出走了,所以大家都很担心,肯定会四处寻找它。最后没想到,狗哪里也没有去,死也要死在家里,因为家是最温暖的地方,家里有它最爱的亲人。我们能想到,看到狗躺在那里的一瞬间,家里人的心肯定都碎了。一方面是为了自己错怪了狗,一方面是为了狗的去世而难过伤心。

接下来,诗人告诉我们,家里人的父亲,小心地把狗抬到后山上埋葬了。到了第二天,天上开始下雨了,雨后绿油油的树叶汪汪地叫。父亲小心地抬到后山,这个"小心地"这个词,说明了父亲对这只狗的感情,不是随便扔到外面,也不是装到袋子里从地上拖走,而是很小心地抬着它,并且很郑重地把它埋葬了,就像对待

一个去世的亲人。到了第二天，下雨了，那些被雨水洗得绿油油的树叶汪汪叫。这句诗是什么意思呢？它想告诉我们的是，狗作为一个生命死了，回到了尘土中。但是，所有从尘土中生长出来的东西，都会唤起我们对狗的回忆，以至于诗人看到那些绿油油的树叶，就会感觉像是听到了狗汪汪叫的声音，就好像狗还活在人间，还能听到它一样。这首诗的这一句，使用了文学中的一个方法，就是通感。我们以前讲过通感，就是在描述一个事物的时候，用形象的语言使你的感觉转移，将你的听觉、视觉、嗅觉、味觉、触觉等不同感觉互相沟通，彼此挪移转换。举个例子说，鼻子闻到的香气可以是灰暗的，或者是灿烂的，这样就把嗅觉变成了视觉。所以，诗人看到的绿树叶在雨里颤动，就像狗的汪汪叫声，也是用了这个通感的手法。

这首诗写出了一个孩子和他的家人对一只狗深切的爱和怀念，也写出了这只狗对这一家人的眷恋和深深的感情。虽然只有四行，却包含了很多很多内容。

天真之歌序诗
［英］威廉·布莱克

我吹着牧笛从荒谷下来，
我吹出欢乐的曲调，
我看见云端上一个小孩，
他笑着对我说道：

"吹一支羔羊的歌曲！"
我就快活地吹了起来。
"吹笛人，再吹吹那支曲，"
我再吹，他听着流下泪来。

"放下那笛子，欢乐的笛子，
把你那快乐的歌儿唱一唱；"
我把那支歌唱上一次，
他听着，快活得泪儿汪汪。

"吹笛人，坐下来写成一本诗，
好让大伙儿都能读到。"
他说完就从我眼前消逝，
我拿起一根空心的芦草，

用它做成土气的笔一支，
把它蘸在清清的水里，
写下那些快乐的歌子，
让个个孩子听得欢喜。

（袁可嘉　译）

【讲给孩子听】

从前啊,在两百六十多年前的英国伦敦,有一家做袜子卖的穷人。这家人有个男孩,叫威廉·布莱克。这个小布莱克不喜欢上学,但很喜欢读诗画画,所以他十岁时就进了一个学画画的学校,到了十四岁的时候,跟人学习雕版,也就是在木头上、铜板上刻字、刻画,然后把这些版刷上油墨,印成书或者画。因为他非常刻苦,学校成绩很好,二十二岁那年考上了英国皇家艺术学院,学习美术。不久,他就出版了自己的第一本诗集。他的一生虽然很贫困,只靠给人画插图、刻版画,或者写诗卖书为生,但是他的诗和画都有着非常高的艺术价值。他写过一本诗集叫《天真之歌》,后来又写了一本《经验之歌》,引起了很大的反响,也影响了后世的很多诗人。我们今天就给大家介绍一首他的诗,这首诗放在他的诗集《天真之歌》的最前面来代替序言。

什么是序言呢?序言就是作家或者诗人在书的内容前,告诉大家为什么写这本书、它的内容是什么的文章。但布莱克用这首诗代替了序言,所以这首诗的名字就叫《天真之歌序诗》。好,我们下面就讲这首诗,看看布莱克为什么要写这样一本诗集。

在西方国家的神话传说里,负责管理诗歌、戏剧、天文、历史、舞蹈等等的神,叫缪斯女神,她们一共有九个,分别负责一种艺术或者学科。人们认为,一个诗人如果有了灵感,一定是缪斯女神在帮助他。我们来读一读布莱克这首诗。诗人,也就是诗里这个"我",一开始从荒山野谷下来的时候,他吹着牧笛,抬头看到云端上出现了一个小孩。大家想,能坐在云彩上的小孩儿肯定不是人间的孩子。这个小孩就对诗人说:"你吹一支关于小羊羔的曲子吧。"前面我们说了,诗人吹的是牧笛,那么他肯定是一个牧人或者是非常会吹笛子的人。他很熟悉小羊羔们,所以他吹起来的曲子是非常快乐的曲子。

他吹完了以后,那个云彩上的小孩说:"你再吹一次吧。"他肯定是被诗人吹的曲子迷住了,觉得非常好听,所以才请诗人再吹一遍。这一遍让云彩上的孩子听流泪了。一般来说,听曲子能听流泪一定是被深深地感动了,说明这曲子非常好,非常动听,打动了人的心灵。接下来,那个云彩上的孩子又说:"你放下笛子吧,你把这支歌唱出来吧。"我们知道,曲子只有旋律,但歌儿呢,歌儿有歌词。这个云端上的孩子听完了有歌词的歌，也流出了欢乐的泪水。这还没完，他接着建议道："吹笛人，你坐下来把这一切写成诗吧。因为你吹笛子也好，唱歌也好，这么美好的音乐、这么美好的歌词，只有我一个人听到，如果写成了一本书，就会有很多很多的人读到了。"说完这句话，云彩上的小孩儿就消失了。他就像我们前面写的缪斯女神一样，提醒了诗人去写这些美好的感受，所以，这位诗人就用一根空心的芦苇，做成了一支笔，写下了他会吹的曲子、会唱的歌儿，于是就写成了《天真之歌》这本诗集。

亲爱的朋友，你们看，布莱克这首诗就告诉我们，他这本诗集是怎么来的，他写的内容是什么，他也间接地告诉我们，什么是诗。诗就是像音乐一样有节奏、像歌词一样能让人感动到流泪的语言，而且，诗不属于个人，一旦写出来，它就属于很多很多读到它们的人。大家听懂了吗？当你遇到一件让你深深感动的事情，是不是也可以试着把它写成诗呢？说不定就会有一个坐在云彩上的小孩儿，正低头看着你，期待你写出来哪！

作为事件的一块石头
[巴西]卡洛斯·德鲁蒙德·德·安德拉德

在路中央有一块石头
有一块石头在路中央
有一块石头
在路中央有一块石头

在视网膜已经疲竭的生活中
我决不会忘记这个事件
我不会忘记在路中央
有一块石头
有一块石头在路中央
在路中央有一块石头

（姚风　译）

【讲给孩子听】

　　亲爱的朋友，你喜欢照镜子吗？有没有认真研究一下你的鼻子，为什么长了两个鼻孔？对，去照照镜子，仔细盯着观察一会儿，你就会像我一样感到奇怪：咦？为什么我的鼻子长得这个样子？或者你仔细看看家里人的耳朵，你也会感到耳朵长得太奇怪了。如果我们不专门仔细地观察，我们是不会有这种感觉的。平时照一下镜子，觉得自己很正常啊。这里面到底有什么奥妙？我们今天就通过一首好玩的、奇怪的诗来说说这件事。这首诗的名字叫《作为事件的一块石头》。

当你读完了这首诗，你笑了没有？是不是很像绕口令？而且，这首诗在胡说八道什么啊，一块石头一块石头的，没完没了。这算是什么诗啊，对不对？

那么好吧，我们今天分析一下它。这首诗的作者，我们以前也介绍过，他就是巴西的大诗人卡洛斯·德鲁蒙德·德·安德拉德。我们以前学习过他的一首诗叫《童年》，写的是一个黑人小孩和咖啡豆的故事，想起来了吗？对，就是这个安德拉德。这样一个鼎鼎有名的大诗人，肯定不会瞎写一气。那么，这首诗是什么意思呢？

你们看，他说："在路中央有一块石头。"哦，我们眼前好像立刻就看到了这样的景象，就像他接下来说的那样："有一块石头在路中央。"这两句话的意思是一样的。然后呢，他接着说："有一块石头／在路中央有一块石头。"

现在我们想一想，如果我们正在走路的时候看到路中央有块石头，而一个人不断重复这句话，那么，我们的注意力可能一下子都集中在这块石头上了，对吧？我们会对这块石头感到好奇，因为有人在不断提醒这块石头的存在。接下来，诗人说："在视网膜已经疲竭的生活中／我决不会忘记这个事件／我不会忘记在路中央／有一块石头。"亲爱的朋友，视网膜是我们眼睛的重要部分，我们能看到东西，全是因为光把这些东西的样子投射到我们的视网膜上了。视网膜覆盖在我们的眼球上，它把收集到的图像通过神经传递到我们的大脑里。这样我们看到了花朵就会高兴，看到了垃圾就会躲开。诗人说，我们现在的生活已经让视网膜很疲惫很麻木了，我们对四周的事物都不敏感了，而这块石头提醒了诗人，让他注意一块在路中央的石头。

一般来说，光坦的大道中间出现了一块石头，它可能会绊倒行人，也可能让汽车颠簸，走路的人开车的人如果不注意，就会出事故。诗人写这首诗的目的在于，唤醒我们对周围司空见惯的事物的注意力，唤醒我们麻木了的敏感。所以他不断地说：路中央有一块石头，有一块石头在路中央。那是一块石头！而且还说自己决不会忘记这件事情。举个例子：有一天早晨我散步在田野，忽然看到太阳正在升起，我感到一阵巨大的震撼，想想看，那么巨大的一个恒星出现在东方，光芒万丈，每天都照耀着我们，这难道不是一个奇迹吗？泥土里居然能长出草、树木、蔬菜、庄稼，这难道不是奇迹吗？这就是说，我们每天看的很多事物，都深藏着奇迹，但我们经常视而不见，这太奇怪了！

你仔细琢磨琢磨我的话，仔细琢磨琢磨这个诗人不断强调的这块石头，你就会明白，时时刻刻保持对世界的好奇，保持观察事物的专注力，是多么重要，因为只有这样，我们才能知道我们是活在无数的奇迹之中，有许许多多神奇的事物就存在在我们的周围。你说对吗？

牙 洞

［瑞士］于尔克·舒比格

从前有一个男人，
他的牙齿有一个洞，
牙洞里有一个小盒，
小盒里有一张纸条，
纸条上写着：
从前有一个男人，
他的牙齿有一个洞，
牙洞里有一个小盒，
小盒里有一张纸条，
纸条上写着：
我亲爱的朋友们！

（王泰智　沈惠珠　译）

【讲给孩子听】

　　亲爱的朋友，你小的时候有没有听过这样一个故事？故事说：从前啊，有个老和尚，老和尚给小和尚讲故事。讲的什么故事呢？故事说：从前啊，有个老和尚，老和尚给小和尚讲故事。讲的什么故事呢？故事说：从前啊……讲着讲着，你就睡着了。对吧？这种翻来覆去无限循环的故事猛地一听，谁都会觉得没有意思，就是逗个乐，不过呢，除了哄小孩子睡觉，我倒觉得它还真有点意思。什么意思呢？你慢慢听我讲给你听。我们今天讲的这首诗和这个老和尚讲故事有点像，这首诗的名字叫《牙洞》，牙齿的牙，山洞的洞。我们可以再念一遍这首诗！

……你读完了？对，就是这首诗。是不是和老和尚给小和尚讲故事很像啊？它也是从"从前啊"开始讲，说一个男人牙坏了，牙齿里有了一个虫洞，诗写到这里，一切还都正常，但是接下来就出情况了，因为在他的牙洞里有一个小盒，盒子有多大，我们都不清楚，反正盒子里有一张纸条，纸条上居然还写着字！写的什么字？写的就是我们上面说过的那些字。那么，再往下找，又可以在第二个牙洞里面的盒子里继续找到一个纸条，上面写着："我亲爱的朋友们！"

没了！这什么意思呢？是不是看上去没什么意思啊？

当然不是，我觉得很有意思，太有意思了。

举个例子说，我们看一件东西，这件东西由什么组成，我们学过化学，都知道所有的东西都是由分子组成。分子由什么组成？分子由原子组成。原子呢，由原子核和原子核外面的电子组成，原子核又是由中子和质子组成，人们仔细地不断观察，一直到最小最小，人类实在是没法再分了，那个最小的东西叫夸克，它是组成物质的最小的粒子。哎呀，你们看，牙洞和这个夸克相比，那简直就是一座大山和一粒小米相比。这首诗是提醒我们注意那些太小的事情、太小的事物，因为我们平时都比较关注大事、大的东西，几乎不会关注那些小事和小的东西。随着这首诗，我们就会发现原来一个东西里还有东西，一层一层，还有很多，这些都是我们以前不知道的。诗人用这样一首奇怪的诗，提醒我们去发现我们以前没有发现过的事物。用一个玩具来比喻吧，就像俄罗斯套娃，一个娃娃里面还有一个娃娃，这个娃娃里面还有一个更小的娃娃，一个套一个，一直到最小最小的那个。我们中国那个老和尚讲故事的故事，说的是事物的循环，就像太阳落山，月亮出来，然后太阳又升起，四季也在轮回，对不对啊？

我们这首《牙洞》的作者叫于尔克·舒比格，他是个瑞士人。他在大学的时候，学过文学、心理学和哲学。他当过包装工、伐木工、园艺工人，也曾做过编辑、出版家和心理治疗师。我在一篇文章里看到，他说："洋葱、萝卜和西红柿，不相信世界上有南瓜这种东西，它们认为那是空想，南瓜不说话，默默地成长。"这首诗也告诉我们，世界有很多奇妙的事情，我们不知道那是因为我们很无知，只有承认这一点，我们才会继续学习，思考和探索这个世界的秘密。

小学生守则
［中］徐俊国

从热爱大地一直热爱到一只不起眼的小蝌蚪
见了耕牛要敬礼　不鄙视下岗蜜蜂
要给捕食的蚂蚁让路　兔子休息时别喧嚣
要勤快　及时给小草喝水　理发
用雪和月光洗净双眼才能看丹顶鹤跳舞
天亮前给公鸡医好嗓子
厚葬益虫　多领养动物孤儿
通知蝴蝶把"朴素即美"抄写一百遍
劝说梅花鹿把头上的骨骼移回体内
鼓励萤火虫　灯油不多更要挺住
乐善好施　关心卑微生灵
擦掉风雨雷电　珍惜花蕾和来之不易的幸福
让眼泪砸痛麻木　让祈祷穿透噩梦
让猫和老鼠结亲　和平共处
让啄木鸟惩治腐败的力量和信心更加锐利
玫瑰要去刺　罂粟花要标上骷髅头
乌鸦的喉咙　大灰狼的牙齿和蛇的毒芯都要上锁
提防狐狸私刻公章　发现黄鼠狼及时报告
形式太多　刮掉地衣　阴影太闷　点笔阳光

好好学习 天天向上 尤其要学会不残忍不无知

【讲给孩子听】

　　亲爱的朋友，如果你开始上小学，就会知道，所有的学校都会有"学生守则"，也就是学生在学校里要遵守的规则，比方说尊敬老师、团结同学，遵守纪律，等等等等。我们今天讲的这首诗，也叫《小学生守则》，但却和我们平时在学校里看到的不太一样。写这首诗的诗人叫徐俊国，他还会画画，他写了好几本自己画插图的童书呢。我们今天就看看这首诗和学校里的《小学生守则》有什么不同。

　　这首诗一开始就说，我们要热爱大地。大地辽阔无垠，它长出庄稼来养活人类，土地很伟大，我们当然要热爱它。接着，诗人说，不但要热爱大地，也要热爱大地上很小的生灵，比方说，不起眼的小蝌蚪。哦，明白了，他的意思是我们要热爱一切大地上的事物，不管它们的大小，都值得我们热爱。然后呢，诗人又说：如果遇到了耕牛就要敬礼，而且还不能歧视下岗的蜜蜂。耕牛，是帮助人类犁地耕田的重要家畜，出力流汗，当然得尊敬。什么是下岗蜜蜂呢？"下岗"这个词，就是离开了工作岗位，因为年纪大了或者别的什么原因，不再继续工作了。下岗的蜜蜂就是不再采花蜜的蜜蜂。尽管它现在不再工作了，但它以前可是辛苦劳作过啊，所以即便蜜蜂很老了，不工作了，也不能歧视它，也要像尊敬老牛一样尊敬它。这几句诗的意思，就是我们要一视同仁，不能有区别心，不能像个势利眼那样，只喜欢大的、有社会地位的，而忽略了小的和没有工作的。

　　接下来，诗人还叮嘱我们，看到蚂蚁运送食物的时候，要给它让路，兔子睡觉的时候，我们不要把它吵醒，要勤快地给小草修剪浇水。这些都是希望我们尊重别人，不光是对动物，更是教会我们对待别人也要这样。给公鸡治好嗓子、让它在黎明嘹亮地啼鸣，领养失去了爸爸妈妈的小动物，善待益虫等等，这些都是很善良的举动。还有一句话是"用雪和月光洗净双眼才能看丹顶鹤跳舞"，是什么意思？我们知道雪和月光都是干净皎洁的，用它们来洗眼睛的意思是要有纯洁的目光，才能看到丹顶鹤这样优雅的鸟儿舞蹈。

　　善良谦卑是美德，真诚坦率也是

很好的品质。所以，诗人还劝说有虚荣心、爱打扮的蝴蝶更朴素一点，劝梅花鹿把招摇的角缩回去，鼓励萤火虫在油灯灭了的时候继续发光，甚至希望老鼠和猫这一对天敌结束争斗，成为一对夫妻，表达了诗人对和平的愿望。那么，对有可能伤害到我们的事情，诗人是怎么说的？

他说：要让啄木鸟捉到更多蛀虫，玫瑰扎人的刺最好去掉，漂亮有毒的罂粟花要标上骷髅头，好让大家认清楚它的本质。至于乌鸦、毒蛇、大灰狼、狐狸等等这些可能会伤害我们的动物，我们应该早早做出防范，禁止它们作恶，等等，这些都是小孩子们应该懂得的道理。最最重要的，是我们要善良，不能冷漠残忍，我们要努力读书，不能成为无知愚蠢的人。

这首《小学生守则》通过描写很多朋友们都知道的动物、植物的特点和天性，告诉我们应该遵从什么样的规则，在生活中应该如何去做事情。它充满了童趣和幽默，像讲故事一样告诉我们很多做人的道理。你们说，这样的《小学生守则》是不是很有趣？你们不用背诵也能记下来对不对？

当然了，这首诗表达的都是诗人的愿望，而我们知道，猫和老鼠永远也不会结婚；玫瑰如果没有刺，它怎么保护自己？大自然中的物种，必定有它们自己存在的道理，它们不会因为诗人的愿望而改变——你见过一只蝴蝶追着咬另一只蝴蝶吗？羊吃掉青草是罪过吗？梅花鹿的角是为了防御，你肯定也没见过狮子和羔羊成为朋友——除非那是作家美好的想象。所以说，这首诗是诗人的一个视角，是诗人对生活的希望，他的出发点是好的，是希望能看到一个没有杀戮、没有伤害的世界。

和学校里的《小学生守则》相比，这篇《小学生守则》更生动活泼，也更贴近孩子们的心灵。它用了一种我们意想不到的方法，写出了比严肃的"文件"更真实，也更有人情味的"守则"。

火车上
[中] 树才

开始进人了
一个六岁小男孩
安静地坐下

他的眼珠亮晶晶
盯着车厢里的乘客
他们找座位，搁行李

他纳闷：为何都是陌生人
突然，一个人挤过身边
他欢喜地喊："大胖子！"

急得奶奶直去捂他嘴
那矮矮胖胖的男人
咕哝了一声："不礼貌！"

这个不礼貌，发生
在我们每个人的脑子里
小孩子不管，喊了出来

【讲给孩子听】

亲爱的朋友，今天，我们讲诗人树才的一首诗。树才叔叔是一个非常喜欢小孩子的诗人，也是一个很棒的法国诗歌翻译家。他和蓝蓝老师一样，开过讲童诗的课程，培养过不少小诗人呢。他非常懂得小孩子的心，也为孩子们写过童诗。我们今天就讲这首他写的《火车上》。

故事发生在火车上——亲爱的朋友，你是不是很喜欢坐火车？我很喜欢坐火车，因为火车会把我们带到一个陌生的地方，那里很多东西都和我们家乡的不太一样，我们会感到新奇，也会非常兴奋开心。诗人坐火车，和一般人坐火车稍微有一点不同。他非常会观察，看周围的人都是什么样子，看他们如何说话、做事。这首诗就写了他观察一个小孩子如何上车了，如何坐下来。有意思的是，诗人在观察这个小孩子，而这个小孩子呢，却在观察车厢里的人。他睁着亮晶晶的眼睛，看那些上车的乘客怎么样找自己的座位，怎么样把行李放在车厢的行李架上。这几行诗，把诗人的好奇心和孩子的好奇心都写了出来。他们对世界都充满了好奇，他们的出现就像是让世界恢复了活力，重新发现很多很多新奇的事情。诗人从小孩子的眼神里看到了他的心思，这个小男孩感到周围全是陌生人，他不知道这些人的名字，只能根据每个人的外表称呼他们。比方，一个很胖的人从他身边走过，他就喊："大胖子！"大家请注意，诗人说他是非常欢喜地大喊"大胖子"这个词的，他没有任何恶意，只是孩子的高兴和新奇。但这句称呼在大人那里可就引起了不一样的反应，孩子的奶奶赶紧就去捂他的嘴，而那个大胖子则很生气，嘟嘟囔囔地说孩子"没礼貌"。

那么，这个孩子是不是真的没礼貌？

我们想一想，人有高矮和胖瘦，有男有女，有白皮肤、黄皮肤、黑皮肤，这些都是非常正常的。但不知道为什么，总有一些人非要把人分成好几个等级，比如我们以前讲过，人类历史上有白人把黑人当成奴隶的时代，那么黑人就受到歧视。在我们的古代，很多男人认为自己比女人强大，比女人聪明。现在，还有很多人觉得瘦人好看，胖人难看，城里人比乡下人更高贵，等等，你们说，这样把人分成等级对吗？当然是不对的。人人生而平等，这是每个人生命的尊严。高低胖瘦、黑人白人、男人女人，在人格上大家都是平等的。火车上的小男孩因为说出了他眼睛看到的事实，也就是说了真话，就遭到了奶奶的阻拦和那个胖子的埋怨，恰恰说明

了这个胖子内心里也认为胖子不好，他自己都不喜欢自己，而奶奶的阻拦是因为担心胖子生气，这可真是太冤枉小男孩了。因为他是个孩子，还没有学会委婉地表达真实的想法。诗人说，我们平时心里也有很多不礼貌的想法，但只有孩子们才会说出来。这让我想起了安徒生的《皇帝的新衣》，那个大摇大摆的皇帝，谁都不敢说他是光溜溜的，只有一个孩子说他什么也没有穿。这是一个说真话的孩子，所有人都害怕皇帝，一些人选择了撒谎，一些人选择了沉默，只有一个孩子选择了说真话。树才叔叔的这首诗和安徒生的想法很接近，是在赞叹孩子的天真无邪，同时也在感慨大人们的心思很复杂。

看来，很多时候，一个说真话的人往往会被误解，所以在一些时候，大家都不太会直接把心里所想的事情说出来，有人认为这是礼貌，也有人认为这是虚伪，到底谁正确呢？什么是礼貌，什么是虚伪？年轻的朋友，你们想一想，可以吗？

星移斗转歌

[日]宫泽贤治

红色眼睛的天蝎
舒展翅膀的天鹰
蓝色眼睛的小犬
闪亮的巨蛇盘踞

猎户正高声歌唱
降下了寒露冰霜
安德罗墨达星云
好像鱼嘴的形状

大熊的脚下向北
五倍距离的地方
在小熊的额头上
星移斗转的航向

（吴菲　译）

【讲给孩子听】

　　亲爱的朋友们，今天我们要讲星星的诗！

　　今天我们要讲的这首《星移斗转歌》曾经被谱成歌曲，它描写了很多星星。星星，多么美丽，在深蓝色的夜空，闪烁发亮。在古代，大海上航行的人们，依靠星星的位置，来判断船只航行的方向，甚至那些迁徙的候鸟，也会依照星星的位置，在夜空长距离地飞行。伟大的星辰，照耀着人类成千上万年，那些心情不好的人，在夜晚看到了星星，也许心情就会好起来了。

　　这首诗的作者是日本著名的童话作家宫泽贤治。他出生在1896年，在一百二十多年前了。他的父母是做小生意的商人，邻居们大多都是非常贫困的农民。宫泽贤治小时候体弱多病，九岁时就创作了第一首长诗《四季》。他读书时学习的是农业和林业专业，所以他毕业以后，就帮助农民们种地种树，他还是一个虔诚的佛教徒。他只活了三十七岁，就因为生病去世了。在他生前，只有一篇童话拿到过稿费，他自己印制了两本书，但没有人注意他。一直到他去世以后，人们在他的病床下发现了很多童话和童诗，才认识到这是一位很了不起的作家。也许有人读过他写的《银河铁道之夜》《猫咪事务所》，他的童话还被拍成电影。据说宫泽贤治自己也会作曲，他有很深厚的音乐修养。这首诗就像是把我们带到了星空之中，让我们来看看这些美丽的星星吧：

天蝎座，夏天的时候我们北半球的人才能看得清楚。我们知道，所有的星座都是由很多星星组成，人们根据星星们组成的形状，给它们起了不同的名字。天蝎座，就像一只蝎子，夏天的时候，北半球的人们都能看到它在南方的天空，差不多在银河的中央。天蝎座里有一颗星星是红色的，所以诗里就写天蝎的红色眼睛。而天鹰座，就像一只展翅飞翔的鹰，也是夏天能看到的星座，在银河的南边，我们中国人说的牛郎星，就在这个星座里。蓝色眼睛的小犬，是小犬座，看上去像一只小狗，冬天的时候很明亮，它在银河的边上。还有巨蛇座，夏天的时候看它，是在银河的西边。宫泽贤治这首诗的第一段，就讲了四个星座。

天文学家们把天上的星星分成了88个星座，每个星座里都有无数颗星星，有的非常明亮，有的却有点暗淡。在这首诗的第二段，他写到的星座有猎户座：猎户高声歌唱，降下了寒露冰霜，意思是说猎户座就像一个猎人一样在天上歌唱，但为什么会降下寒露冰霜呢？这是因为猎户座只有到了冬天，人们才能看到它。冬天的时候，不就是有了冰霜寒露，对吧？夜空中闪亮的不仅仅有星星，还有一些星云。它们是由巨大的尘埃、气体等组成，我们这首诗里说到的安德罗墨达星云，其实就是仙女座的星云。安德罗墨达是古希腊神话传说中一个公主的名字，宫泽贤治告诉我们，这团星云就像鱼嘴的形状。

那么，还有什么星座呢？诗人告诉我们说，在大熊星座下面向北，有五倍的大熊星座那么远的距离，在那儿有个小熊星座，在小熊额头的位置上，就是星移斗转的方向。为什么这么说呢？这是因为，小熊星座和大熊星座一样，都有几颗很明亮的星星属于北斗七星。在小熊星座中，有一颗非常非常明亮的星，它就是大名鼎鼎的北极星。天文学家们都知道，小熊星座从古至今都是航海家们最最看重的星座，他们根据这个星座航行，因为它就意味着地球的北极位置。我们知道，地球有南极和北极，南北极连起来就是地球自转的轴心，北极星就在地球自转的轴心上方。地球转动，星移斗转，观看星星是在地球上定位的一个很重要的方式。

大家现在明白了吧？宫泽贤治这首诗几乎给我们上了一节天文课，而且是那么美的天文课。星星给我们黑夜的光芒，也会给我们的心灵带来安慰。希望大家看到天上的星星时，会想到我们今天学习的这首诗和这首歌——请你的爸爸妈妈到互联网上搜索一下，你就可以听到这首好听的歌了。

礼 物
[中] 泉子

"爸爸，你最爱的是谁？"

"点点。"

"要说实话，
因为没有一个人不是爱自己胜过另一个的。"

"是的，我也曾一直这样认为，
直到你来到了我的身边，
直到这样的爱成为你从另一个世界
为我捎来的礼物。"

【讲给孩子听】

　　亲爱的朋友，你有没有想过，一个人可以成为另一个人的礼物？比方说，一个很久未见的亲人，忽然来到你的面前，他就成了你最开心的礼物。一个小孩子会成为爸爸妈妈的礼物，一个本来让大家不喜欢的人，有一天变成了好人，变成了人人都喜欢的人，他就是给大家的一个快乐的礼物。一个美好的生命就是给世界的一份礼物。上面讲的所有这样的礼物比可以用钱买来的礼物贵重千万倍，是我们生命中最重要的东西。我们今天要讲的这首诗就是《礼物》。

这首诗的作者叫泉子，1973年出生在浙江的一个小村庄，他原来的名字叫胡伟泉。在他没有出生之前，他还有个小哥哥，但是很不幸年幼时就去世了。这个小哥哥的小名叫泉子。所以，等这个弟弟胡伟泉长大以后，就把哥哥的名字当作自己的笔名，他认为自己的哥哥就活在自己的身上，他和哥哥共用一个生命。这件事说明他是个非常重情重义的诗人，是一个把对人的感情看得比一切都重要的诗人。

这首《礼物》是诗人泉子和他女儿点点的对话。点点问爸爸，她说："爸爸，你最爱的是谁？"爸爸回答说："是点点。"女儿可能有点不相信，说："你要说实话啊，因为没有一个人不是爱自己胜过另一个的。"亲爱的朋友，点点为什么这么讲呢？说到这里，我们可以分析一下，人到底是不是自私的，是不是爱自己胜过别人。"自私"这个词，说的是一个人凡事只考虑自己，完全不顾别人。我们中国古老的《三字经》上，开篇就说：人之初，性本善。意思是人刚生下来的时候，性情都是好的，但后来受环境影响，人们形成了各自的生活思想习惯，那差别可就大了。

我们还是举个例子来说吧。我有一对双胞胎女儿，在她们很小的时候，我就发现，如果我同时把她们两个一起抱在怀里，她们有时就会互相推对方，似乎要独自霸占妈妈。如果只给她们一根好吃的棒棒糖，她们肯定会伸出小手来抢。那个时候她们还不会说话呢，当时我就想，原来，自私是人的天性，因为他要生存，所以本能地要夺取食物、玩具和安全感。但是，现在她们长大了，我看到她们经常互相给对方买礼物、关心对方，甚至牺牲自己的时间帮助对方做事情，有好吃的也会给家人留着，先给姥姥、妈妈吃。我还记得有一次学校举行越野跑，我的女儿每次都是冠军，她跑得可快了，但那一次比赛回来，她说没有得上好名次，我很惊讶，问她为什么。她说有个同学跑到一半扭着脚了，我女儿就留在最后面陪着她慢慢走到了终点。瞧，我觉得这就是无私。无私就是为了别人而放弃自己的利益和权利。无私就是善良。当然，无私也有程度上的区别。比方说，你有三块饼干，你和你的伙伴都饿了，但你把两块饼干给了你的小伙伴，自己只吃一块饼干,这就是一种无私。这样的无私和爱,很多人都能做到。再比方说,你们饿了很多天了,谁吃了这块饼干谁就能活下去,没有吃的人马上就会饿死。如果这个时候你还愿意把这块饼干让给你的小伙伴吃,宁可自己饿死,这简直就是惊天地泣鬼神的最高尚的无私,是真的爱别人超出爱自己。这样的无私并不是所有的人都能做到。

在泉子这首诗里,当女儿问爸爸最爱谁,这个小姑娘一定还没有见过有人爱别人胜过爱自己,所以她不相信爸爸说最爱的是她。而爸爸很诚实地回答说,当他还没有成为爸爸的时候,他也和小姑娘一样并不相信世界上有爱别人胜过爱自己的。但是,当他有了孩子,成了父亲以后,他相信了。因为他对这个孩子产生了一种爱,这种爱可以让他为了孩子愿意牺牲自己的一切。我相信,大多数父母对孩子都会有这种爱,这样的爱就是孩子带给父母的最珍贵的礼物,孩子本身也是上天给父母的礼物。我曾经说过,礼物最大的意义就是:一个人不用做什么就能得到的爱。所以,这首诗,虽然只是父女两个人的对话,探讨的却是爱和生命的意义。只有去爱别的生命,我们自己的生命才会有意义。你们说,是不是这样啊?

其他人的歌
[德] 米切尔·恩德

在那个世界有一个湖,
那里汇聚着那些应哭却未哭的人的泪水。

在那个世界有一座谷,
那里回荡着那些应笑却未笑的人的欢声。

在那个世界有一间屋,
那里住着亲密无间的孩子们,
还有我们那些应有却未有的思想。

在那个世界盛开着鲜花,
那是由我们应予却未予的爱所生成。

当我们有一天来到那个世界,
阳光将驱散阴暗,
等待我们的是那应得而未得的一切。

(何绍波 译)

【讲给孩子听】

亲爱的朋友，在我大学毕业刚参加工作后没多久，有个好朋友向我介绍了一本书，这本书的名字叫《时间窃贼》，讲的是一个叫莫莫的小姑娘，帮助人们夺回属于自己的时间的故事。这本书是一个德国作家写的，他的名字叫米切尔·恩德。我的这位朋友告诉我，在德国，很多工人罢工的时候，人人手里举着这本童话书。我非常喜欢这个童话，后来我才知道，这本书还翻译成别的书名，有的叫《莫莫的故事》，有的叫《毛毛》。米切尔·恩德还有一部非常棒的童话书，叫《永远讲不完的故事》，很多大人也非常非常喜欢。他还写过很多别的童话书，也给孩子们写过诗。我们今天讲的这首诗就是他写的，是我的一个朋友专门请何绍波先生刚刚翻译出来的，你大概是第一个知道这首诗的人啦！

这首诗的题目是《其他人的歌》。其他人，也就是说除了我们自己，是别的人，或者是不经常被我们关注到的人。这些其他人都是什么人呢？他们都是谁？他们在什么地方？诗歌的第一节写道："在那个世界有一个湖，那里汇聚着那些应哭却未哭的人的泪水。"我们就知道这些"其他人"在一个我们不知道的地方。那里有一个湖，湖里的湖水是他们应该哭但却没有哭出来的眼泪。这么多眼泪汇成了湖水！第二节呢，写在那个世界有一座山谷，山谷里回荡着那些应该笑但却没有笑的人的欢声。米切尔·恩德这么写是什么意思呢？亲爱的朋友，我们想一想，我们有没有过受了委屈或者感到痛苦的时候？但有的时候，我们受了委屈或者感到痛苦却没有哭，因为我们害怕那些爱我们的人担心，所以我们不会在他们的面前哭。那么，这些委屈和痛苦的泪水都去哪里了？一般我们都会说，咽到肚子里去了。但是，诗人认为这些泪水都汇聚到一个湖里去了，在那里满湖都是这样的泪水。原来世界上有过那么多不被人知的痛苦和委屈啊！同样，还有一些人本应该生活得很幸福，但事实上他们的命运很不幸，所以他们应该有的欢声笑语也丧失了。这些欢声笑语去了哪里？它们没有消失，它们都汇聚到一个山谷里了，在那里回荡着。

接下来，我们看看还有什么东西在我们不知道的那个世界里存在着吧。诗人写道："在那个世界有一间屋，那里住着亲密无间的孩子们，还有我们那些应有却未有的思想。"住在这屋子里的为什么是孩子？因为孩子是最纯洁的人，亲密无间说明他们互相非常友爱。屋子里还有什么？对了，还有我们应该有却未有的思想。能和纯洁、友爱在一起的思想，一定也是非常美好的思想，这些思想我们还没有产生过，它们也都在那个我们还不知道的世界里。

第四节呢，诗人说："在那个世界盛开着鲜花，那是由我们应予却未予的爱所生成。"这些鲜花从什么地方来的？是从我们应该给别人但我们却没有给别人的爱，是从这种爱里生长出来的。在我们这个世界中，由于我们的自私，或者懦弱，或者别的什么原因，我们本来可以给别人很多的爱，但我们却没有给出来，这些伤心的爱就跑到了另一个世界，它们在那里开出了鲜花。现在，我们知道了，所有在我们这个世界没有得到的爱、关心、友情、尊重和美丽，都会被好好地保存在另一个世界中。所以，接下来诗人说："当我们有一天来到那个世界，阳光将驱散阴暗，等待我们的是那应得而未得的一切。"

是啊，这首诗讲到了我们生活中缺乏的很多美好的东西，这些东西都是因为我们人类自己的错误失去了，但这些美好的事物没有消失，都在一个地方等着我们去拿回来。虽然诗人说它们都在另一个世界，但是，我觉得如果从今天起我们能够行动起来，去爱别人，也得到别人的爱，去学会做一个纯洁友爱的人，更多地去学习和思索，我们就可能在生活中实现它们，而现在的世界就和另一个世界变成同一个开满鲜花的世界了，对吧？

这是一首感人的诗，它描画出一个我们不知道的世界，描画出人类的失落，也让我们知道了一个人的痛苦和失落都有可能得到安慰，只要人间有足够的爱，我们就会得到最终的幸福，但，我们自己首先要学会去爱别人，才有可能得到这样的幸福。

我学写字

[比利时] 莫利斯·卡列姆

当我学着写"小绵羊",
一下子,树呀、房子呀、栅栏呀,
凡是我眼睛看到的一切,
就都弯卷起来,像羊毛一样。

当我拿笔把"河流",
写上我的小练习本,
我的眼前就溅起一片水花,
还从水底升起一座宫殿。

当我的笔写好了"草地",
我就看见在花间忙碌的蜜蜂,
两只蝴蝶旋舞着,
我挥手就能把它们全兜进网中。

要是我写上"我的爸爸",
我立刻就想唱唱歌儿蹦几下,
我个儿最高,身体最棒,
什么事我全能干得顶呱呱。

(佚名 译)

【讲给孩子听】

亲爱的朋友,你还记得你第一次学习写字的情形吗?你写的第一个字是什么?

学习写字,可是一件人生的大事,因为每一个字都会代表和我们世界相对应的某件事物,它或者是一个东西,或者是一个动作,或者是我们的某个想法,或者是某种声音气味,或者是把这一切连接起来的东西。所以,所有的文字都聚在一起的时候,它们就像一面镜子,把我们生活的世界全部映照在这面镜子里,我们生活中有的东西,文字里也会有。如果没有的话,我们人类也会创造出一个字或者一个词,来代表这件东西。那么,今天,我们就讲一首诗,诗的题目是《我学写字》,让我们看看一个外国小朋友是怎么学习写字的。

这首诗的作者叫莫利斯·卡列姆,他是比利时人,为孩子们写过很多书。因为比利时紧挨着法国,所以他在法国也很有名。在这首诗中,诗人描写了一个小孩子刚刚学会写字时的感觉。当他写"小绵羊"这三个字的时候,眼前看到的房子、栅栏、树啊,这些东西都开始弯卷起来了,像羊毛一样。为什么会这样呢?我们先想一想。那么我们看看接下来他写什么字，哦，他写了"河流"这两个字，那么发生了什么呢？他说他感到眼前溅起了一片水花，还从水底升起了一座宫殿。真有意思啊！

为什么他写小绵羊的时候看什么东西都像羊毛那样卷起来？而他写河流的时候，眼前就有了水花呢？这是因为，这些字代表的东西，让他在脑海里产生了这些东西的画面，小绵羊啊、河流啊，就会出现在他的脑海里，大脑里的神经就把他见过的小绵羊和河流的样子呈现了出来，好像他的眼前就是小绵羊和河流，他身边的事物呢，也都开始很像小绵羊和河流了。这说明，文字能够让我们想象出这个文字所代表的东西。比方说我们写下"孙悟空"这三个字的时候，我们的眼前就会浮现出孙悟空的形象。虽然"孙悟空"这三个字只是由一些横撇竖捺的笔画组成，但是它却真实地代表了那个会七十二变的孙猴子。所以，当诗中的小朋友写到"草地"这个词的时候，他就会很自然地看到在花丛中采蜜的蜜蜂和飞来飞去的蝴蝶了。这样的想象非常逼真，以至于这个小朋友觉得自己拿着网兜就能把它们捉住。

这首诗的最后，诗人写道"如果我写上'我的爸爸'"，那么他就会唱着歌蹦几下，"我个儿最高，身体最棒"这一句是说谁的啊？对，是说他的爸爸，他的爸爸是个个子很高很能干的人，这几句话把他对爸爸的印象写了出来。

这首诗通过描述一个孩子写字时的情形告诉我们，文字，不管是中国的汉字，还是外国的字母文字，都是一种符号，这些符号让人们可以通过它来进行交流，说话啊，写信啊，读书啊，等等。这些文字符号代表的事物，会在人们的脑海中唤醒想象力和记忆，使我们看到过的、经历过的事情和这些文字联系起来，这就是写字和识字的重要作用。尤其是我们中国的字，最早就是从象形文字发展过来的，像山啊，水啊，字本身就像是画出来的山和水，等等。这首诗也让我想起神笔马良的故事，马良画了海，海水就出现了。画一棵树，树就真的长在眼前。是不是很神奇啊？我们的文字也有这样的魔力，当我们给妈妈写下"我爱你"这三个字的时候，我们的心里会充满了爱，妈妈看到了也会感到非常幸福。

你们瞧，文字的力量有多大啊！

狗尾草出嫁
[中] 王立春

狗尾草坐在河边
蘸着水梳头
又粗又长的辫子呀
真惹人爱

狗尾草心里惦着嫁人了

远志家是中医
却只有几个破药罐
车前草也不宽裕
家当就是一辆独轮车
蒺藜是刺头
艾蒿是烟鬼
狗尾草对他们
连理都不理

要嫁就坐着橡叶扎成的敞蓬船
嫁到远方去

听说城市来了高大的法国梧桐
听说公园住着优雅的美国红叶

直到有一天
常年跑外的蒲公英
带回一个 天大的消息

狗尾草成富婆了
狗尾草嫁到了稻田里
一百只蝌蚪给她洗脚
一百只蝈蝈给她扇扇子

她的丈夫是个大佬
她的丈夫有许多座地下宫殿
她的丈夫是当地呱呱叫的名人
她的丈夫叫癞蛤蟆

唉

（注：狗尾草、远志、车前草、蒺藜、艾蒿，均为野草。）

【讲给孩子听】

　　亲爱的朋友，你们好！我们今天讲一首好玩的诗！为什么好玩？因为这首诗里有很多小动物，还有很多野草。从小生在农村的孩子们有福了，因为这首诗里的很多小动物和野草他们都见过，城市里的孩子呢，有的可能见到过，有的可能没有见到过，或者呢，是在图书和电视上见过。这些野草和小动物各有各的脾气性格，如果你看见过它们，那种鲜活的感觉会令你一下子记住它们。那么我们今天就讲这首诗，它的名字叫《狗尾草出嫁》，出嫁就是和一个人结婚的意思——狗尾草要嫁人了。

这首诗的作者是诗人王立春阿姨，她写过很多我很喜欢的童诗，还得过不少奖。我们以前曾经讲过她写的《骑扁马的扁人》，或许有些朋友还记得。这首诗，写了狗尾草姑娘的故事。狗尾草，有着毛茸茸的穗子，碧绿的叶子，亭亭玉立，很漂亮，很像一个穿绿衣服的姑娘。这首诗开始就说，狗尾草姑娘在河边梳头，打扮自己，想让自己看起来很美。

为什么要打扮？因为她想出嫁了。嫁给什么人才好呢？狗尾草自己在那里琢磨，想到了叫远志的小伙子。远志也是一种草，是很有名的中草药。狗尾草不想嫁给它，觉得它很穷。诗人在这里直接就把"远志"这种植物写成是一个中医大夫，非常巧妙地把中草药的特点和远志的身份结合起来了。狗尾草不想嫁给远志，也不想嫁给车前草。车前草也叫车前子，我们老家那里叫它猪耳朵棵，也是一种很常见的草药，叶子铺开就像车轮子。所以，诗人说车前草家里也没什么东西，只有一个独轮车。狗尾草也不想嫁给蒺藜，蒺藜也是野草，结的果实很多刺，很扎人，所以说它是刺头儿。还有艾草，艾草就是我们过端午节时插在门上的那种野草，以前的人们经常把晒干的艾草点燃，它冒出的烟会把蚊子熏跑，所以在诗里就说它是大烟鬼。这几个拟人的比喻都非常形象，把这些植物的特点写了出来。

那么，狗尾草觉得村子里这些野草都不合她的心意，她想嫁到大城市里去，大城市里有公园，有高楼大厦，那里的人们更有钱，很富裕。后来呢？后来，四处飘荡的蒲公英带回来一个消息，说狗尾草嫁到了稻田里成了富婆了，富婆就是阔太太啊。说是有一百只蝌蚪给她洗脚，一百只蝈蝈给她扇扇子，她的丈夫可是一个大佬，不用买房了，据说有很多地下宫殿。这个大佬是谁呢？诗人说它是当地呱呱叫的名人，原来它是只癞蛤蟆。

我读到这里的时候忍不住笑了起来。王立春阿姨写得太幽默了，爱慕虚荣的狗尾草为了过上让别人羡慕的生活，居然嫁给了虽然很富有但却很丑陋的癞蛤蟆！这个故事写得绘声绘色，很动人，也很幽默。这是一首非常优秀的童诗，王立春阿姨把里面的每一个"人物"的特点都写了出来。虽然狗尾草、癞蛤蟆、蒲公英、远志等等都是拟人化的写法，但是诗人非常熟悉这些野草和小动物的特性，也非常贴切准确地写出了它们各自的特点，所以每个人物都鲜活生动，充满了天真活泼的童趣。我们读这首诗，也是希望年轻的朋友平时注意观察动物和植物的特点，可以尝试着用拟人的手法把它们表现出来。

温　暖
［中］向未

妈妈，远行的时候想你，
远行是温暖的。

妈妈，被人欺侮的时候想你，
被人欺侮是温暖的。

妈妈，长伴青灯的时候想你，
长伴青灯是温暖的。

妈妈，望着天空的时候想你，
天空是温暖的。

妈妈，冷的时候想你，
冷是温暖的。

妈妈，饿的时候想你，
饿是温暖的。

妈妈，你在我未成年的时候走了，
未成年的时候是温暖的。

【讲给孩子听】

　　亲爱的朋友，你们有没有过那样的时刻：当你受了委屈，当你感到了痛苦难过，你第一个会想起来的人，一定是最爱你的那个人。因为你知道，只有她才会心疼你，安慰你，保护你。如果外面的小朋友欺负了你，你肯定也会回家告诉爸爸和妈妈，诉说你受到的羞辱，寻求父母的保护，因为你知道，他们是爱你的人。

　　爱，是这个世界最伟大的事情，人有了爱，生命才有意义。爱的力量超出我们的想象，它能让一只羚羊妈妈为了保护小羚羊，故意闯到狮子群中，让狮子把自己吃掉，让小羚羊趁机逃跑活命；也能让一只离家几百里的小狗，跋山涉水，忍饥挨饿，经历无数艰辛终于回到主人的身边。这些惊心动魄、让人落泪的故事，都是因为有了爱。那么今天，我们就讲这首和爱有关的诗——《温暖》。

　　这首诗的作者是个出家人。什么叫出家人？出家人就是僧人，也叫和尚，就是大家在寺庙里看到的和尚。和尚们敬拜佛祖，一辈子不杀生，不杀动物，不吃肉，也不结婚。有人问了，那和尚们会有感情吗？当然有感情了。不杀生，爱惜动物，就是感情啊。

　　我们这首诗的作者本名是向延兵，法号叫灵悟，向未是他的笔名，他是一座寺庙的住持。这首诗是写母亲的爱，写得很特别。为什么这么说呢？下面我们就来讲一讲这首诗。

　　诗中说"妈妈，远行的时候想你，远行是温暖的"。这句诗我想大家都懂，不管在外面走多远，因为有妈妈的爱一直在心中，那么远行的时候想起妈妈，心里也是温暖的。接下来的一句诗是："妈妈，被人欺侮的时候想你，被人欺侮是温暖的。"这句诗看上去很不可思议。被人欺侮是一件很让人气愤的事情，是一件不好的事情，但为什么诗人说被人欺侮是温暖的呢？这是因为，尽管诗人受到了欺侮，但是妈妈的爱比欺侮更有力量，有妈妈的爱保护着他，欺侮根本无法真正伤害他的内心，所以诗人说，这欺侮让他想起了妈妈，想起了妈妈的爱，他感到了温暖。这样一解释，大家懂了吗？诗人并不是说欺侮是好的，欺侮肯定是不好的，但在诗人遭受欺侮的时候，是妈妈的爱抵挡了欺侮，所以欺侮唤起了他对妈妈的爱的回忆，这回忆是温暖的。

　　打个比方，有一位爱尔兰作家叫林德，他说"无知是好的"，为什么呢？因为只有我们知道自己无知了，我们才有可能去学习，让自己变得有知识。林德并不是真的认为无知是好的，他说的好指的是无知有可能让我们去寻求知识，这一点是好的。他的这种说话的方式，和我们讲的这首诗是一个道理，就是让我们的思维向前更进一步去思考问题。那么，接下来，诗人继续说："妈妈，长伴青灯的时候想你，长伴青灯是温暖的。"青灯，指的是庙里的灯，这句话意思是：我虽然是个和尚，在庙里过着很寂寞的日子，但因为想着妈妈，所以心里是温暖的。所以，诗后面一节的"看着天空想妈妈，天空也是温暖的"就更容易理解了。那么冷和饿的时候呢，因为想着妈妈，所以冷和饿也是温暖的，所有这一切，不管是好的处境还是坏的处境，都因为有妈妈的爱，全部都变温暖了。就像大地上有美丽的田野，也有肮脏的水沟，但一场洁白的大雪就能把这一切全部覆盖，世界看上去都是干干净净的一样。这首诗的最后一句是："妈妈，你在我未成年的时候走了，未成年的时候是温暖的。"直到这个时候，我们才知道，诗人在小的时候就没有了妈妈。这句诗令人心酸啊，你想，他那么小就失去了妈妈，应该是非常可怜的，对生活是非常不满意的，但他却牢牢记住了早年妈妈对他的爱，记了一辈子，走到哪里就会把这种爱带到哪里，使他能够坦然面对一切的苦难，我们就知道，妈妈的爱有多么伟大，而这份温暖的爱也在他身上生长壮大，使他像个巨人一样，不害怕任何欺侮、寒冷和饥饿。所以，这首诗是对爱的赞美，诗人用一种反常规的写法，一种很新颖的写法，揭示了爱伟大而神奇的力量。

小老头

［芬兰］伊迪特·索德格朗

小老头坐着数鸡蛋。
每回数都少一个。
别向他显示你的黄金我的朋友。

（北岛 译）

【讲给孩子听】

亲爱的朋友，我们今天讲一首一位女诗人写的诗。这个女诗人叫索德格朗，她1892年出生在俄罗斯的圣彼得堡，但因为她的父母都是芬兰人，所以她出生没多久全家就又回到了芬兰。她少年时代，全家人冬天住在芬兰，夏天住在圣彼得堡。索德格朗懂德语、俄语、法语，还懂芬兰语、瑞典语。她十四岁开始发表诗歌时就是用德语写诗。在她十几岁的时候，她的父亲和奶奶在同一年因为肺结核病去世。在当时，肺结核几乎就是不治之症，而且它还传染。索德格朗后来也被传染上了肺结核，三十一岁很年轻时就离开了人世。索德格朗生前只出版了四本诗集，影响不大，很多人并不知道她这些作品的价值，只有一个女批评家黑格·奥尔森认为，索德格朗是伟大的诗人。这一点，已经被后世的读者承认了，到今天为止，文学史的作者们也都认为索德格朗是北欧最伟大的女诗人。我们今天就讲一首她写的非常短的诗，诗的题目是《小老头》。

这首诗只有三行。前两行讲一个小老头在数他的鸡蛋。小老头这三个字，说明这个老头肯定不是大富翁，也不是大官或者贵族。因为一个大富翁、一个大官，人们不会这么叫他，他也不会去坐在地上数鸡蛋。小老头这个称呼有开心逗乐的意思，也很亲切。所以，从这个称呼上我们可以知道，这个老头是个很普通的老人。这个老人在做什么呢？他坐在地上数鸡蛋。数鸡蛋，表示鸡蛋不是很多，因为很多很多的鸡蛋是没法一个一个数的。一个很普通的老头坐在地上数鸡蛋，能够去数鸡蛋，说明这些鸡蛋对于小老头来说很重要，每一个鸡蛋都很重要，所以他才认认真真地数。数鸡蛋干什么呢？我猜想，或许是他要知道自己一共攒了多少个鸡蛋了，或许是他想把这些鸡蛋卖了，在算这些鸡蛋值多少钱。如果我没想错，那么我们就可以肯定，这个小老头是个穷人，他没什么钱，几个鸡蛋就是他的财富了。特别诡异的是，每数一次，他的鸡蛋都会少一个。这是为什么呢？据我所知，在北欧的某些地区，人们会用数鸡蛋的方式来推测自己的运气，比方说单数双数代表吉凶，就像有的人用数花瓣的单数和双数来预测幸运或者是不幸。可是，这个小老头显然不是在预测自己的命运，他仅仅是在数一数自己的鸡蛋有多少个。但是，不知道怎么回事，每数一次，他的鸡蛋就少了一个。是他自己数错了吗？我们不知道。但我们知道，因为鸡蛋的数目总是对不上，所以这个小老头很可能就一遍一遍地数，尽管这一小堆鸡蛋并不多，也不值几个钱。这几乎成了小老头的乐趣，一遍又一遍数着他不多的几个鸡蛋。这是小老头人生中几乎可以说得上是快乐的时刻，因为至少他还拥有几个鸡蛋，还拥有数自己这几个鸡蛋的快乐。

这首诗的最后一句：别向他显示你的黄金我的朋友。在我看来，这一句诗简直是神来之笔。为什么这么说呢？前面我们讲了，这个小老头虽然很贫穷，但他是快乐的，因为他专心地在数自己的鸡蛋，那是他的一笔小小的财富。在这样一个对自己平凡生活感到快乐满意的小老头面前，炫耀自己的财大气粗、自己的黄金珠宝有什么意义呢？因为小老头的欢乐在于他对生活没有过多的贪婪欲望，也没有靠强取豪夺和压榨别人积累自己财富的恶行，他质朴诚实，没有野心，也没有烦恼，身体健康，能够清闲地坐在阳光下数鸡蛋，在我看来，这就是无上的财富，是超出了一切金银财宝的小小的幸福。我想，这也是索德格朗这首诗要表达的意义吧。

这首诗让我想起一个流传很广的故事：一个富翁在海边度假，见到一个钓鱼的老头。富翁说："让我告诉你如何成为富翁和享受生活的真谛吧。"老头说："好吧，我愿意洗耳恭听。"富翁说："首先，你需要借钱买条船出海打鱼，赚了钱雇几个帮手，这样才能增加利润。""那之后呢？"钓鱼的老头问。富翁回答："之后你可以买条大船，打更多的鱼，赚更多的钱。""再之后呢？""再买几条船，搞一个捕捞公司，再投资一家水产品加工厂。这样一来，你就会和我一样，成为亿万富翁了。""成为亿万富翁之后呢？"钓鱼的老头问。富翁说："成为亿万富翁，你就可以像我一样到海滨度假，晒晒太阳，钓钓鱼，享受生活了。"钓鱼的老头说："噢，原来这样啊,可是我现在的生活就是你所希望的生活啊!"

  这个故事就像这首诗一样,讲的是对幸福生活的理解。这首《小老头》短小精悍,仅仅三行诗,通过描写一个普通小老头的生活场景,来表达诗人对于生活的幸福和财富的看法:快乐和幸福其实非常简单,它不是建立在金钱的基础之上,它是一种无价的、热爱朴素的生活状态。所以说,有钱并不代表幸福,而普通人的幸福呢,是一种知足常乐的生活态度。

秋虫唧唧唧
[中]树才

唧唧 唧唧唧
唧唧唧 唧唧
唧唧 唧唧唧
唧唧唧唧唧 唧唧
唧 唧 唧 唧唧 唧
唧唧唧唧唧唧唧唧唧
秋虫呀 你唧唧个没完
这边唧唧唧那边唧唧
那边唧唧唧这边唧唧
秋虫呀 我听着你唧唧
不知你唧唧的深意
你是喊是叫还是唱
我看不见你躲在哪里
就像我听不出你的深意
其实你哪有什么深意呀
唧唧唧就是秋来了

秋来了于是唧唧唧
这么深的夜里
除了我在听
一只大白猫
也在路灯下
竖直了耳朵
我看着它它看着我
我走了它还蹲那里
听唧唧唧唧唧唧唧

【讲给孩子听】

亲爱的朋友，当我们一个人待着的时候，我们可否想到，即便是一个人的时候我们也可能不是孤独的。我们身旁的很多事情都在陪伴着我们，只要你愿意去观察去倾听，就会发现这一点。小的时候，我半夜醒来，有时候会听到鸡叫声传来，因为那个时候住在乡下，很多人家都养着鸡鸭。现在我住到城里了，鸡叫声听不到了，但在夏天的夜晚，会听到窗下的蟋蟀的叫声，深夜里非常清晰。它们这些美妙的叫声就像是对人的安慰和陪伴，使我的心感到温暖。我们今天就讲一首和蟋蟀有关的诗——《秋虫唧唧唧》。

这首诗是诗人、翻译家树才写的，我们以前讲过他的《在火车上》，大家还记得吧？树才老师小时候也在农村长大，所以他很熟悉草丛里的这些小昆虫的叫声。这些小昆虫是孩子们的玩伴，也是他生命记忆里的一部分。这首诗一开始就是一连串的蟋蟀的叫声，唧唧唧唧，但大家注意了没有，这些叫声不是单调的重复，它们也有节奏，有的是两声，有的是三声，像是我们人类的谈话一样。我们可以通过它们不同的节奏猜测，这些小昆虫们在用这些声音表达什么。诗人一再模仿这些蟋蟀们的叫声，在我看来正是出于他的喜爱，喜爱到了他想象自己也和蟋蟀们一起鸣叫的地步。然后呢，他开始跟这些小昆虫说话。

他说：秋虫啊，你们不停地叫，这边是你们的叫声，那边也是你们的叫声，你们到底在说什么呢？我不了解你们这些叫声里包含的深意。这些虫鸣声代表你们在喊叫呢？还是在唱歌呢？我也看不见你们都藏在什么地方，就像你们的唧唧声我弄不懂一样。

诗人写到这里，都是他和虫虫们在说话，这些话就像我们平时里拉家常一样亲切，也体现出了他对这些小虫虫们的感情。虽然他说自己听不懂秋虫的唧唧声，但是他又说："哎呀，你们的叫声哪里有什么特别深奥的地方啊，不就是告诉我秋天要来了吗？"

大家注意没有，夏天的田野里，叫声最大的不是蟋蟀，而是蝈蝈和知了，但是随着天气慢慢变冷，蝈蝈和知了就不叫了，最后只剩下蟋蟀在叫了。蟋蟀还会躲在温暖的地方过冬，就像《木偶奇遇记》里那只躲在炉灶旁的蟋蟀一样。诗人写到这里，就停下了和虫虫们聊天。他看到了什么？他看到四周夜深了，也就是说他一个人待在深夜里听了很久，四周没有人，只有路灯下一只大白猫，竖起耳朵也在听着虫鸣。这个时候，诗人和大白猫互相看着对方，彼此一定很好奇对方为什么在这里听虫鸣。但他们都没有说话，一直到诗人离开那里，那只大白猫依然留在原地，听着夜里秋虫们不停的唧唧唧叫声。这一个结尾非常有画面感，你们可以想象一下，眼前是否出现了路灯下一个人和一只猫的影子？还有四周的虫鸣声？对，诗人就是要让大家心中有这样的画面，让大家知道，即便是一个人的时候，他还有那么多唧唧叫的秋虫陪伴，而且还有一只猫也和他一样在听着虫鸣。即使在他走了以后，路灯下的那只猫和草丛里的虫虫们也不会孤独，因为他们还在深夜里互相陪伴。

  这首诗用了淡淡的语调，写出了温暖的情感。这些很小很小的蟋蟀马上要过冬了，但有人还在倾听它们，陪伴它们。我能感到诗人的心就像孩子的心，那么柔软，对一切生命充满了悲悯和慈爱。我们可以想一下，深夜里看不见的小蟋蟀、路灯下的大白猫、一个徘徊的人，猛一看都是孤零零的，但在诗人笔下，他们之间可以交流，不管是用语言还是用眼神，能让读者感到他们跨越了人和动物的障碍，成了彼此都能感到对方的伙伴和朋友。这首诗向我们呈现了一个温暖无比的场景，到了冬天，想起这首诗，就会想起那些唧唧唧唧的叫声，想起路灯下大白猫的身影和树才老师这首诗里的温暖。

在小溪坝小学校看到的微心愿
［中］桑格尔

我要一个小书包

我要公主裙

我要《查理九世》

我要篮球

我要芭比娃娃

六一前一天

在小溪坝小学校

我看见每位留守孩子的微心愿

张贴在学校的公示栏里

微心愿的后面

紧紧写着

捐赠的爱心人士的名字

只有李德鑫

他的微心愿小纸条

至今还在

老师的办公桌上

我看见上面写着这样一句话

我要爸爸我要妈妈

【讲给孩子听】

亲爱的朋友，我们今天继续讲一首新的诗。讲这首诗之前，我们先学习一个词——"留守儿童"。什么叫留守儿童？留守儿童的意思就是爸爸妈妈都到城里打工去了，把孩子留在了农村，这些孩子在农村上学，平时由爷爷奶奶或者姥姥姥爷或者学校的老师照顾。有人就问了，为什么爸爸妈妈不在他们身边呢？这是因为农村太贫穷了，只有到城里才能找到一些能够挣钱的工作，所以，这些爸爸妈妈只好忍痛离开孩子们，只有到了过年的时候，他们才回到家乡和孩子们团聚。这些孩子就被称为"留守儿童"。我们今天要讲的诗，就和这样的一些孩子有关系。

这首诗的作者叫桑格尔，这首诗是他去一个乡村学校回来后写的。在这个名叫小溪坝的学校里，有很多爸爸妈妈不在身边的孩子。在这个小学的墙上，有一个公告栏，上面贴满了孩子们写下的微心愿，微心愿就是微小的心愿。这些心愿的后面是一些爱心人士的名字，表示他们愿意帮助某一个孩子实现这个心愿。

我们看一看，诗人在这首诗中写到孩子们都有什么心愿吧。有一个孩子想要一个新书包，另一个孩子想要公主裙，还有一个想要一本书，书名叫《查理九世》，还有孩子想要芭比娃娃或者篮球。这些东西，对于城市里的很多孩子来说，可能都算不了什么。我见过一个小姑娘家里有一大箱子芭比娃娃，更不用说书包和裙子、篮球这些东西了。但是，在农村的孩子们，想要一些这样的东西都是不容易的，所以才成为他们的心愿。诗人在诗中写，在六一儿童节的前一天，他在小溪坝学校的公告栏看到了这些心愿纸条，同时也看到了那些愿意帮助孩子们实现心愿的爱心人士的名字。请大家注意六一儿童节这个时间，为什么诗人特意写到是六一儿童节？这些微心愿、爱心人士和六一儿童节是什么关系呢？对了，你们一定有人猜到了，只有到了六一儿童节，很多人才会想到孩子们，才会想到在偏僻贫穷的山村，那里还有很多孩子需要帮助。那么，我们就应该知道，即便是孩子们这些微小的心愿，也不是经常有爱心人士来帮助他们实现的。诗人在诗中把这些都写完之后，他又写了一个名字，李德鑫。李德鑫也是这个学校的孩子，只有他的微心愿小纸条，没有贴在公告栏里，这张纸条至今还在老师的办公桌上——至今的意思就是从那个时候，一直到诗人写这首诗的时候，都没有爱心人士来帮助他完成心愿。诗人看到了这张纸条上写的一句话，这句话是：我要爸爸，我要妈妈。

亲爱的朋友，你们是不是每天放学回家都能看到爸爸妈妈啊？李德鑫是留守儿童，他的爸爸妈妈不在身边，他非常非常思念爸爸妈妈，这个最最普通的心愿成了最难实现的心愿，没有哪个爱心人士能够把他的爸爸和妈妈送到他的眼前。以至于当别的孩子想要一个篮球、一个芭比娃娃的时候，他只想要爸爸和妈妈。

有支歌里唱道："有妈的孩子像个宝，没妈的孩子像棵草。"说的是没有爸爸妈妈关心的孩子是非常孤单非常痛苦的。即便是有爷爷奶奶，也无法替代爸爸和妈妈的关心爱护。这首诗写到这里就结束了，但给我们留下的难过却刚刚开始。我们可以想一想，到底是什么让孩子和爸爸妈妈分离？是贫困。为什么农村那么贫困？为什么农村人不能富裕起来？当我们长大了，我们能为这些孩子做些什么？这些问题，都需要我们认真地想一想。我们想得越多越远，我们的思考能力就越强大。我们学习诗歌，学习别的知识，都是为了能够问为什么。我多么盼望李德鑫的爸爸和妈妈能知道这首诗，能早点挣到钱，回家和他团聚。

勇　气

佚名

你可以的
人们对我说

要有勇气
人们对我说

所以我
鼓足了勇气

鼓起勇气
对他们说
我不行。

【讲给孩子听】

　　我小的时候，除了爬树之外，我非常害怕到高处去，也就是大家说的有恐高症。别的淘气孩子都能在墙头上跑，有的还敢爬到屋顶上，我可不敢。我还害怕蚯蚓，害怕蛇，害怕老鼠。我弟弟有一次拿了一条凉丝丝的小蛇放到我的脖子里，把我吓得魂飞魄散，后来我一直把他追到男厕所，他躲在里面不出来，我就没办法了。在我看来，每个人都有害怕的东西，什么都不怕的人我还没见过，除非他是亡命之徒，连死都不怕的人也是很可怕的。我和孩子看动画片《狮子王》，当小狮子和小伙伴从鬣狗那里逃回来时，它的父亲狮子王跟它有一段对话：

　　狮子王："辛巴，我对你非常失望——你可能会死掉！"

　　小狮子："……我只是想和你一样勇敢。"

　　狮子王："我只在必要的时候勇敢！辛巴，勇敢不是你要去找不必要的麻烦。"

　　小狮子："可是，你好像什么都不怕。"

　　狮子王："我今天就害怕了——我怕我会失去你。"

　　小狮子："是吗？国王也会害怕？"

　　大家知道了吧？谁都会有害怕的事情，连狮子王也是如此。那么今天，我们讲的这首《勇气》就是有关勇气和害怕的诗。

　　这首诗是我在网络上看到的，我看到的时候它没有注明作者是谁，我还问了几个人，大家都说不知道是谁写的，只知道可能是个孩子写的——如果有哪位朋友知道这是谁写的，请您一定告诉我。

好，我们继续来讨论这首诗。这首诗以"勇气"为题目，第一段就是人们在鼓励作者，他们对作者说："你可以的。"这是什么意思呢？我们从人们的话中可以知道，人们或许认为作者对某些事情很害怕，很畏惧，所以才鼓励他说："别怕，你可以的。"接下来呢，人们又对他说："要有勇气！"这种情形就让我们仿佛看到一群人围着作者，他们七嘴八舌，不停地对作者说话，鼓励他不要害怕，要勇敢。那么，作者听到人们这些话后有什么反应呢？第三段作者写道："所以我鼓足了勇气。"他鼓足了勇气做了什么呢？他告诉我们，他鼓足了勇气对那些一直鼓励他的人们说："我不行。"——你们听清了没有？他说的不是"好的！"而是"我不行。"

这可太有意思了！这个被人们一直鼓励的人，终于有了勇气，这个勇气就是对人们说："不，我不行。我不像你们说的那样，我不行，我做不到。"

按照正常的理解，当人们对作者说你可以的，你要有勇气去做这件事情，这个作者应该说："是的，我可以，我有勇气，我能够去做。"但是，这个作者却说："我的确有了勇气，我的勇气就是我敢于告诉你们，我不行！我做不到！"

大家看，这就是这首诗最奇妙的地方。但是，它也是非常有道理的。为什么呢？这是因为，我们一般在教育孩子的时候，从来都是鼓励他按照大人的想法来说话，比方说我们本来很害怕蛇，很害怕血腥的暴力，但是大人总是鼓励我们别怕，这个时候要对大人说"不，我不行，我真的很害怕"是需要勇气的。需要非常大的勇气，来承认我们自己的胆怯，来承认我们并不像超人那样有力量面对一切。也就是说，一个人想诚实地表达自己的真实想法，是需要非常大的勇气的，这种真实的想法可能是勇敢的，也可能是不勇敢的，但只要你敢于表达出来，这种表达本身就是非常勇敢的。

比方说：我不想去做英雄，我只想做个普通人。比方说：我怕死，我不想去冒险，因为生命只有一次，生命非常珍贵。比方说：一个孩子也可以指出大人也有做错的时候，父母和老师也有犯错的时候。等等。一个孩子要说这些话，需要极大的勇气。也就是说，一个人说"是"是容易的，一个人说"不"，说"为什么"是不容易的，是非常需要勇气的，是很勇敢的行为，因为他不会为讨好别人而说假话，不说假话就是勇敢的行为。

那么，在这一首短诗里，这个受到了鼓励的孩子，非常勇敢地说自己不行，其实他能这么说就是很勇敢了！

我希望孩子们通过这首诗，学到真正的勇敢，那就是勇敢地说真话，诚实地说真话，这是一种美德，一种可贵的品德，也是敢于面对自己、敢于面对问题的勇气。希望年轻的朋友们在遇到困难的时候，尤其是在遇到犹豫是否说真话的时候，能够想到这首诗，想到我告诉你们的这些话。

迷 信

[罗马尼亚] 马林·索雷斯库

我的猫正用左爪
洗脸，
战争即将爆发。

你要理解，我注意到，
每次她用左爪
洗脸，
国际形势都会明显
趋于紧张。

她是如何掌握
五大洲的局势的？
难道彼迪娅住进了
她的瞳孔？
彼迪娅无须一个句点
就能预测人类的
全部历史。

一想到每天夜晚
我以及和我息息相关的
众多生灵
都得依赖一只猫咪的兴致，
我就不由得
想大声地叫喊。

还是去抓一两只老鼠吧,
别煽动什么
全球大战,
你这个丑八怪,
你这个泼妇,你这个蠢货。

(高兴　译)

【讲给孩子听】

　　亲爱的朋友们,我告诉大家一件事情,那就是有些人在感到极端恐惧的时候,就会变得非常迷信,变得神经兮兮。他就会失去理智,一举一动、一言一行都会不正常。举个例子说,如果一个人非常害怕考试,那么考试的前两天,他看到喜鹊,就会想"我可能会考及格",如果看到乌鸦,就可能会很沮丧,因为乌鸦往往被认为是不祥的鸟,他可能就会想:"完蛋了,我可能考得非常糟糕!"
　　我自己就有这样的经历。我记得有一次在看世界杯足球赛的时候,我喜欢的球队前两场都输了。我看到可口可乐,忽然就觉得:也许是因为我喝了可口可乐他们才输了,如果我换了别的饮料,说不定就赢了。大家不要笑,因为我太希望这个球队赢球了,以至于我疑神疑鬼,胡思乱想,还以为输球和我自己有什么关系。其实,哪有什么关系啊?是球队自己技术不过硬好吧?那么今天,我们就讲一首诗,这也是一首很荒诞的诗,当然了,诗本身写得非常好,我是说它的内容,它写出了很荒诞的一个故事。
　　这首诗的题目叫《迷信》,非常正确的题目,因为它写出了一个极度迷信的人的样子。这首诗的第一段,上来就告诉我们,他的猫正在用左边的爪子洗脸,战争就要爆发。这是不是很荒诞?战争爆发和一个人养的猫有什么关系啊?这不是疯了吗?但是,第二段就解释了这个人为什么会觉得他的猫只要用左爪子洗脸就要爆发战争的原因。他说,他发现只要这只猫用左爪子洗脸,国际形势就开始变得紧张。接下来,他开始研究,他相信这只猫的眼睛里住进了一个名叫彼迪娅的预言家,这个预言家能够预测全世界的全部历史。那么,这只猫的一举一动都能影响人类。多么可怕啊,这只猫要是高兴了倒好,如果它不高兴了,老是用左爪子洗脸,那人类还不迟早就毁灭了吗?这个人越想越害怕,因为他根本无法控制一只猫的行动,正如他无法控制人类的灾难,所以，他忍无可忍，几乎要对着这只猫大喊大叫，他想说什么呢？他想对着猫破口大骂：赶紧去抓耗子吧！别煽动世界大战了！你这个丑八怪、你这个蠢货！

这首诗就这样结束了。

大家想一想，人类发生战争，真的会是因为一只猫用左爪子洗脸吗？当然不是了，只有疯子才会这么想啊。但是，我们诗里写到的这个人，就是这么想的。他无法理解人类自相残杀的愚蠢行为，无法理解人们为什么要发动战争，使那么多人丧命，那么多人妻离子散。也就是说，他完全被人类的残暴吓得失去了理智，他是这些野蛮暴行的受害者，才会精神崩溃，才会胡思乱想。他给这荒诞的战争找到了一个荒诞的理由，那就是一切都怪那只猫！因为在他看来，猫这种生物也非常神秘古怪，不可捉摸，就像发动战争的恶魔一样。

这首诗通过写一个敏感怪异的人对猫的猜忌妄想，深刻地揭露了战争给普通人带来的极大的身心伤害，也是对人类不可理喻的疯狂野蛮行为的控诉。这首诗的作者叫索雷斯库，译者叫高兴。高兴先生既是出色的翻译家，同时也是一个诗人。索雷斯库1936年出生在一个农民家庭，是公认的罗马尼亚伟大的诗人，出版过很多诗集，他也写过很多小说和剧本，是一位先锋诗歌大师，还当过罗马尼亚的文化部部长，他的肖像被印在罗马尼亚的货币上。这首诗只是他很多诗歌中的一首，它通过一个精神有问题的患者的心理活动，控诉了战争的罪恶，也讽刺了人类发动战争的愚蠢。诗人希望我们能够吸取这些惨痛的教训，不要再做蠢事，永远拒绝战争，一起追求人类的和平。

青　岛

[中] 瓦当

那些从内地千里迢迢赶来
看海的人把海滨变成
拥挤的火车站
许多人拖家带口
一生只能看一次海
有如朝圣

海看人多就不来了
海喜欢寂寞
海已撤离青岛

我在西部的火车上曾与他邂逅——
一个蓝衣少年
独自去看沙漠

【讲给孩子听】

　　亲爱的朋友，你喜欢旅行吗？都去过什么地方啊？

　　我小的时候出生在海边，那个地方是山东省烟台市郊区的一个小村庄。在我五六岁的时候，我坐上绿色的火车，越过崇山峻岭，到了河南。那是我第一次到遥远的地方。我在河南见到了大山，很多很高的大山，见到了很多我以前没有见到过的景色。我上小学时，我的同学都是山村的孩子，他们从没有见过大海，听说我从海边来，就好奇地问我大海是什么样子。我就告诉他们，大海很大很大，大海望不到边。但不管我怎么说，我都没法把我看到的大海的样子全部说出来。我觉得只有亲自到海边看一看，才能知道大海真实的样子。我们今天就讲一首和大海有关的诗，诗的名字是一个地名，叫《青岛》。你们知道青岛吗？青岛也在山东省，是一个美丽的海滨城市。下面我们就讲这首诗。

　　这首诗是诗人瓦当写的，他是一个大学老师，以前当过记者和编辑，他写小说，也写诗歌。这首诗虽然题目是《青岛》，但是，他写的却是青岛的大海。青岛是我国华东地区沿海的一个风景很秀丽的城市，离我出生的烟台不算很远。无论是青岛还是烟台，因为这些地方紧挨着大海，所以每年夏天都会有很多人千里迢迢到海边来看海、度假。这首诗的第一段，就是写住在内地的人来看海。内地，就是指离海比较远的大陆地区。大海很美，波澜壮阔，海边的人喜欢大海，内地人也喜欢大海。所以，他们经常在出差的时候、放暑假寒假的时候，到海边来。因为来的人太多了，诗人说，他们把海滨变成了拥挤的火车站。他还告诉我们，很多人拖家带口来到海边，他们很可能一辈子只能看一次海，就像是来朝圣一样。这几句诗，把那些住在遥远内陆地方的人看海的不容易写了出来。是啊，如果一个新疆人要来青岛，坐火车就需要好几天，还要花不少钱买车票。对于普通人来说，来一次青岛看海是很不容易的，就像虔诚的信徒来朝圣一样。

我曾看到电视上报道，夏天的海滨浴场，人多得像是下饺子一般，太拥挤了；大海的空旷辽阔，也被熙熙攘攘的人潮弄得感觉不到了，海滩就像热闹的集市。所以，诗人在第二段写道：大海看到人这么多，他就不想来了。他是谁？他就是大海。因为什么他不想来了？因为大海喜欢寂寞，喜欢寂寞的大海就从青岛撤离了。你听到这里会有什么感觉？是不是觉得很神奇？当然很神奇了！诗人看到的大海都是寂寞的，所以他认为大海受不了热闹喧嚣，就偷偷地离开青岛了。那么，大海去了哪里呢？诗人是这样回答的，他说："我在西部的火车上曾与他邂逅。"西部，一般指的是中国西部的地区，像新疆、青海、甘肃等这些人很少很荒凉，有很多戈壁沙漠的地方。诗人说，大海就是一个蓝衣少年，他坐在火车上，独自去看沙漠。

离开了青岛的大海，身穿蓝衣，大海的颜色也是蓝色的，所以，这个蓝衣少年的形象，符合我们对大海有活力，还有一点顽皮淘气的想象。诗人在这里把大海拟人化了，大海成了一个蓝衣少年，独自坐火车去西部看沙漠！想想看，大海全是水，而沙漠极其干旱，它们是完全不同的，甚至可以说是完全相反的。但是，它们又像是失散的兄弟，一个在遥远的东边，一个在遥远的西部，它们都非常辽阔，也非常寂寞，人们即便看到了它们，也无法了解它们。这样两个巨大的寂寞的事物，彼此吸引，对对方充满了好奇，难道不是非常神奇的事情吗？所以，大海这位蓝衣少年独自坐火车去看沙漠，就像一个西部的少年独自坐火车去看青岛的大海一样，都是远方在神秘地呼唤。

我想，每个人或许都有这样的时刻，想独自一人到远方看看，看看自己完全陌生的地方，看看别人的生活是怎样的，看看这世界有多大，有多少美丽的邂逅。还有一点就是，当人们都来看海的时候，海却去看沙漠，因为沙漠很少有人去，沙漠比大海更寂寞更荒凉。这首诗最打动我的，就是最后一段，诗人用亲眼看到蓝衣少年在火车上来表达事情的真实性，非常有现场感和说服力。火车，是我们当代生活才有的交通工具，火车的出现，让诗人的想象变得十分真实，大海变成少年也就十分真实，是特别意外的写法。诗人用极其生动的拟人和象征手法，让大海获得了一个有个性的、栩栩如生的少年形象，令人久久难忘。亲爱的朋友，我们也可以学习一下这样的写法，你不妨试一试，可以吗？

三个姐妹
[芬兰] 伊迪特·索德格朗

大姐爱上了甜的野草莓。
二姐爱上了红色的玫瑰。
三姐爱上了死者的花冠。

大姐结了婚；
据说她很幸福。

二姐倾心而爱；
据说她变得不幸。

三姐成了圣者；
据说她会得到永生的金冠。

（北岛　译）

【讲给孩子听】

　　亲爱的朋友，我读过的很多小说、神话传说和童话故事里，经常会出现"三"这个数字。比方说，三只小猪，三个火枪手，三个好朋友、三个兄弟，等等。"三"这个数字很奇妙。我们中国古代有个哲学家叫老子，他说世界上一生二,二生三,三生万物。也就是说,当一个事物变成三个事物的时候,世界就开始变得丰富了。一个凳子,如果有了三条腿支撑,凳子就会很稳定。三个人在一起,人与人的关系就能互相影响和互相制约。所以,"三"也代表很多可能性,尤其是最重要的可能性。下面,我们要讲的这首诗,也和"三"有关系,因为它的题目就是《三个姐妹》。

这首诗的译者是诗人北岛,他是中国当代重要的诗人。诗的作者呢,是芬兰的女诗人索德格朗。我们以前讲过她写的数鸡蛋的小老头。那么这首诗,更像是一个童话。它描写了三个姐妹的命运——

大姐爱上的是甜甜的野草莓。野草莓在北欧是很普通的水果,是一般老百姓家里经常可以吃到的水果,也很容易就能在田野里采到。二姐呢,爱上了红色的玫瑰。我们知道,在西方国家,红玫瑰象征着爱情,买一束红色的玫瑰花的钱,比买一小篮野草莓贵多了。三姐爱上的是死者的花冠。大家听了别害怕,死者的花冠指的是什么?它指的是死去的人获得的荣耀和赞美。比方说,一个人生前很善良,他死后,人们都会怀念他的品德,赞美他的人格。这些都像是放在他墓前的花冠一样,代表的是一个人的荣誉。所以,三姐喜爱的东西,是高尚的品格,是非常难以得到的荣誉。这三个姐妹各自喜爱的东西,都是一种象征,野草莓象征着平凡普通的生活,红玫瑰象征着热烈的爱情,死者的花冠象征着崇高的品德。

那么这三个姐妹的命运后来怎么样了呢?诗人告诉我们,大姐后来结了婚,据说她很幸福。二姐呢,用尽了全部的感情去爱某个人,但是据说她的生活变得十分不幸。三姐呢,成了一个圣者,据说她能够得到永生的金冠。这是为什么呢?让我们来分析一下:大姐喜欢的野草莓,代表普通平凡的生活,所以大姐老老实实结了婚,安分守己过日子,她很满意自己平凡的生活,并不追求奢华的东西,因此,她的生活没有大喜大悲,平平安安。她就是大家所认为的普普通通的幸福的人。二姐呢,追求热烈的爱情,用尽了所有的感情去爱一个人。也许她不知道,把所有的希望都寄托到另一个人身上是可怕的,因为人的生命中不仅仅只有爱情,还有别的很多很重要的事情,你的工作,你的父母家人,你的朋友,你自己的事业和梦想,等等,都和爱情一样重要。如果一个人只为了爱情而不顾其他的一切，甚至不要自己的尊严和自由，那么，一旦得不到对方的爱情，就会非常痛苦。所以，按照一般人的理解，二姐的下场很悲惨，是一个不幸的人。但是，也可以有另外的理解，比如，就有很多人认为，只要投入地爱了，这个行为本身就非常感人，因为她只是把自己奉献出去，她的勇气更让人钦佩，也因为得不到回报，更让人同情。轰轰烈烈爱一次，也比平平淡淡过一生更有意义。这些也能代表一部分人对于人生意义的看法。至于三姐，因为她爱的既不是平凡的生活，也不是热烈的、飞蛾扑火一样的爱情，她爱的是最高尚的品德，是无上的荣誉，她能做很多人做不到的事情，比方牺牲自己的利益，不计后果地帮助别人等等，这些都是一般人做不到的事情，所以，她就成了一个纯洁的圣徒。在西方国家，这样的圣徒据说会有不朽的灵魂，是天使一样的人，就像诗人说的，她能得到永生的金冠。

　　索德格朗这首诗，其实是写了三种不同的人生选择，她并没有直接说哪一种选择更好，但我们可以知道，大姐、二姐、三姐都有她们的道理，都有她们的意义，但第三种最难做到，因为那是寂寞神圣的道路，对自己的要求也非常高，可以说是非常非常难能可贵的人生追求。圣徒和圣者，都是指具有特别美德或具有很高精神要求的人，她们是我们人类中最美好、最纯洁和神圣的人。这首诗让我们深思，也能让我们想一想，我们自己应该选择什么样的生活。

父亲与草

[中] 汤养宗

我父亲说草是除不完的。他在地里锄了一辈子草
他死后，草又在他坟头长了出来。

【讲给孩子听】

亲爱的朋友，你知道吗？在农村长大的孩子，和土地有着深切的联系。土地里不仅仅长出庄稼，麦子、稻子、谷子、玉米、红薯，也长出很多果树。但大地上最多的植物就是野草了。我很小的时候，经常和大人一起去挖野菜，荠荠菜、面条菜、野豌豆、青蒿，还有狗尾草、地附子等等，更多的是我根本叫不出名字的野草。有些野草甚至在大雪飞舞的冬天还能生存，它们躲在石头缝间、冰雪的下面，生命力顽强极了。野火烧不尽，春风吹又生，这是我国唐代大诗人白居易的诗句，就是赞美野草的生命力。我们今天要讲的这首诗，题目就是《父亲与草》。

这首诗的作者叫汤养宗，他出生在福建一个叫霞浦的地方。霞浦在大海边，汤养宗叔叔在海边出生长大，曾经当过海军，所以他写过很多关于大海的诗。从这首诗里看，他的父亲是种庄稼的人，他小的时候也在农村长大。这首诗非常短。我们来看看这首短短的诗写出了什么内容。

这首诗一开始就是诗人引用他父亲的话，他父亲说："草是除不完的。"我们都知道，在农村，不管是庄稼地还是菜地，如果草非常茂盛，它们就会和庄稼、蔬菜争夺肥料养料，所以农民们都会尽量把草除掉。但是，草的生命力非常强，你这一茬铲掉了，过几天草又长了出来。那些草，一点点草根，几粒小的看不见的种子，随时都能发出芽来，一夜之间齐刷刷都长出叶子来。所以，诗人的老父亲说的话是真实可信的。接下来诗人说，他的老父亲在地里锄了一辈子草，他死了以后，草又从他的坟头长了出来。是啊，人死了以后，埋进了土里，谁的坟头不长草呢？有土的地方就会有草。这有什么奇怪的？当然奇怪了！因为诗人这么说的时候，我们就知道，这个一辈子都在地里锄草的老人，最后埋在地里，草又从埋他的土里长出来，他的尸骨血肉滋养着这片土地，也滋养着这片土地上的野草。他活着

的时候和野草打了一辈子交道，死了以后，还和野草在一起，作为老农的他的一生就像草一样，不起眼，顽强，生长在贫瘠的乡下土地上，所以，当草从他的坟头长出来的时候，就像一个人的头发从土里长了出来，作为儿子的诗人就像是看到了父亲，看到了父亲生前在地里除草的样子，就会感觉父亲没有死去，他变成了青草的样子又回到了人间。

这些野草不但象征着父亲的一生，也象征大自然的生命力，还象征着儿子对父亲的思念，岁岁年年永远不会消亡，像野草一样蓬蓬勃勃，葳蕤茂盛。这些不起眼的野草，在这首诗里非常醒目地显现出来，如此固执顽强，就像所有生活在偏远农村的农人们，他们生于此地，葬于此地，但又像永远不死的野草，祖祖辈辈都活在大地之上，有时他们是农夫，有时是草木，有时是河流，有时是日月星辰。他们变幻着不同的形状，但都是大地上生生不息的生命。我的女儿第一次读这首诗时说，这首诗有着悲伤的幽默，就是父亲一辈子都没除尽的草，在他死后还挑衅似的从他坟头上长出来，就像父亲还活着一样。我女儿的话也是一种看法。

我想，这首诗虽然只有短短的几行，但却胜过了万语千言。一个诗人如果没有对父亲这么深沉的爱，没有对土地这么深沉的爱，是不会写出这样令人震撼的诗句的。

幸福的重塑

[美]杰克·吉尔伯特

我记得我怎样地躺在屋顶上
听那个肥胖的小提琴手
在下面沉睡的村庄里
演奏舒伯特，那么糟，那么棒。

（柳向阳　译）

【讲给孩子听】

亲爱的朋友，我们今天要讲的这首诗的作者，1925年出生在美国，很小的时候他的父亲就去世了，他没上完高中就辍学，到处流浪打工，后来他又去读大学，并开始学习写诗。毕业以后继续浪迹天涯，在世界各地漫游。他三十多岁才出版第一部诗集，立刻引起了轰动。但这个诗人根本不在乎名声，又跑到希腊的一个小岛上隐居。这个诗人的名字叫杰克·吉尔伯特，译者是很棒的翻译家柳向阳先生。

这首《幸福的重塑》非常短，写的是诗人回想起在某个夜晚，他躺在屋顶上，听到一个长得比较胖的小提琴手在拉小提琴的事情。事情发生的时间是一个夜晚，地点呢，是在一个沉睡的村庄，是村庄而不是大城市里。小提琴手长得也不那么美丽苗条，是一个胖子。他拉的曲子是舒伯特的曲子。舒伯特是世界著名的作曲家，被誉为"浪漫主义的巨匠"。他的音乐充满了抒情的美妙力量。有一次，他和朋友散步到一家小酒馆，顺手拿起桌子上一本莎士比亚的诗集朗读起来。忽然，他放下书，问旁边的人："很好的旋律出来了，没有五线谱纸怎么办？"朋友们立即将桌上的菜单翻过来画了五条线递给他。这时，舒伯特仿佛听不到周围的喧闹，一口气写成了一首曲子，这首曲子便是著名的《听！听！云雀》。他写的小夜曲是世界上被演奏得最多的乐曲之一，非常优美，动人心弦。

在《幸福的重塑》这首诗里，我们的诗人说，在这样一个乡下的夜晚，听到一个肥胖的小提琴手在拉舒伯特的曲子，而且诗人躺在屋顶上，可以看到夜空里的星星，那会是什么体验呢？诗人在最后一行写出了他的感受，就是——那么糟，那么棒。

哈哈，这是什么意思呢？我们在他对小提琴手的描述里看到他用了

"肥胖"这个词。一般来说，这个词被用来描写人时多半不是褒义词，所以也表明诗人并不是那么看好这个小提琴手。但是，在一个安静的人们都睡去的村庄，万籁俱寂，忽然听到了舒伯特的小提琴曲，那一定是非常令人感动的，人会变得充满柔情，会回忆起很多幸福美好的往事。但是，诗人的评价为什么是"那么糟，那么棒"呢？这是因为，从诗人前面说到小提琴手的肥胖来看，我们可以猜测到他的演奏技术很可能有点笨拙。因为这首诗是在回忆当时的情景，诗人早已知道了小提琴手的演奏水平，"那么糟"，指的是小提琴拉得不好，"那么棒"，指的是在深夜的村庄演奏舒伯特的乐曲这件事。这件事是非常棒的，是令人赞叹的。尽管琴拉得不太好，但小提琴手能够在这样一个乡村的夜晚演奏舒伯特，这本身就是令人赞叹令人感动的。这就像一个孩子想为爸爸妈妈做顿饭，但是他不太会做，把饭做糊了，但仍然会让爸爸妈妈感动，都同样是非常棒的事情！

另外，这首诗的题目叫《幸福的重塑》，意思就是在诗人的回忆中，很久以前的那个夜晚所感受到的幸福，重新被创造了出来。这首诗的奇妙之处就在于最后这两句相反的评价，那么糟和那么棒，正因为它们相反，才使得夜晚在村庄演奏音乐这件事，深深打动了读者。这种写作是不是非常神奇呢？当然是这样了！

干　旱

[罗马尼亚] 马林·索雷斯库

真不好意思告诉你们：
一棵李子树神经病发作，
它使劲挣脱身上的铰链，
直奔水井大步走去。

"你去哪儿，我的小树？"
"我很想很想喝点井水。"
可水井早已干涸，
至今情形依然不妙。

李子树弯下腰来，
一只乌鸦掉进了井里。
原来树顶有只乌鸦，
死了许久竟无人知道。

（高兴　译）

【讲给孩子听】

　　亲爱的朋友，2018年的时候，我听到一个不好的消息，《时间简史》的作者，伟大的科学家霍金去世了。他的主要成就是研究宇宙和黑洞，如果你们对他的研究感到好奇，就可以自己去搜索他的资料看一看。我们今天先暂且不讲他的研究成果，我们谈谈他这个人。霍金二十一岁被查出得了一种奇怪的病，叫肌肉萎缩性侧索硬化症，这种病会让人慢慢瘫痪，全身的肌肉丧失运动能力。当时的医生对霍金说，他只能再活两年。结果呢，霍金从二十一岁一直活到了七十六岁。他依靠的不仅仅是药物的治疗，也有他顽强的生命力和活下去的决心。那么我们就知道，一个人的潜力是非常非常大的，有时能做到他自己都想不到的事情。但是，很多人根本不知道这一点，他们胆小懦弱，什么都不敢去尝试，畏畏缩缩，甚至会因为胆怯和愚蠢而付出生命的代价。那么，我们在今天要讲的这首诗中，找一找这一类人的影子。

　　这首诗的作者叫索雷斯库，是罗马尼亚著名的诗人。我们以前讲过他写的一首诗，写的是一只猫和战争的关系，你们还记得吗？今天这首诗的译者还是高兴先生。这个名字真好啊，我念"高兴"两个字我马上就高兴起来啦。

　　这首诗讲了一个有意思的故事，它的题目叫《干旱》。诗歌一开始就说，一棵李子树突然犯了神经病，它使劲挣脱了绑在身上的锁链，大步朝水井奔去。我们不要忘记，诗的题目已经提醒过我们，就是"干旱"。这棵拼命挣脱锁链的李子树奔向水井，一定是因为它快要渴死了，才做出了一棵树根本不可能做的事情，那就是甩脱它的锁链，甩脱把它牢牢钉在地上的根须，到水井那里找水喝。没有人见过树能自己挪动，没人见过树会跑，所以这棵李子树一定会被人认为是犯了神经病。我们人类也是这样，大家都用两条腿走路，那么第一个想飞的人，大家也会认为他疯了。所以，诗人在这首诗里上来就很幽默地说："真不好意思，这颗李子树犯神经病了。"那么，李子树这么一跑，就有人问它，这个发问的人可能是诗人，也可能是看到李子树的其他人。问它什么呢，问它去哪里。李子树回答说："我很想很想喝点井水。"它用了两个"很想"，表明它非常渴了，它要去喝点井水。水井应该离这棵树不太远，因为树能看到水井。但是，水井已经干涸很久了。李子树不甘心，它朝水井弯下腰来，想看看里面还有没有水。这个时候，李子树上的一只乌鸦掉进了井里，原来这只站在李子树上的乌鸦已经死了很久了。诗写到这里就结束了。这是什么意思呢？我们想一想。一定有非常聪明的朋友猜到了诗人想说什么了。

我们知道，一棵树扎根在地上，它是很难挪动的。但是，一只鸟有翅膀，它想去哪里只要飞过去就行了。天气干旱的时候，连树都无法忍受干渴，都要挣脱锁链、挣脱它的根须，跑到水井那里去喝水，这只有翅膀的乌鸦以前肯定也在这口水井中喝过水，但水井干涸了很久，它却想不到飞到更远的地方去找水喝，生生地渴死在李子树上，真是太愚蠢了！它根本想不到，只要它张开翅膀多飞一些地方，说不定就找到了水，和李子树相比，它活下来的机会肯定要比李子树多多了。但就是因为它的短见，它的自我禁锢，结果就渴死了。所以说，年轻的朋友，人生有很多可能性，当你们觉得没有办法的时候，如果你愿意再尝试一下，换一个思路，说不定就有办法了！千万不要像这只乌鸦一样，死守着自己跟前的这一小片地方，而忘了世界很大，可能性很多，就看你是不是愿意再迈出一步了！

高原上的野花
[中] 张执浩

我愿意为任何人生养如此众多的小美女
我愿意将我的祖国搬迁到
这里，在这里，我愿意
做一个永不愤世嫉俗的人
像那条来历不明的小溪
我愿意终日涕泪横流，以此表达
我真的愿意
做一个披头散发的老父亲

【讲给孩子听】

有一个诗人叫张执浩，他是个胡子拉碴的中年汉子，要是放在古代，差不多就是梁山好汉的模样。别看他外表胡子拉碴，我读过他的一首诗以后，突然对他改变了看法。我觉得他写这首诗的时候很像个好妈妈，或者说是很像好妈妈的一个好爸爸——为什么这么说呢？下面，我们就讲一讲他这首感动了我的诗。

这首诗写的是诗人看到了高原上的野花后，心中生出了很多的想法。不知道你们有没有见过高原上的野花和草原上的野花，我可是见过草原上的野花。那是在很多年以前，我到内蒙古的大阪草原，那里遍地都是五颜六色的野花，蓝雀花、格桑花，红色的花，白色的花，高高低低，密密麻麻，真是花的海洋，无边无际。这样的美景让我头晕，让我想唱歌，想跳舞，想跟什么人大声地赞美！所以，诗人张执浩在高原上看到野花的激动，我都能够理解。

草原适合生长野草野花，但是，据我所知，高原和草原不太一样。一般来说，咱们中国大部分的高原天气比较寒冷，非常干旱，地层的土壤也比较薄，很多植物的生长条件比平原地区艰苦很多。高原上的野花大部分都很小，这是因为这些花草要尽可能多地保存水分，叶子和花朵越小，越容易保存水分不容易蒸发。诗人在高原上忽然看到这么大一片盛开的野花，他的第一个反应不是马上去赞美，没有马上就说："多么美丽呀，你们这些野花。"他用了另外一种方式赞美，而这种方式比直接赞美更加打动人心。他说：

我愿意为任何人生养如此众多的小美女
我愿意将我的祖国搬迁

到这里。

你们看，这个胡子拉碴的中年男人把野花当成许许多多的小美女，他自己愿意成为那个生下野花、养大野花的人，是不是很像一个妈妈的想法？而且他说，他愿意把自己的祖国搬迁到这里。不管他的祖国在哪里，他一定是非常热爱自己的祖国的，他认为祖国一定是最美丽的地方才对。祖国，是我们的祖先生活的地方，也是他们去世后埋葬的土地。诗人愿意把祖先的土地和自己要生养这一大片野花女儿联系在一起，我们就会知道，他是多么爱这个地方，多么爱这片开满野花的高原。他接着说：在这个地方，他愿意是一个永远不愤世嫉俗的人。

什么人才会愤世嫉俗？对生活感到不满的人，对世界上的很多事情感到愤怒、感到失望的人。诗人看到这一片野花后，忽然变了，他再也没有愤怒了，再也不发脾气了，因为这里的一切都让他感到快乐和满足，他愿意自己像高原上那条不知道从哪里流淌过来的小溪水一样，日日夜夜流着幸福感激的热泪。为什么他这样说呢？因为这些高原野花，它们灿烂的生命，让诗人感到生活不管怎么样，总是有美存在，总是有希望和幸福存在，无论人遇到什么样的不幸和沮丧，也要想到在世界的某个地方，还有美，还有希望与和平，这就是人活着的信心和对生活的信仰，这个信仰让人类繁衍到今天，是人类最伟大的精神象征。正是因为这样，诗人才说：我愿意用上面我说的那些话，来表达我真的愿意做一个披头散发的老父亲。谁的老父亲？当然是那些野花们的老父亲啊！在这里，诗人把野花看作是自己的孩子，漫山遍野的孩子，他的胡子拉碴，他的长头发披散下来，"披头散发"，那是高兴的，是一个中年汉子回到了最天真状态的样子，又幽默又让人感动。

年轻的朋友，这首诗从对高原野花的喜爱写起，写到了诗人被这样的美丽深深打动，它让诗人的心充满了爱——请注意，美丽的事物给人以快乐和幸福，最重要的是它还能让人内心产生爱——爱才是这首诗最最关键的词，它才是高原野花在诗人心里结下的真正果实，它让人把一切怨恨愤怒都化作了柔情和对生活的祝福，这就是诗人想告诉我们的东西。

人迹罕至的山谷

[美] 杰克·吉尔伯特

你能理解如此长久的孤单吗?
你会在夜半时候到外面
把一只桶下到井里
这样你就会感到下面有什么东西
在绳子的另一端使劲拉。

(柳向阳 译)

【讲给孩子听】

亲爱的朋友,记得十几年前,我在女儿的作业里看到她写的一篇作文。当时她上小学,作文里写的是她半夜醒来,自己坐在床上看到月光照进屋子。她说她看了很久很久,想到了很多很多小时候的事情。读了这篇作文,我有点感动,不知道女儿小小的脑袋瓜里居然会想这么多,同时也觉得她内心有点孤独,一个人半夜静静地看着月光,好像希望月光陪伴她。所以,从此以后,我会经常和女儿谈谈心,散散步,让她知道,不管什么时候,只要感到孤独了,不要忘记还有妈妈在,妈妈愿意陪伴着她。

每个人可能都会有孤独的时候。我们知道自己的孤独,但是,我们很难想象到别人的孤独。我读过一首诗,这首诗写到了一种非常令人震惊的孤独。我们今天要讲的这首《人迹罕至的山谷》,正是这样一首诗。

这首诗的作者是美国诗人杰克·吉尔伯特,我们前不久讲过他的诗《幸福的重塑》,写的是一个胖胖的小提琴手在乡村的夜晚演奏舒伯特的故事,你们还记得吧?今天这首诗,也是选自柳向阳先生翻译的他的诗集《拒绝天堂》。

请注意,这首诗的题目是《人迹罕至的山谷》。我们想象一下,很少有人去的山谷里,一定是非常寂寥的。"人迹罕至",就是极少极少有人来的意思。这样一个几乎渺无人迹的山谷,会是什么样呢?如果我们只是说这里很少有人来,这就像是说话,不是诗歌的表达方式。诗人一定会用他的方式来告诉我们,这样一个几乎看不到人的山谷的孤独会是什么样子。

他第一行就发问:"你能理解如此长久的孤单吗?"这是一句对读者的询问,询问读者能否理解某种长久长久的孤单,比如说,这个寂寞无人的山谷的孤单。这座寂寞的山谷,它的孤单是什么样子的？接下来，他举了一个例子。他说，比方你在深更半夜的时候，一个人走出屋子，你到一口井边，把一只水桶放到水井下面。就在这个时候，你忽然感到在井底，在绳子的另一端，有什么东西紧紧拉着那根绳子。你是不是会感到非常惊悚？那是什么东西在井底紧紧攥住了绳子？让我来告诉你，那个东西就是深深的孤独。

我们可以假设，有个人在井底被人遗忘很久很久了。没有人知道他在井中什么样，没有人去看过他，在那么久那么久的日子里，只有他自己忍受着一天又一天、一夜又一夜漫长而绝望的寂寞。而就在这个时候，他听到一阵轻微的脚步声从远处传来，在井口停住了，一个绳子慢慢从上面放了下来。这个与世隔绝了很久的人，心脏狂跳起来，他一定会冲上前紧紧抓住这根绳子，就像一个快要淹死的人抓紧了救命稻草一样，不会放松。我们这样一假设，或许就能理解诗中说的那种感觉，那种孤独到濒临死亡的感觉，就像一个人往井里放下一只桶，就能感到绳子那头有什么东西紧紧拉住了它，好像只有这样，才能从孤单的恐惧中逃脱出来。

这首诗写的是人迹罕至的山谷，这个山谷的荒凉寂寞，就像一个极其孤独的人一样，他想抓住走近他的任何东西，他需要有人知道他的存在。那么，我们想一想，诗人虽然写的是山谷的孤独，但是他却是用了人对于孤独的感受和比喻，这说明什么呢？这说明，诗人是在借助写山谷的孤单，来写自己感到的孤单。我们读这首诗，就会觉得自己是那只桶，慢慢深入到诗人内心的井底，探测到诗人深深的孤独和对友情的渴望了。

我希望讲过这一首诗以后，亲爱的朋友，你就知道"孤独"或者"寂寞"是可以借助某件事情来比喻的。或许，你们能够找到更深刻的例子来写孤单，或者写寂寞。但是，比写作更重要的是，我们要留意身边亲人和朋友们的孤单，让我们多多关心他们，多拿出一点时间陪伴他们吧。

葡萄藤

[中]叶匡政

我三岁的女儿
她喊我哥哥，她喊我姐姐
她喊我宝贝

我都答应了
因为我渴望有更多的亲人

傍晚，坐在后院
我们一起仰起头
我们一起喊："爸爸，爸爸……"

我们喊的是邻居屋檐下
那片碧绿的葡萄藤

我们多么欣喜
我们紧紧地抱在一起
因为我们都喊对了
它是我们共同的父亲

【讲给孩子听】

亲爱的朋友，今天，我们先讲一个故事。

在我们古代，距今两千多年前，中国有很多小国家，其中一个叫齐国。齐国的国君问大教育家孔子应该如何治理国家，孔子回答说："君君、臣臣，父父、子子。"这是一句很著名的话，围绕这句话也有不同的解释。从字面意思上讲，这句话的意思是：君王要做好君王应该做的事情，大臣要做好大臣应该做的事情。父亲要尽父亲的责任，而儿子也要尽儿子的责任。孔子认为，只有每个人都尽到自己应该尽到的责任，才配得上你的地位和权利。但是，又过了三百多年之后，一个叫董仲舒的人，把孔子这段话总结成了：大臣必须要服从皇帝，儿子必须要服从父亲。这就给人们造成了一种误解，认为孔子说的君君臣臣、父父子子是在支持等级制，皇帝是主子，大臣是奴才，儿子绝对不能不顺从父亲。在以前，人们都不敢叫皇帝的名字，那是要被杀头的。儿子也不敢叫父亲的名字，这都是忌讳。那么今天，我们就讲一首相反的诗——《葡萄藤》。

这首诗的作者是诗人叶匡政，他在这首诗里写了他和他三岁女儿的故事。三岁的小宝宝，应该叫他爸爸，但是，她却叫他哥哥，不仅叫哥哥，而且还叫他姐姐，然后还叫他宝贝！

这要是在以前,在古代,可是绝对不允许的,是要挨揍的。但是,爸爸听到这些叫他的称呼,不但不生气,还高高兴兴地答应了。他的理由是,他渴望有更多的亲人。也就是说,当女儿叫他哥哥、姐姐的时候,他好像就有了一个妹妹;当女儿叫他宝贝的时候,他就变小了,好像多了一个妈妈一样!这样一个爸爸,一定是非常非常爱他的女儿,不但爱他的女儿,也非常尊重女儿,他不会拿出爸爸的威严或者架子,让女儿感到害怕。他和女儿都知道,这是爱的游戏。叫什么不重要,不管女儿叫他什么,他们都是亲人,爸爸还是爸爸,女儿还是女儿。

  我们看得出这个三岁的女儿非常天真,天真到了她根本不知道世界上还有什么等级这回事,爸爸也从来没有让她感到过恐惧。她觉得和爸爸在一起,就像是最好的朋友,是平等的,也是互相信任的,所以无论她管爸爸叫什么,爸爸都会乐呵呵地答应。接下来呢,到了傍晚时分,爸爸和女儿坐在后院,他们扬起头,两个人一起对着邻居家的葡萄藤喊:"爸爸!爸爸!"

  如果说三岁的宝宝天真无邪,那么爸爸也跟着一起向葡萄藤叫爸爸,是不是疯了啊?当然不是了。他说,他和女儿很高兴地抱在一起,因为他们都喊对了,这些碧绿的葡萄藤是他们共同的父亲。讲到这里,亲爱的朋友,你们怎么看?你们认为诗人说得有道理吗?我们分析一下:这首诗的前半部分,说的是女儿管爸爸叫哥哥、叫姐姐、叫宝贝,这都不是平常我们认为的正确的叫法,正确的叫法应该是爸爸,对吧?但是,既然爸爸认为,女儿叫他什么都是对的,是好的,因为他们不仅仅是父女关系,他们也是兄弟姐妹、朋友等一切美好的关系,那么,从大地生长出来的葡萄藤,为什么不能当他们的父亲呢?尤其是,如果我们把葡萄藤看作是大自然的象征,它们的生命比人类的生命更古老,别说当爸爸了,当爷爷也是够格的啊!

  所以,这是一首赞美一切生命平等有爱的诗,是赞美打破人间一切不平等、一切等级的诗。它充满了真正的大爱,从一个爸爸对孩子的爱,扩展到对大自然的爱,对一切生命的爱和尊重,同时这首诗也充满了天真童趣,令人快乐、感动!

如果一棵树

[波斯] 贾拉鲁丁·鲁米

如果一棵树能用双脚或翅膀移动
那么锯子就不会给它带来痛苦，斧头就不会给它
带来伤口。
太阳穿过黑夜移动，
最后抹掉黎明的黑暗。
如果你不能用双脚走路，那就展开一次内心的旅行。
要像宝石那样，让光线冲击你。

（黄灿然　译）

【讲给孩子听】

亲爱的朋友，我们曾经讲过一首古代波斯诗人鲁米的诗，《美人的镜子》，你还记得吗？就是那个苏菲派的诗人，我们今天再讲一首他写的《如果一棵树》。

我们知道，一棵树和其他的植物一样，一旦在大地上扎了根，就不会再移动了。它们把根深深地伸向泥土深处攫取营养，把枝干伸向高处，舒展叶子迎接着阳光的照耀。等这些树长大长粗，伐木工就会背着锯子和斧子，把它们砍倒，做成家具，或者用它们来盖房屋。

作为诗人的鲁米对此会怎么想呢？

他说：如果一棵树能像人那样长出一双脚，或者像鸟一样长出一对翅膀，那么锯子和斧子就不会伤害到它，它就能跑远或者飞走，避开人类给它带来的伤害。这种能够避开伤口的防御能力，也就是能够自主行动的能力，就是自由的力量。很可惜的是，树木不能拥有这种自由，所以，它就不可避免地要被砍伐。

鲁米接着写道：太阳穿过黑夜移动，最后抹掉黎明的黑暗。我们大家知道，黑夜虽然很漫长，但到了黎明的时候，东方的天际就会慢慢出现曙光，太阳从大地升起的时候，它的光芒就能驱散黑暗，白昼就可以到来了。在鲁米生活的那个时代，人们还不知道地球是围绕着太阳旋转的，他们都以为是太阳围绕着大地在转动——太阳西沉，夜晚就到来了。太阳东升，白昼就开始了。不管怎么说，如果太阳不会转动，我们就将永远生活在黑夜，那是非常可怕的。

鲁米写一棵树和写太阳的意思都

是一样的,那就是说,能够拥有移动的能力,就是自由。自由的力量会使我们避开伤害,避开恐惧,避开厄运。亲爱的朋友,我们该多么庆幸,因为我们不是一棵树,也不是一块无法移动的石头,我们有脚可以走路,我们不用害怕有人会把我们伐倒,或者扔到车上拉走砌到墙里。但是,这并不意味着我们真的就天然拥有自由。这是因为,人的社会里会有很多复杂的情况,在某些时候,会让我们深陷在困境之中。比方说,一个黑人生活在备受白人歧视的地方;一个女性生活在男尊女卑的社会里;一个遭到了官员羞辱的老百姓,一个在学校被霸凌的孩子……这些,都是像刀斧一样的伤害。在这个时候,我们该怎么办呢?

鲁米写道:

如果你不能用双脚走路,
那就展开一次
　　内心的旅行。
要像宝石那样,让光线
冲击你。

这是什么意思?——这个意思就是,当我们像一棵树那样因为不能奔跑而落入困境和威胁之中,我们还拥有在内心、在精神世界的自由。我们可以思考,让我们的心灵抵达遥远的自由,重新获得生活的勇气和智慧。"内心的旅行",指的就是我们的精神世界,我们的想法。人的心灵是最自由的东西,我们可以想象到浩瀚宇宙,高山大海,没有比我们的心灵更辽阔的事物了。亲爱的朋友,你们看,在诗人的心中,所有的阻隔、困难、恐惧,或许都可以借助我们自由的精神力量克服。我们需要做的,只是让这种力量像光芒一样进入我们的心中,也就是"要像宝石那样,让光线冲击你"。

我记得欧洲有个童话,说的是有个巨大的妖魔经常出来害人。有一次它遇到了一个孩子,这个孩子从没有见过这么丑的怪物,所以就哈哈大笑起来。这个妖魔发现眼前的小孩子不但没有害怕,反而胆敢嘲笑自己,就羞愧地逃走了。这个故事告诉我们,看待事物的方式不同,事情的结果就会不同。而积极勇敢的力量,就来自我们自由的心灵。

癞蛤蟆
[中] 杨键

多么缓慢啊，
多么丑陋啊，
如果我们有同一颗心，
我就不会被你吓着，
就应当为你悲泣。

【讲给孩子听】

亲爱的朋友，夏天到了的时候，经常会下雨。雨后乡间的道路上，经常会遇到一蹦一跳的青蛙，也有慢慢爬行的蟾蜍——我们叫它癞蛤蟆。青蛙是绿色的，癞蛤蟆是褐色的，身上疙里疙瘩，很难看。我小的时候，经常看到有些孩子捉住癞蛤蟆，使劲儿摔它，或者用石头和棍子敲它的肚子，越敲它的肚子就会鼓得越大，一直到被小孩子打死。不知道为什么这些孩子心肠这么冷酷，也许他们只是不懂事，也许没有人教给他们应该温存地对待别人，不毁灭别的生命。总之，这些场景我至今也忘不了。我们今天就讲一首和癞蛤蟆有关的诗。

这首诗的作者是诗人杨键，他是安徽人。他出过很多诗集，写过很多动物、植物和人的命运。我还记得他写过一只为了躲避人类追捕把刚生下来的小老鼠叼着到处跑的母老鼠，一只痛苦不安的老鼠妈妈。这首诗让我想起天下所有的妈妈，不管是人的妈妈，还是狗妈妈、羊妈妈、牛妈妈，妈妈对孩子的心，都是一样的。我们今天讲的这首诗，是关于癞蛤蟆的。这首只有五行的短诗，前两行都是在写癞蛤蟆的样子。诗人写道："多么缓慢啊，多么丑陋啊。"癞蛤蟆偶尔也会跳，但更多时候是爬行的，走得很缓慢，人很容易捉到它。癞蛤蟆长得很难看，很丑陋，背上好像有很多瘤子，看了让人起鸡皮疙瘩。总之，人们说起癞蛤蟆，都会觉得恶心害怕。那么，诗人既然知道癞蛤蟆是这个样子，接下来他会怎么想呢？诗人继续写道："如果我们有同一颗心，我就不会被你吓着，就应当为你悲泣。"

"如果我们有同一颗心"，意思是，将心比心，我和癞蛤蟆共用同一颗心，癞蛤蟆经历的一切我都知道，癞蛤蟆的一举一动我也都能了解，好比癞蛤蟆就是我，我就是癞蛤蟆，如果是这样的话，我看到癞蛤蟆就像看到我自己，我怎么会感到害怕和厌恶呢？如果是这样,我就会为自己的遭遇,为自己在别人眼中的形象感到无比悲伤,我就会为它伤心哭泣。

在这首诗里,诗人把自己想象成癞蛤蟆,也只有这样,一个人才能真正理解癞蛤蟆的处境,理解癞蛤蟆的悲伤,才不会厌恶这样一个看上去丑陋的生命。我想,如果一匹马看我们人类,也一定觉得人类很丑陋,因为人类只有两条腿。一只鸟看人类,也会认为人类极其笨拙,连飞都不会,对不对?杨键这首诗也让我想起另一个诗人废名的一首诗。废名可以算是我们爷爷辈的作家了。他也写过一首很短的诗,一个农民赶着驴子在磨面,就是把粮食放在石磨中间磨成面粉。通常,为了哄骗驴子围着磨盘不停地转圈,人们都会把驴子的眼睛蒙上。这样一来,可怜的驴子就围着磨盘一圈又一圈地拉磨,经常要转上大半天。这个农民的小儿子就向他的爸爸要眼镜戴,爸爸很奇怪,问他为什么要戴眼镜,难道是眼睛近视了吗?小孩子就反问爸爸:"那为什么你给驴子蒙上眼睛?"这个小孩子和诗人杨键一样,他们都能想象到另一个生命的痛苦。

这种敏感和对别人的想象对人类有什么用呢?当然有用了,它世世代代都在培养着人类的善良,培养着人类的悲悯之心。它一定阻止过很多人杀戮的念头,也肯定在某些时候阻止过一些残酷的战争和灾难。想象力让我们知道别的人、别的生命和我们一样,有疼痛,有悲伤,有感受和思想。它让我们保持着悲悯之心——悲,指的是慈悲,对人间的苦难有一种感同身受的情感;悯,就是同情。这里的同情不是可怜,而是一种博大的爱。心中有悲悯的人就会善良,就不会去伤害别人,乃至别的小动物、小昆虫。尤其是那些看上去长得丑陋的、弱小的、生病的、容易被人欺负的生灵,更不能去伤害它们。因为不管怎么样,每个生命都是神圣的,都是大自然的一员,从这一点上来讲,众生平等。诗人希望人们尽可能减少对动物的伤害,更要在生活中学习爱他人,尊重他人。这就是诗人杨键这首诗教给我们的一些道理。

我把你箭囊中的箭矢

[法]伊凡·哥尔

我把你箭囊中的箭矢
换成银莲花

我拯救了羞怯的羚羊
当你击打它时
我就歆羡它的目光

（董继平　译）

【讲给孩子听】

亲爱的朋友，我们今天讲一位法国诗人的诗。这位法国诗人名叫伊凡·哥尔，1891年，他出生在一个叫圣迪耶的地方。上大学的时候，他学的专业是法律。后来，因为第一次世界大战爆发，他就到了瑞士，并在那里认识了一些著名的哲学家和作家，这些人对他产生了很大影响。他出版过十多本诗集，是法国二十世纪前半期最重要的诗人之一，他活到了六十岁因为白血病而去世。我们今天讲的这首诗原先属于无题这一类的诗，也就是没有专门的题目，所以，一般情况下，就会把诗的第一行当作题目，那么，这首诗的题目就是《我把你箭囊中的箭矢》。

这是一首非常有戏剧性的诗。什么叫戏剧性？戏剧性就是一个故事没有按照常理进行，忽然有出人意料的事情发生，令人感到惊讶。拿这首诗来说，一开始诗人就写："我把你箭囊中的箭矢，换成银莲花。"这句诗告诉我们，故事里有两个人，一个是诗人，另一个就是箭囊的主人。箭囊，是狩猎射箭的人装箭的袋子。诗人看到他的箭囊里装满了要射杀猎物的箭，就悄悄把这些箭拿走了，换上了银莲花，他把银莲花插进了箭囊里。银莲花，在欧洲是一种常见的花朵，它的茎秆细长，我们中国人叫这种花毛茛。诗人把箭换成了花，那么，箭囊的主人去打猎射箭的时候会怎么样呢？诗人没有直接说，而是告诉我们，他把箭换成花这件事，拯救了羞怯的羚羊。原来，箭的主人是要去射羚羊的。羚羊很胆小，跑得很快，那个狩猎的人射出去的不再是利箭，而是一支支银莲花，所以，胆小羞怯的羚羊这次被诗人救了，逃出了一次劫难。如果诗到这里就结束，也是一个不错的故事，但绝对不会是一个奇妙的故事，也不会是一首很棒的诗。因为诗人接下来的一句诗，让这首诗大放异彩。诗人说那个射箭的人："当你击打它们时，我就歆羡它的目光。"这是什么意思呢？这就是说，那个射箭的人对着羚羊射出了一支支银莲花时，羚羊看到了这些朝它飞过来的花朵。不是弓箭，是花朵！这只羚羊眼睛里会闪现什么样的光芒？我猜测，那一定是又惊又喜的光芒吧！那一定是令人感动、让人的心一下子变得柔软的、充满柔情的光芒吧。

我记得俄罗斯有个诗人叫帕斯捷尔纳克，他在一本书里回忆，曾经有一个他喜欢的人对他说话，那些话就像鲜花轻轻投在他的脸上。这也是我们这首诗里羚羊看到花朵的感觉吧。所以，诗人说，他特别羡慕这只羚羊的眼神。从惊恐变成喜悦和温柔的眼神。这样一个出人意料的结束，从猎手这一面来讲，拯救了一只羚羊的生命，从羚羊那一面来讲，得到了一个温柔的、感恩的、喜悦的回报。这就将把箭换成银莲花这件事导致的后果，完全写透了，举重若轻地达到了诗人想达到的效果。诗人把人与羚羊之间的屠杀和被屠杀的关系，来了一个乾坤大挪移。我还记得捷克著名的诗人塞弗尔特说过这样一句话："如果让女人操纵大炮，天啊，那落下的一定是鲜花！"这句诗是对女性的赞美，赞美她们把战争的暴力变成了和平，也和我们讲的这首诗很相像。你们看，这就是一个好诗人杰出的表达能力。这样的诗，我们读一次就再也不会忘记。

梦中他总是活着
[中] 韩东

梦中他总是活着,
但藏了起来。
我们得知这个消息,
出发去寻父。
我们的母亲也活着,
带领我们去了一家旅馆。
我们上楼梯、下楼梯,
敲开一扇扇写着号码的门,
看见脸盆架子、窄小的床,
里面并没有父亲。
找到他的时候是我一个人,
母亲和哥哥已经走散。
他藏得那么深,在走廊尽头
一个不起眼的房间里,
似乎连母亲都要回避。
他藏得那么深,因为
开门的是一个年轻人,
但我知道就是我父亲。

【讲给孩子听】

亲爱的朋友,从前,我读到过一个童话故事,故事里说,一只小兔子住在一棵很高很老的大树下。每天它出去吃草、玩耍,到了天黑就回到树根下的洞里睡觉。后来,有一天深夜,突然一场狂风暴雨,把大树刮倒了。天亮以后,小兔子跑出来,围着倒在地上的大树跑了整整一圈,它说:"天啊,我从来不知道这棵树是这么高这么大啊!"

年轻的朋友,这只小白兔有时就像我们,那棵大树就像我们的爸爸妈妈或者爷爷奶奶,平时在一起的时候,我们经常会以为自己很熟悉他们,只有到了我们快要失去这些亲人,或者真的失去了这些亲人,我们才真正明白,我们根本就不知道他们的伟大,他们平凡的伟大,他们的爱有多么伟大。但是,我知道有一些人,他们很早就知道父母对自己的恩情,他们的内心充满了对父母深深的爱,这种爱即便在父母离开人世后也不会减弱,反而随着时间的推移,会越来越强烈,越来越有力量,越来越能帮助我们成长。我们今天讲的这首诗,是一个诗人写他已经去世的父亲的,这首诗的名字叫《梦中他总是活着》。

这首诗的作者是诗人韩东,他1961年出生,他的父亲方之先生也是作家。韩东受家庭的熏陶,爱上了文学,出版过很多部小说和诗歌,也导演过电影。他和父母的感情很深,当他的爸爸妈妈去世以后,他写过很多首怀念他们的诗。我们今天讲的这首诗,是其中一首。这首诗写的是一个梦,一个非常真切的梦。诗的第一段就说,他在一个梦中,清楚地知道他的父亲还活着,但是看不到他,他藏起来了。于是,诗人和家人就一起去找他。在梦里,诗人的妈妈也还活着,妈妈好像知道爸爸在什么地方,于是就带着他们走进一家旅馆。他们跟着妈妈上楼梯,下楼梯,敲开旅馆里一个个房间的门,推开门能看到屋子里的脸盆架子和窄小的床。大家现在很少能看到脸盆架子了,但是在三十多年前,每家都有洗脸盆,洗脸盆都放在洗脸盆架上。在这个场景里,时间倒流了,因为妈妈还活着,小旅馆还没有席梦思床和洁白的洗手瓷盆,诗人仿佛回到了自己小的时候,他和家人一起在寻找自己的父亲,但是大家都没有找到那个藏起来的父亲。等到诗人终于找到自己的父亲时,他和母亲和哥哥都走散了。诗人告诉我们,他的父亲藏在走廊的尽头,藏得很深,他连自己的妻子、诗人的妈妈都想回避。为什么会这样?因为,诗人面前的门打开的时候,开门出来的是一个年轻人,而令人感到奇异的是,诗人一下子就认出了这个年轻人就是他的父亲。这样的场景多么令人惊讶,因为诗人的父亲不是一个头发花白的老人,而是变成了一个年轻人。他藏在这样一个人们几乎找不到的地方,他还活着,还会像一个年轻人一样继续长大,慢慢变成中年人,再变成老年人。这是父亲的灵魂吗?还是那个真实的衰老的父亲换了一个身体,变成了另外一个人?

在韩东的这首诗中,他的父亲复活了,或者说他从来没有从人间消失,只不过成了一个年轻人。他在离亲人们不远的一个小旅馆住着,是个小伙子的样子。正因为这样,我们可以想,当诗人自己慢慢变老的时候,他的父亲还依然比他年轻,比他活得时间更长。这是多么让人欣慰的事情啊!

我们读着这样一首诗,会忘了这是诗人记下的一个梦,我们差不多要相信这一切是真的。我们会觉得,也许,所有我们爱的人都不会死去,他们会藏在这世界的什么地方,在另一个街道,某座房子里,也许我们会在某个早晨,在街角遇到他,只是他换了衣裳和发型,变得更年轻了,更漂亮了。这一切都是因为我们一直在爱他,思念他,所以他才不会真的走开,他就会藏在我们附近,偶尔让我们找到他，那是多么令人惊喜的事情。这么想的时候，我们就会知道，如果我们真的爱一个人，就永远没有死亡这回事，没有悲伤的永别，也没有阴间和阳间，也没有生死的界限。你要问，这难道不是一个梦吗？那我要告诉你，这不是梦，这是爱。要用力去爱，要专心去爱，那样的话，我们就永远不会失去我们的亲人了，他会一直一直在我们的心中，在我们的爱里，重新长大。

在太阳即将升起之前
［葡萄牙］费尔南多·佩索阿

太阳升起之前，蓝天透出绿意。
闪耀的落日西沉，余下一片蓝白。

真实之色只能由眼睛去看，
月光返照时，非白实灰，灰中带蓝。

很高兴我用的是眼睛，
而不是用了读过的书本观看。

（杨铁军　译）

【讲给孩子听】

　　亲爱的朋友，你们有谁见到过黄河？很多年前，我就住在黄河南岸的城市郑州。那个时候我刚大学毕业参加工作。有一天是周末，我和几个诗人朋友一起骑着自行车，到黄河边去玩。到了傍晚，我们站在高高的黄河堤岸上，看着太阳慢慢沉落在西边的地平线上。过了一会儿，我转身看看四周的田野，发现薄雾一样的暮色，从大地上慢慢升起，一开始是浅灰色的，像是很薄的雾气，慢慢地，雾气越来越浓，渐渐地笼罩了四周。我忽然想到，以前在很多书上都能读到"暮色降临"这样一句话，但我亲眼看到的却不是这样，暮色是从大地上升起来的。后来，我把我的发现写到了文章里。后来，我在别人的文章里也看到了类似的描写，也就是那位作者也认为暮色是从大地上升起来的。看来，很多事情不能人云亦云，也不能道听途说，只能靠我们自己亲身去体验，才能得到最真实的了解。我们今天要讲的这首诗，就是一个例子。

这首诗的作者叫费尔南多·佩索阿。他1888年出生在葡萄牙的里斯本，他不满六岁时父亲就去世了，后来佩索阿就随着母亲生活。上大学时他学习哲学、拉丁语和外交课程。佩索阿很小的时候就开始学习写诗，并且还给自己起了一个笔名。这个爱好他一直保持到后来，他正式发表作品以后，就开始不断地用各种不同的笔名写作品，他这一生给自己起了72个笔名，所以当时很多人不知道这些突然冒出来的诗人和作家原来是同一个人。佩索阿只活了四十七岁，就生病去世。在他死后，他的朋友收集整理了他的很多遗作。遗作就是人去世之后才发现和发表的作品。这些作品出版以后，越来越受到人们的推崇和赞美，他开始被誉为"现当代葡萄牙语最伟大的诗人"。

我们今天讲的这首诗，题目是《在太阳即将升起之前》。他告诉我们，在太阳升起之前的清晨，天空呈现出绿色。这倒是一个新奇的发现，我也在太阳升起之前看过日出，我没有注意到那个时候天空的颜色，只是觉得太阳要出来的时候天空是慢慢变红的。他又说，到了傍晚，夕阳消失以后，西边的天空是蓝白相间的。嗯，他说的这些我也没有注意到。但是我注意到即便是深夜，天空也不是全黑的，而是包含了很深的蓝色。佩索阿指出这些现象后，他写道："真实之色只能由眼睛去看，月光返照时，非白实灰，灰中带蓝。"读到这里，我心中暗喜，因为我很多次注意看过，月光的颜色的确就是浅蓝泛白。那么，他说事物真实的色彩，是眼睛看见的，不是猜想出来的。他说得对，我完全同意。这是因为，佩索阿告诉我们，刚才说的这一切，都是他自己用眼睛看到的，不是从书本上读到的。他说他自己很高兴，这表明他对"自己亲眼看到"这件事非常重视。我们中国宋朝有个诗人陆游，他有句诗，叫"纸上得来终觉浅，绝知此事要躬行"，意思是从读书中得到的知识毕竟是肤浅的，一个人必须亲自去体验，才能真正知道事情的本质。我还听说过这样一句话："即使你看到了一百万只白天鹅，也不要轻易说'所有的天鹅都是白的'。"这是因为，从前在欧洲生活的人们看到的天鹅全都是白色的，所以他们认为天鹅只有白色的，但后来有人在澳洲发现了黑色的天鹅，这才纠正了人们以前认为天鹅全是白色的谬误。

我们今天讲的这首诗在佩索阿的诗中虽然不是非常显眼，但却非常重要。因为他强调了诗人不能撒谎，不能人云亦云，更不能以讹传讹。诗人要诚实地表达自己最真实的感受，哪怕仅仅是为了纠正早晨太阳升起之前天空不是粉红的，而是绿色的，也要自己亲眼看到、认真观察。不但对于自然界的现象要这样，对待人世间的很多事情也要这样认真，要用自己的眼睛看，用自己的大脑去思考分析，而不要盲目地听别人的意见，更不要不负责任地顺从那些掌握权力的人下达的命令。你们说对吗？

罪　城

[捷克]雅罗斯拉夫·塞弗尔特

工厂主、拳击手、百万富翁的城市，
发明家和工程师的城市，
将军、商人和爱国诗人的城市
它的黑色之罪超过了上帝愤怒的界限：
上帝被激怒了。
一百次他威胁报复这城市，
硫磺雨、大火，裹挟霹雳的暴雨落下，
一百次他心生怜悯。
因为他一直记得曾经承诺：
即使只为了两个正直的人他也不会毁灭他的城，
而一个神的承诺应该保持它的效力：

就在这时两个情侣走过公园，
呼吸着山楂丛的香气。

（李以亮　译）

【讲给孩子听】

亲爱的朋友，我们今天要讲一首捷克诗人塞弗尔特的诗。不知道大家还记得不记得，我们曾经讲过一首把

187

箭换成银莲花的诗,是法国诗人伊凡·哥尔的诗。我们在讲那首诗的时候,引用过一句话,"如果让女人操纵大炮,天啊,那落下的一定是鲜花",还记得吗?这句话就是我们今天要讲的诗人塞弗尔特说的。塞弗尔特1901年出生在捷克的首都布拉格,他从小就非常喜欢文学,不到二十岁就出版了第一部诗集。因为捷克这个国家经常被别的国家侵略,所以,塞弗尔特一直是非常坚定地反对欺压别人、反对暴政、热爱平等和自由的诗人。他一生出版过三十多本诗集,1984年他荣获诺贝尔文学奖。塞弗尔特坚持写作六十多年,直到1986年去世。我们今天要讲的这首诗题目是《罪城》,意思是"罪恶的城市"。这首诗的翻译者李以亮先生是一位诗人,也是一位翻译家,翻译过很多外国诗人的作品。

　　这首诗写的是一座城市。在这座城市里,最显赫的都是什么人呢?诗人说,是那些工厂主,百万富翁,拳击家。这是第一行诗。工厂主和百万富翁我们都知道,拳击家挣钱靠的是拳头,是把对手狠狠打趴下的人,这个职业包含着诗人对这座城市的一种看法,那就是弱肉强食。接下来诗人告诉我们,这座城市还属于工程师、发明家、将军、商人和爱国诗人。这两行诗说明这座城市正处在现代工业化、科技化的时代,早已经不是很落后的大家都靠种地生活的时代了,但这并不意味着人类已经进入到文明社会了,因为城市里还有将军,将军是随时准备打仗杀人的人;还有商人,商人是用金钱让社会运转的人;还有爱国诗人。爱国诗人这个名称可以有不同的理解,一种是正面的理解,当一个国家被别的国家侵略,这个时候的爱国诗人是一个褒义词,包含着赞扬他的意思。爱国诗人有时还有另外一种解释,意思是这个诗人向这个国家的统治者表示臣服,对权力阿谀奉承,只去爱"国家"这个空洞的词语,而不是去爱平凡老百姓,这样的爱国诗人肯定是一个贬义词,是含有讽刺的意味的。我们从这三行诗里列出的这些人来看,这里所说的爱国诗人肯定也是讽刺的意思,并不真的是认为他爱国。这样一些人控制的城市,诗人认为它是充满了罪恶的。因为有这样一些人的存在,城市里就会有暴力,有欺辱,有算计、恐怖和阴谋,这些罪恶已经达到了让上帝也忍无可忍的地步,上帝愤怒了,他一百次想毁灭这座充满罪恶的城市,降下硫磺雨和烈火,让狂风暴雨摧毁它,但是又一百次心生怜悯，没有忍心真的去做。为什么呢？因为上帝曾经承诺过，即使只为了两个正直的人，他也不会毁灭这座城市。上帝为什么这么想呢？因为，正直善良即便在人群中很少，但它是人类生活下去的信心和希望，是人类获得拯救的唯一理由。所以，即便整座城市都堕落了，只要还剩下两个正直的人，上帝也不会毁灭这座城市，他一定会为了人类的未来，保留存在于这两个人身上的希望和纯洁。上帝既然这样承诺了，那么就一定会有这样的奇迹发生。这首诗的最后两行，恰好给读者一个惊喜，因为，就在这个时候，有一对情侣正好经过一个公园，他们呼吸着四周山楂花的香气。难道他们俩就是那两个正直的人吗？我们来看看这是为什么——

情侣一定是相爱的人。这是最重要的。他们相爱，意味着他们绝对不会伤害对方，他们愿意把自己最好的东西送给对方，在他们相爱的时候，不会有野蛮的暴力、杀戮，也不会有欺诈和唯利是从。爱，意味着平等、自由、善良和互相的尊重，是敢于承担自己的责任，不制造等级，不以势欺人，公正无私。我想，这大概就是正直的含义。这样一对相爱的情侣是美的，他们经过公园的时候，也是四周花儿开放的时候，他们呼吸着花儿的芬芳，花儿是美的，爱着花儿的香气的人也是美的，看来，正直也包含着美和对美的向往，包含着对生活和生命的热爱。这样两个情侣出现在一个罪恶的城市里，他们自己并不知道，正是由于他们的存在，他们拯救了一座城市的人们。

在上帝的天秤上，两个正直的相爱的人，远远大于和重于一座城市，这，也是上帝对人类的爱。爱是高于一切的，它是公正，也是宽容，是抵抗罪恶的最伟大的力量。这首诗的作者塞弗尔特说，世间的一切并非都那么美好，然而诗人所挑选的那些却能长久地存在，至少直到他所写的诗歌还活着的时候为止。他说得非常对。我们现在生活的地球上，也充满了战争、灾难、暴力和不公平，但是，因为有了诗中那两个相爱的人的存在，因为诗人挑选的美好还活着，还因为有你们这些孩子还在喜爱诗歌，世界至今还没有毁灭，亲爱的朋友，你明白了吗？

没有料到的
[希腊]扬尼斯·里索斯

门敞开。进来了艾薇。两个樱桃
挂在她的耳朵上。"我是春天,"她说。
外面传来一阵声音。摩托艇
从大海驶来,进入我们的花园,
切开玫瑰花丛,又从窗口跳进屋子
重重地撞在扶手椅上,发出水晶般的
脆响。
艾薇笑了。她望着她的父亲,
跳到他的膝盖上,并用两个手指从唇边
摘下一瓣微笑——一瓣红红的微笑
像一朵野玫瑰毫无准备
而又不知所措地悬挂在他诗歌的格子
之外。

(韦白 译)

【讲给孩子听】

　　亲爱的朋友,整整一个冬天,北京没有下雪,我的心情很郁闷。

　　没有雪的冬天很寒冷,也很干燥。那些过冬的小树和灌木们,就会感到饥渴,哪怕是春天来了,也会因为土里水分不足而迟迟不肯发芽。所以,我很羡慕土地湿润的地方,那里的春天一定很早就来了,尤其是在大海边那些地方。我们今天就讲一首住在大海边、住在岛屿上的人写的诗,他是希腊诗人扬尼斯·里索斯。他出生于1909年,虽然当时家中还算富裕,但他很小的时候母亲就去世了,紧接着他的哥哥得肺结核也死去了,他的父亲因此几乎精神崩溃,里索斯自己也因为肺结核被隔离治疗。他同情在底层生活的农民和工人,曾经多次参加他们的罢工运动。里索斯二十五岁出版了第一部诗集,这本诗集使他成为希腊现代诗坛的一个先锋人物。后来,他的影响越来越大,法国诗人阿拉贡称赞他是当今世界最伟大的诗人。我们今天讲的这首《没有料到的》,是一首父亲写给女儿的诗。

　　女儿叫艾薇,是个天真活泼的小女孩。她耳朵上挂着两颗红樱桃,就像一棵小樱桃树一样,她推开门说:"我是春天!"春天多么美丽,小艾薇说自己是春天,她愿意像春天那样,把快乐和新鲜的一切都带进屋、带给爸爸。就在这个时候,诗人笔锋一转,写道:外面的海面上,一艘摩托艇飞驰过来了。它从大海上飞奔过来,又冲过花园,分开花园中的玫瑰花丛,接着从窗口跳进屋里,一下子重重地落到扶手椅中间。这一段描写并不是真的有一艘摩托艇冲进了他们家,而是形容小艾薇和她代表的春天进了家门,就像一艘大海上的摩托艇轰鸣着到来了,而且现在就坐在父亲跟前的扶手椅上。她笑着,跳到爸爸的膝盖上,并且用手在自己的嘴唇边摘下了一瓣儿微笑——这句诗真好,一瓣儿微笑,表示小艾薇笑得像一朵花,她要是把一个带笑的飞吻送给爸爸的话,她的小手从嘴唇边摘下的,不正是一朵花儿的一片花瓣儿吗?这是一个把小艾薇比喻成花儿的手法。这个时候,小艾薇就像一朵野玫瑰,一点也没有意识到自己的美。而爸爸呢,面对这样的天真纯洁和美丽,似乎被惊呆了,他像是第一次发现女儿这么天真可爱,他一点准备也没有。小艾薇的美丽天真自由、自然而不自知,让这位父亲不知道应该怎样表达,尽管他是一个诗人,他也没有办法在他的诗歌的格子里用文字来安放这一朵美丽的玫瑰,因为这样美丽动人的玫瑰花,你无法完全把它描写出来。

这首诗用了隐喻的手法,先是把小艾薇比作春天,比作冲进家门的摩托艇;又把她送给爸爸的一个飞吻、一个微笑描写成花瓣儿,这样就隐喻了小艾薇的笑脸就是一朵玫瑰;又把诗人的诗行比喻成田字格,补充隐喻着小艾薇正如一朵玫瑰这样一个鲜明可爱的形象。里索斯的诗中有讲述,也有抒情,他把它们很好地糅合在一起,就像这首《没有料到的》,诗人也没有料到他也有没办法写出来的东西,那就是小艾薇的美丽,也是一个爸爸对孩子深深的爱。

拿破仑

[捷克]雅罗斯拉夫·塞弗尔特

我很喜欢一只甘比亚的烟斗,
它有一个刻成皇上脑袋的烟袋锅。
你好!荣耀的皇上!
你脑袋里那个"主宰世界"的念头
是不是已被烧光?

(劳白 译)

【讲给孩子听】

亲爱的朋友,我们今天讲一首和拿破仑有关的诗。

拿破仑是谁?拿破仑可是人类历史上大名鼎鼎的人。他是十九世纪法国最厉害的军事家和政治家,他亲手缔造了法兰西第一共和国,也是他将共和国改为帝国,自己当了皇帝。当他去攻打意大利,登上阿尔卑斯山的时候,他踌躇满志地说:"欧洲就在我的脚下!"人们都赞叹他的英勇无畏,但也有人反对他大权独揽,搞独裁统治,反对他想让自己的儿子继承皇位。这样一个历史上的大人物,在世的时候他令敌人闻风丧胆,在他死去以后,人们仍对他有很多争议。我们今天要讲的这首诗题目就是《拿破仑》,他的作者就是我们以前讲过的《罪城》的作者——捷克的诗人塞弗尔特。

你见过烟斗没有?最早以前,在人类没有制造盒装香烟的时候,人们大多用烟斗抽烟,比方在一截竹子的一端挖一个小窝窝,里面放上烟丝,点燃后,人只要使劲一吸气,烟丝就燃烧了,冒出了烟来。这就是最早的烟斗。诗人自己说,他很喜欢一种甘比亚烟斗,甘比亚可能是一个烟斗的牌子,也可能是一个产地的地名。为什么会喜欢这样一个烟斗?诗人说,因为这个烟斗的烟袋锅被刻成了皇上脑袋的样子。皇上是谁?当然就是拿破仑了,因为题目已经写出来了。每次诗人抽烟斗的时候,就会对着这个燃烧的皇帝的脑袋说:"你好,荣耀的皇上!你脑袋里那个主宰世界的念头,是不是已经被烧光了?"当然,这是一句讽刺的话,是在嘲笑这个皇帝,也表达出诗人对这个不可一世的皇帝想主宰世界的独裁的厌恶,诗人希望这个皇帝脑袋里想统治一切、主宰世界的念头,早点被烧完熏走,因为虽然拿破仑早就死了,但是,想当拿破仑、想当皇帝的人真的还不少，可以说每个时代都有。这样的人，总是梦想永远统治别人，永远让别人对他顺从，谁也别想反对他，他想杀谁就杀谁，他想做什么就做什么。这样的皇帝就是人间的魔鬼，是人类的噩梦。

我记得还有一个诗人，也是捷克的诗人，他叫赫鲁伯，他也写过一首诗，题目也是《拿破仑》。他写孩子们在上课，老师问大家，谁知道拿破仑？孩子们都摇头，都不知道他是谁，也不知道他做过什么。一个叫弗兰克的孩子说，他知道一个卖肉的人养过一条狗，这条狗名叫拿破仑。卖肉的老人打它，一年前这条狗饿死了。大家听了之后，所有的孩子都为这条叫拿破仑的狗感到悲伤。这首诗也是一首讽刺诗，意思是，即便是大名鼎鼎的拿破仑，也早晚会被人遗忘，皇帝又怎么样？皇帝难道永远活着不死吗？再过一些年，人们都不知道他是谁了，他连一条狗都不如，一条狗死了，孩子们还会感到伤心。一个暴君死了就死了吧，他算老几啊。

这两首《拿破仑》都是捷克诗人写的。捷克这个国家，历史上经常被别的国家侵犯，那里的老百姓被来犯的敌人和自己国家的统治者奴役和统治，受尽了屈辱，所以他们特别痛恨剥夺人们自由和尊严的各种皇帝们，他们都希望能够有一个人人平等、没有暴力、自由民主的社会。所以，捷克的诗人这样讽刺拿破仑就不难理解了，因为，哪里有皇帝的专政独裁，哪里就会有不畏强暴、勇敢反抗的人们，你们说对不对呀？

月光在草上闪耀

[葡萄牙]费尔南多·佩索阿

月光在草上闪耀，
我不知道它让我想起什么……
它让我想起我的老女仆
她给我讲童话故事
我们的圣母穿得多么像乞丐
夜间走在路上，
帮助被虐待的儿童……

如果我不再相信它们是真的，
为什么月光还在草上闪耀？

（程一身　译）

【讲给孩子听】

　　亲爱的朋友，我很喜欢一首王洛宾老先生改编的民歌《月光在草上闪耀》：在那金色沙滩上，洒满银色月光……这是一首塔塔尔民歌，说的是一个小伙子在月光下思念他恋人的故事。月亮和月光，如梦如幻，非常美丽，还有些忧伤。在月光下，我们会想起很多往事，会怀念自己爱的人，想念亲人和朋友。月光使人变得温柔，变得多情，让人感到安静和甜蜜。我们今天就讲一首和月光有关的诗，诗的题目是《月光在草上闪耀》。

　　这首诗的作者是葡萄牙诗人佩索阿，我们以前讲过他的诗《在太阳即将升起之前》，讲的是一个诗人是如何观察天空的颜色变化的，要用自己的眼睛去看这个世界，大家还记得吧？今天这首诗是诗人、翻译家程一身先生翻译的。它从美丽的月光照耀在草叶上开始写起，一直写到关系到人类的很大很重要的问题。是一些什么问题呢？诗人说，这样的月光让他想起来他的老女仆。老女仆是诗人家中的保姆，是诗人小时候照顾他的人。佩索阿从小失去了父亲，妈妈改嫁后，佩索阿跟着妈妈和当外交官的继父到了非洲。可以想象，以妈妈尊贵的外交官夫人的身份，肯定不会做太多的家务活。平日里照顾小佩索阿的人应该就是这位年老的女仆了。应该说，她就像是母亲的替身，或许更像仁慈善良的外祖母。这是诗人在月光下想起的第一个人。诗人想到老女仆给他讲的童话故事，在那个童话故事中，圣母穿得破破烂烂像个乞丐，夜间走在路上，去帮助那些受到了虐待的孩子们。圣母就是西方人宗教信仰中的

194

圣母玛利亚，她生下了耶稣，而耶稣就是上帝的儿子。所以，圣母玛利亚是非常神圣的一位女性，她代表了神圣之爱和力量，是妇女、儿童和其他生命的庇护神，我们会在教堂里和一些宗教的绘画里看到她的形象。这样一位极其神圣的女性，在一个非洲老女仆讲述的故事里，却是一个衣衫褴褛的女人，外表像个乞丐，这意味着在讲故事的人心中，圣母并不是高高在上的，她和普通的妇人一样，和贫穷的人在一起，和病弱的人在一起，那些心中没有爱的人认不出她来。这正说明，圣母就在我们中间，不要随便看不起一个普通女人，一个普通的老人，反而要善待她，尊敬和帮助她，因为很有可能这样的一个人就是圣母。这些都反映出讲故事的人内心深处认为人人平等，每个人都值得去爱和尊重。这样一个穿着破衣服的圣母，却做着一件伟大的温暖的事情，她在夜里匆匆赶路，用她的神力去帮助和解救那些遭受虐待的孩子们。这是一个非常吸引孩子的美好故事，它让那些受了委屈、内心充满痛苦、贫穷的、弱小的孩子们充满了安慰和期待，它使孩子们相信，真的会有一个看上去很普通的妇人来帮助他们，而她就是从天堂来解救他们的圣母。

那么，这样一个故事是真的吗？真有这样的事情存在吗？诗人自己也这么问，他说："如果我不相信它们是真的，那么为什么月光还在草叶上闪耀？"在诗人看来，月光在草叶上闪耀这件事和圣母是联系在一起的，是证明圣母存在的一个证据。不单是因为在这样的月夜老女仆曾经给他讲过这个美好的故事，还因为，既然这遥远天空上的月光能从高天落到地面，落在卑微的小草的叶子上，温柔地照耀着小草，这件事本来就像是个奇迹，所以，圣母为什么不能从天堂降临人间，去爱护和拯救那些卑微的、可怜的孩子们呢？这照在草叶上的月光，就像是圣母蒙着面纱的脸，它告诉诗人，要相信奇迹，要坚定地相信世界上有一种随时可能出现的爱就在我们身边，就像这温柔的月光一样。这首诗给我们信心，让我们相信，使我们温暖，所以，当我们感到孤单和无助的时候，请你想起这个故事，相信一定会有圣母一样的人到你的身边来帮助你，爱你。

我的家乡盛产钻石

［中］朱庆和

有人看见我姐姐，
拿钻石玩石子游戏。
姐姐告诉他们，
山上多得是。
在山上，他们
果真看到了
闪闪发光的钻石。
他们弯腰捡走，可一到家，
却发现那不过是些普通的石块。
所以说，在我的家乡，
那么多的钻石，
基本上没什么用处。

【讲给孩子听】

亲爱的朋友，前不久，我看到过一个新闻，说是 2010 年 9 月，美国的科学家们发现了一颗星球，这个星球距地球约 50 光年，那是非常非常遥远的距离。它直径达 4000 公里，这颗星球全部由钻石组成，是一颗真正的钻石星球。哎呀，钻石，太贵了！比黄金贵多了，是世界上最贵的东西，因为钻石非常坚硬，地球上的储藏量也很少，所以很珍贵。据说像一粒花生米那么大的钻石就要几十万元，你就知道它有多么贵重了。我很好奇，如果我们的地球就像那颗钻石星球会怎么样？钻石还会那么值钱吗？大家买了它来做什么用呢？我们今天就讲一首诗，这首诗的题目正好是《我的家乡盛产钻石》。

这首诗是诗人朱庆和写的。他 1973 年出生于山东临沂，大学毕业后到了南京生活。他写诗，也写小说，是个爱孩子的好爸爸。这首诗写得很奇特，题目就很吸引人，他说他的家乡盛产钻石。他老家在山东临沂，我到网上查了一下，一查还真的把我吓了一跳！因为网上的报道说，全国有一半的钻石都出产在临沂。1937 年，临沂的一个农民在菜园锄地的时候，发现了一颗核桃那么大的钻石，这是迄今为止中国境内发现的最大的钻石。当时，这颗钻石被日本侵略军抢走了。后来，这里不断有发现大钻石的新闻，所以，临沂是名副其实的钻石之乡。了解到这些之后，我对朱庆和写的这首诗充满了好奇。

这首诗一开始就说，在他小的时候，有人看见他的姐姐拿钻石玩抓石子的游戏，就问她这些钻石是从哪里来的，姐姐告诉他们，说这里的山上多得是这样的石头。抓石子游戏，我小时候也玩过，挑选一些个头差不多大的石头子，用手去抓，也有的孩子用羊拐骨当石子玩。在诗人的姐姐眼里，这些做游戏用的石子就是个游戏的玩具，但是，对于另外那些人来说，这些石子是钻石，是财富和金钱。他们很想知道到哪儿去找到钻石，诗人的小姐姐就告诉他们，这里的山里就有，到处都是。这些人听了，一定欣喜若狂，他们跑到山里，果然找到了那些闪闪发亮的钻石。这可是太好了！于是，他们就捡啊捡啊，把钻石装进自己的口袋里带走了。奇怪的是，这些钻石到了这些人的家里，忽然就不是钻石了，它们全部变成了普通的石头，不值钱的石头。发生了什么呢？为什么在诗人的故乡石头就是钻石，而一旦被人带走，钻石就变成了石头呢？为什么诗人说，因为这个原因，在他的家乡，那么多的钻石其实没什么用呢？

我们想象一下，在一个到处都是钻石的地方，就像我们一开始讲到的那样，一个钻石星球上，所有的石头都是钻石，那样的话，钻石也就没什么稀罕，伸手就能抓到啊，连小孩子玩游戏也都能随处找到。钻石不再是稀罕的东西，它的价值一落千丈，变成了最普通的东西，当然也就不值钱了。那么，外地来的人想把这些钻石捡走，带到自己的家里去卖掉，卖掉后能发大财，但是，为什么这个时候钻石就变成了石头呢？我来告诉你们。在诗人的心中，钻石真正有价值的时候，正是它毫无价值的时候。也就是说，真正有价值的东西是不能买卖的，也是买不走的，它不能成为商品。某一件东西一旦成了商品，它就开始贬值。比方说一个人的感情，一个人的心灵，你怎么去买它们？

在古希腊神话中有一个国王叫弥达斯，他曾经救过酒神的老师，所以酒神就想报答他，问他有什么要求，弥达斯想有很多很多财富，就说，他想拥有点石成金的本领，酒神答应了他。弥达斯刚开始非常高兴，但过了一会儿他就发现，凡是他的手指接触到的东西都变成了金子，他碰到自己的女儿，女儿就变成一尊金塑像，他碰到食物，食物也变成金子。这样下去他就会饿死。弥达斯发现自己做了一个最愚蠢的选择，于是请求酒神收回这个能力，酒神让他去河里洗澡，这种神力就脱落到河水里，河里的沙子都变成了金沙，而弥达斯终于可以吃东西、拥抱他的亲人了。这个故事说明，在这个世界上，不是所有的东西都能进行买卖，有一些东西就是不能变成金钱和商品，一旦变成金钱和商品，它们就丧失了真实的价值和用处，而且还会变成灾难。诗人认为，当钻石只是普通的石头的时候，它是有价值的，因为它没有被买卖，它是一个小女孩喜欢的玩具，是故乡山上的东西，这就足够了。一旦有人试图把它们拿走换成金钱财富，它立刻变成石头，金钱的价格贬低和取消了这块钻石的价值。一个人越是不贪图钱财，他的心灵越是宝贵，相反，一个人越是贪婪，他的灵魂越是毫无价值。这就是为什么我们通常把最最珍贵的东西叫作"无价之宝"的原因吧。

  这首诗教会我们去辨别在什么情况下钻石才是真正的钻石，什么情况下，钻石毫无价值，仅仅是一块石头。希望你们也能拥有这样锐利的目光，也能看清楚生活中最宝贵的东西是什么。

田园诗
[中] 王家新

如果你在京郊的乡村路上漫游
你会经常遇见羊群
它们在田野中散开，像不化的雪
像膨胀的绽开的花朵
或是缩成一团穿过公路，被吆喝着
滚下尘土飞扬的沟渠
我从来没有注意过它们
直到有一次我开车开到一辆卡车的后面
在一个飘雪的下午
这一次我看清了它们的眼睛
（而它们也在上面看着我）
那样温良，那样安静
像是全然不知它们将被带到什么地方
对于我的到来甚至怀有
几分孩子似的好奇
我放慢了车速
我看着它们
消失在愈来愈大的雪花中

【讲给孩子听】

  亲爱的朋友，我有一个五岁的小侄子，他特别喜欢羊。每次爸爸妈妈开车带他回农村老家,他看到山坡上的羊就欢叫起来,下车追着羊群,想去摸一摸羊。羊没有尖牙利爪,在很早以前经常被豺狼虎豹吃掉。曾经有个寓言,说羊总是被别的野兽伤害,它非常委屈,就找到了大神宙斯,问他为什么生活这么不公平。宙斯说:那好,我现在就把你的蹄子变成爪子,把你的牙变成獠牙,这样你就可以和别的野兽互相撕咬了。羊儿想了想说:我才不要那么残忍丑陋的东西,宁可继续做一个温顺的羔羊。于是,现在的羊依然是总被别的牲畜和野兽欺辱伤害。我们今天要讲的这首诗,就和羊有关。

这首诗的作者是诗人、翻译家王家新。曾经有一段时间,他住在北京郊区的农村,上下班都要开车,这首诗就是他在路上看到了羊以后写出来的。

他告诉我们,在京郊的道路旁和田野里,经常会看到羊群,这些羊是白色的,像是雪还没有化,被厚厚的羊毛裹着,又像是膨胀的花朵。雪和花朵,都是洁白美丽的东西,是诗人对羊的比喻,我们就知道,他也很喜欢羊。只是每天来去匆匆,他没有注意到这些羊,直到一个下着小雪的日子,他开车跟在一辆卡车的后面,发现车上装着一群羊。这些羊离他很近,所以他从车窗里能看到羊的眼睛,而这群好奇的羊,也看到了他,也在打量着这个跟在卡车后面的人。这些羊非常安静,眼神温顺,根本不知道它们被带到什么地方去。亲爱的朋友,一旦羊被装进卡车,基本上可以肯定,它们就要被送到屠宰场了。诗人很清楚它们的命运,但这些羊自己并不知道,它们挤在一起,像个孩子似的看着这个变得悲伤的诗人。羊儿们的无辜和对世界险恶的无觉,使这首诗看起来更像是一场悲剧。而诗人也知道自己根本无法阻止悲剧的发生,只能眼睁睁看着卡车上这些温顺的羊儿消失在愈来愈大的雪花中。

这首诗写的仅仅是诗人对羊的命运的悲悯吗?在世界上,有一些善良天真的人,他们老实本分,就像这群羊一样与世无争,但有时也会遭受同样的命运,被人欺辱,被人伤害欺骗,甚至被屠杀丧命,难道不是和这群羊一样任人宰割吗?羊儿在日常中,被驱赶,被用羊鞭抽打,它们几乎不懂什么是反抗,对一切不公平都是逆来顺受,到头来还是逃不掉被杀掉的厄运,不也和某些人的遭遇一样吗?诗人的悲伤不仅仅是对于羊群,也针对人类的困境,其中也有自己无能为力、无法帮助这些无辜者的悲愤。

　　这首诗让我们像诗人一样，从任人宰割的羔羊想到了那些无辜被伤害和杀戮的人，尽管诗人在整首诗中一字未提到人类的灾难，但他和羊儿眼睛的对视这个细节，让我们知道，所有生灵的遭遇都有可能是人类的遭遇。亲爱的朋友，眼睛是心灵的窗户，当我们与人对视，我们与小狗、小猫咪对视的时候，我们就能懂得这也是情感的交流。所以，一首好诗总会让我们看到别的人的命运，而不仅仅是我们自己。

仙人掌
[奥地利] 汉斯·雅尼什

仙人掌站在窗台上
"我烦透了，在这儿闲站着，
还被水浇！"
有一天它说
它走到浴室
刮好胡子
离开了这所房子
它去了哪里
起先没有人知道。

但今天，今天
有一封来自大溪的信：
"我找到了能看见大海的明亮窗台！
美丽的地方，舒适的气候！
认识了可爱的女子，结婚啦！
附言：我又留胡须了。"
还有一张照片：
它和它的太太

"或许"，爸爸说，
"我们该去看望它一次。"

（姚月　译）

【讲给孩子听】

　　亲爱的朋友，你们家里种花了吗？在阳台上还是在窗口？这些花儿都会想些什么，你知道吗？我们今天要讲的这首诗，就是关于一株植物的，它是一株仙人掌。我被仙人掌上的刺扎过，好疼啊，所以对它印象很深。这首诗的作者叫汉斯·雅尼什，我们以前讲过他的《礼物》，就是一个空核桃壳里可以装下大海的那首诗。

　　今天这首诗，主人公是仙人掌。这株仙人掌站在阳台上发牢骚，它说自己再也受不了了！整天那么无聊，还被水浇！我们知道，仙人掌大多生长在干旱的地方，如果浇多了水，它的根就会腐烂。这家的主人可能不知道这个常识，所以惹得仙人掌很生气，但它最生气的还是要一直待在窗台上不能动。于是，它决定逃跑。

　　这是一株爱美的仙人掌，在逃跑前，它去给自己刮了胡子——哈哈，我猜，应该是刮去了一些尖利的刺，这样看起来会舒服一点。然后它就离家出走了。去了哪里？没有人知道。

　　又过了很久，这家人收到了一封信，寄信的地址是大溪，寄信人正是仙人掌。在信中它说：它找到了一个能看到大海的阳台！这是个美丽的地方，而且气候也适宜仙人掌，最重要的是，它认识了一株女仙人掌，现在结婚了！并且，它还说，它又留起了胡子。信里面还夹了一张照片，上面是仙人掌和它的太太。

　　这家人收到信以后什么反应呢？家里的爸爸说："或许，我们应该去看望它一次。"这就是这首诗讲的故事。这株仙人掌可真有个性啊，它不喜欢被人强迫浇水，不喜欢整天待在那里无聊，它想出去看看更大的世界。最终它成功了，它找到了一个可以看到大海的窗台，大海是多么辽阔啊，至少比狭小的地方好多了，心里也畅快多了。而且这里气候很好——大家可能不知道，临海的土壤多是沙地，很适合仙人掌生存，因为沙子留不住太多水分，这样仙人掌的根就不容易烂掉。最值得庆贺的是，它找到了相爱的人，能够在一起生活，再也不是孤单的王老五了。所以，一个人追求自由、追求幸福生活是正当的权利，这株仙人掌很勇敢地这么做了。而这家人呢，收到信后没有理由不为它高兴！他们没有谴责仙人掌，爸爸甚至说，应该去看它一次。这句话很有意思，为什么要去看它呢？既然它已经是别人家的仙人掌了。请注意，爸爸说这句话意味着什么呢？

我猜想，出走的仙人掌现在的幸福生活，一定让这家人心中有所触动了。爸爸觉得应该带着全家也出去看看这个世界，看看辽阔的大海，而不是整天待在一个地方，过着日复一日枯燥的生活。去看仙人掌是一个理由，但是，让自己的生活发生新的变化，让自己的心去尝试一下自由的滋味，却是一个真正的理由。仙人掌给这家人做出了榜样，你们说，对吗？

出神的画家
[希腊]扬尼斯·里索斯

一天下午，一位画家画了一列火车。
最后一节车厢从纸上被剪掉
它完全自动驶回车库。

这画家就坐在那节车厢里。

（董继平　译）

【讲给孩子听】

亲爱的朋友，人是特别有本事的动物，他能盖房盖楼，能造飞机轮船，能飞到月球上，等等。人的创造，不仅仅限于物质生活，还有精神艺术，比如思想，比如语言，比如音乐、诗歌、绘画——对了，我们今天就讲一首和画画有关的诗。这首诗的作者是希腊诗人扬尼斯·里索斯，我们以前讲过他的一首诗，是写给他女儿的。今天这首诗，他给我们讲了一个关于画家的故事。

这首诗也很短。有一天下午，一个画家画了一列火车，火车很长，最后一个车厢从画纸上被剪掉了。然后呢，它自动回到了车库里，而那个画家就坐在这节车厢中。故事到此就结束了。

多有意思啊！这首诗让我想起神笔马良。马良也是具有神奇能力的人，他画什么，什么就变成了真的，画一匹马就会跑，画一朵云就飞走了，画几道波浪，大海的海水就汹涌而来，把害他的坏人都卷跑了。我们知道，画画是艺术劳动，一张画挂在那里，有什么用？如果说有用，那就是可以供人观赏。一支乐曲有什么用？可以供人倾听。一首诗有什么用？你说呢？

我来告诉你吧，无论是一张画还是一首诗、一支歌，它最大的用处是影响我们的心灵，我们的心灵就有了改变，接着呢，我们的行动就会和以前不一样。举个例子说，听到一首温柔的歌，我们会感动得落泪，慢慢地，我们就会像歌里唱的那样，温柔地对待别人。我们看到一张消防队员勇敢救人的画，我们也会被感动，在生活里我们就会像他那样，学习去帮助别人。这就是艺术的力量。今天这首诗，有什么含义呢？我们分析一下哦。

画家在纸上画了一列火车，这列火车或许就停留在画上了，但也不一定，或许它就像神笔马良笔下的东西一样，轰隆隆跑走了。这个画家就把最后一节车厢剪了下来，他自己坐上去，这一节车厢就把他带回了车库。这下他就安全了，既不会被火车带到别处，也不会留在画里一动不动。他就像神笔马良一样，创造了一个新的世界，这多么神奇啊！至于你问，车厢在哪里？我猜想，就在真正的火车站的车库里，或者，他自己再画一个车库，然后他从那里跳下车，回家了。这些都不重要，重要的是，他有能力创造一个真实的世界。当然了，这是童话故事，并不是真的，就像这首诗的题目告诉我们的那样，"出神的画家"，也就是他在幻想之中，这一切都是他想象中的故事，但这个故事想告诉我们的就是：艺术能创造新的东西。比方说，世界上本来没有画，但一个画家画出来了，它就存在了，而且它还会影响我们的生活。这就是艺术家和诗人奇妙的想象力。

我记得以前给你们讲过一个贼从大佛头顶偷金子的那首诗，你们还记得吧？那首诗的作者是耿占春先生，他也写过一首诗，在那首诗里，也有一个画家，被坏人抓进了牢房。这个画家就在墙壁上画了一列火车穿越山洞，就在两个狱卒进来提审他的时候，

203

他跳上火车，火车就钻进山洞，顺利地把他带走了。这个故事也非常精彩，它让我们知道，艺术的创造能够使艺术家得到庇护和自由。就像我们今天讲的这首诗中的画家，他有多么自由啊，因为他是创造者，是一个能够通过创造心想事成的人。

坐火车经过一处果园
［美］罗伯特·勃莱

苹果树下草好深。
树皮粗糙而又性感。
草长得密而不匀。

我们受不住灾难，
不如岩石——
它赤裸在开阔的田野上，
摇摆着。

一点小伤，我们就死亡！
这车上我谁也不认识。
有个人从过道里走来。
我想告诉他
我宽恕他，要他
也宽恕我。

（王佐良　译）

【讲给孩子听】

　　呜呜呜——亲爱的朋友，今天又要讲一首和火车有关的诗。这首诗的作者叫罗伯特·勃莱，他是一个美国诗人，1926 年生于明尼苏达州，毕业于哈佛大学。第二次世界大战的时候他曾当过美国的海军，后来就长期住在明尼苏达西部的农村，他认为只有在艰苦的农村才能够接近朴素的生活、接近大自然，才能给诗歌创作带来丰富的生活素材。他的这首诗，写的就是在一次坐火车的路途中，他看到和想到的事情。

这首诗的题目叫《坐火车经过一处果园》，那么，他在火车上看到了什么？看到了果树。他看到苹果树下面的草很深，很茂密，又看到果树的树皮很粗糙，但又很性感——性感，就是很好看，有魅力的意思。那些果园里的草长得太密了。这些话里包含着什么意思呢？我们知道，如果草很多，就会和果树争夺土壤里的养分，果树的树皮很粗糙说明它经历了风风雨雨，尽管不好看，但在诗人眼里却充满了动人的魅力。这些果树尽管生存环境不好，但它们依旧默默地在果园里开花、结果，从不抱怨。接下来，诗人想到了什么呢？诗人说，和这些果树相比，我们人类很脆弱，经受不住灾难，连一块岩石都不如。你看，它赤裸着，在开阔的田野上，经受风吹雨淋，它也不抱怨。果树和岩石忍耐和坚定的形象，让诗人开始反思，

他说："如果我们受到了一点小小的伤害，我们都会觉得要死掉了！我们连一棵树、一块石头都不如啊。"想到这里，他非常想和什么人说说这些心里话，说说自己的惭愧。他发现这列火车上都是陌生人，他谁也不认识。就在这个时候，车厢过道里走过来一个人——太好了！诗人想："我想告诉他我想到的这些事情。我要宽恕他以前的不坚定和软弱，我也想请他宽恕我的不坚定和软弱。"

诗写到这里就结束了。亲爱的朋友，每个人都会遇到困难和挫折，有的人很娇气，也很懦弱，遇到困难就投降退缩了。而有的人就像果树和岩石那样，狂风暴雨都不害怕，很勇敢地面对生活的困难。诗人坐在火车上看到的景象，让他想到了自己的一些经历，这些经历里有自己懦弱的时候，或许也有伤害别人的时候，但是，努力生长的果树和坚定不移的岩石教育了他，使他愿意从此成为一个勇敢坚定的好人。这种愿望太强烈了，所以他特别想和人分享，告诉人家他的激动心情。不但如此，他还希望倾听他的这个人也能像他一样，敞开心扉，说出自己的软弱，得到别人的宽恕。

德国大诗人歌德曾经说过："大自然是我们永恒的导师。"这句话，

就像真理一样被诗人证明是正确的。我们唐朝的诗人白居易也写过一首诗，里面有两句："野火烧不尽，春风吹又生。"说的是一棵棵小草都有着野火也无法毁灭的生命力，第二年春天照样勇敢地长出叶芽来。你看，这就是大自然这位导师教给我们的道理，也是诗人路过一座果园时，他的心灵得到的教育和启发。亲爱的朋友，你外出旅行时，有没有注意过大自然中的什么东西呢？你受到过什么启迪吗？不妨把它们记下来啊。

什么是诗？
[英]依尼诺·法吉恩

什么是诗？谁知道？

玫瑰不是诗，玫瑰的香气才是诗；
天空不是诗，天光才是诗；
苍蝇不是诗，苍蝇身上的亮闪才是诗；
海不是诗，海的喘息才是诗；
我不是诗，那使得我
看见听到感知某些散文
无法表达的意味的语言才是诗；

但是什么是诗？谁知道？

（佚名 译）

【讲给孩子听】

亲爱的朋友，我们已经讲了很多首诗了。可是，谁能说得出什么才是诗？如果有人说，诗就是分行的作品，那我问你，菜谱也分行，菜谱是诗吗？当然不是。还有人说，押韵的作品是诗。那我问你，快板书、顺口溜都押韵，它们是诗吗？比如说，"唐僧取经咚那个咚,后面跟着个孙悟空",这是诗吗?当然也不是诗。而且现在很多诗也不押韵了对吧?我们学过的很多诗,都和古体诗不一样了,不讲究平仄押韵了。那么,什么样的文字才叫诗呢?我们今天就学习一首诗,诗的题目就叫《什么是诗?》。来,让我们看一看什么是诗吧!

这首诗的作者叫依尼诺·法吉恩,她1881年出生在英国伦敦,离我们现在已经过去了一百三十多年了。她的父亲是一位作家,母亲是一位演员。法吉恩没有正儿八经上过学校,但是她喜欢父亲在家中的藏书,从小就阅读了很多很多书。她七岁时就开始用打字机写故事,十六岁那年,她和自己的哥哥、音乐家哈里合写了歌剧《佛罗里达》,上演后大获成功。就这样,她很勤奋地创作了很多童话故事和诗歌,影响越来越大。如果大家希望记住她,那么你们只用记住一件事就足够了,因为,法吉恩是第一届国际安徒生奖获得者,是世界上第一位获得大名鼎鼎的安徒生奖的人,那是在1956年。

在这样一位了不起的作家眼里,到底什么是诗呢?她先打了好几个比方,来说明诗是什么。她说:"玫瑰不是诗,玫瑰的香气才是诗。"我们都看到过玫瑰花的样子,也见过玫瑰花的叶子和茎秆上的刺,这些都是我们眼睛可以看到的。但玫瑰花的香气我们却看不见,它飘散在空气中,无形无色,只能用鼻子闻见。诗人还说:"天空不是诗,天光才是诗;苍蝇不是诗,苍蝇身上的亮闪才是诗。"就像前面的玫瑰花一样,天空和苍蝇都是某一件事物,但天空散发的光,苍蝇身上的闪光,却不是某件事物,它们像香气一样,都是很奇异的东西,是很难描绘的东西。诗人接着往下说:"海不是诗,海的喘息才是诗。"大海是由很多很多水组成的,这个我们都知道。但是,海的喘息是什么?海的喘息是潮汐,潮涨潮落,还有一层层波浪的涌动,就像一个人的呼吸。法吉恩说大海不是诗,大海的潮起潮落才是诗。大家请注意了,诗人说玫瑰、大海、天空、苍蝇这些不是诗,但它们身上的这些香气、光芒、气息,以及人们对它们的想象和感觉才是诗。这首诗的最后,法吉恩说:"我不是诗,但是,那些使我看到和感到的,用散文的语言没法儿表达出来的语言,才是诗。"这句话是非常关键的话,为什么呢?因为法吉恩说,我们对某件东西、某件事情的感觉,如果用平常的语言,或者散文的语言来说,是没法说出来的，只能用另一种语言才能说出来，这另一种语言就是诗的语言。她告诉我们，诗的语言可比散文的语言厉害多了，因为诗的语言能够表达散文没法表达的东西。

我举个例子，一个爱笑的姑娘，笑得非常甜蜜又迷人。如果用散文的语言来说，顶多就说：一个姑娘喜欢笑，她的笑非常迷人。但如果用诗的语言来说，诗人就可能说这个姑娘"她是世界一个甜蜜的酒窝"。再比方，一个瘦瘦的但很有活力的少年，散文如果来写他，大概会是：他身材消瘦，很顽皮，很有活力。但如果用诗的语言来写，诗人很可能就会说：他像一棵碧绿的小杨树跑上了山岗。

亲爱的朋友们，现在，你们明白一点了吧？诗就是用来描写和表达我们内心感情和感受的奇特的语言。这种语言能够让我们一下子就能感到事物最深刻的本质，最真实的状态。

诗歌和散文小说有什么不同呢？诗歌是有内在的节奏的，我们读一首诗，会感到有一种旋律和节奏的美。散文和小说却没有这样的要求，它们写故事、写情节，都是按照事情发生的前后顺序开始写，但是诗歌却能打破这种时间的顺序，也能打破空间的秩序，按照人的感觉来写，更能够让读者获得一种强烈的感受。还有一点，那就是，诗歌是一种很高级的语言，它经常能说出令人惊讶的话，而且还非常有道理。比方说唐代大诗人杜甫说李白的诗："笔落惊风雨，诗成泣鬼神。"而他自己，也是要做到"语不惊人死不休"。这些都是诗歌的特点。

相信大家随着读诗和写诗多起来，慢慢就会获得更多的体会。诗歌不能给你们别的东西，但诗歌能给你们这世界上的无价之宝——爱和想象力！

夏 日
［美］玛丽·奥利弗

谁创造了世界？
谁创造了天鹅、黑熊？
谁创造了蚱蜢？
这一只蚱蜢，我是说——
突然从草丛里一跃而出的这一只，
正吃着我手里的糖的这一只，
她正前后移动她的双颚，而不是上下移动——
她正左顾右盼，用她巨大而复杂的眼睛。
此刻，她抬起柔弱的前足，一丝不苟地洗着脸。
此刻，她呼啦啦一声展开双翅，飘然而去。
我不知道一个祈祷者到底是什么样子。
但我确实知道怎样专心致志，怎样
降落到草丛里，怎样在草丛里长跪，
怎样悠闲而心怀感恩，怎样在田野里游荡，
而这正是我整日所做的。
告诉我，我还应该做什么？
难道万物不都是转瞬之间，终将消逝？
告诉我，你打算做什么
用你野性而精致的一生？

（柳向阳　译）

【讲给孩子听】

亲爱的朋友，我上大学一年级，开学第一天，上第一节写作课。我的写作课老师是马老师。他没有在课堂里给我们讲课，而是把我们带到海边，让我们认识一种植物：三角梅。

三角梅在南方很常见，绿叶子，红色或者玫红色的花朵，累累从枝头垂下。马老师指着三角梅说："三角梅在植物学上的名称是九重葛。你们看到的红色的花并不是它的花，而是它的叶子。对，它有绿色的叶子，也有红色的叶子。它真正的花在这里——，"马老师轻轻分开那些红色"花朵"深处的芯儿，指着米粒大小的黄白色小花儿说，"瞧，这才是它的花。"

那节写作课，马老师带着我们沿海边认识了很多植物，他让我们观察不同植物的叶子形状，雄蕊和雌蕊的样子，告诉我们这些植物的习性。我惊讶于他丰富的植物学知识，后来才知道，他的父亲是我国著名的植物学家。这节写作课虽然我们没有写一个字，但却令我永生难忘。这是因为，马老师教会我们怎样细致地观察事物，从事物的外表到它们各自的特点，包括土壤、气候、环境对它们的影响。

这种细致入微的观察方法让我受益终身，并引导我在以后的写作中知道如何观察人，如何从细节入手深入思考问题。

我们今天介绍的这首诗，描写了一只蚱蜢，就是我们俗称的蚂蚱。诗人通过对蚂蚱这个小昆虫的观察，让我们想象到世界是怎样的，人生是怎样的。这首诗的作者名叫玛丽·奥利弗，1935年出生，是美国著名的女诗人，以书写自然著称。她曾获得过美国国家图书奖、普利策奖等重要诗歌奖项。这首诗一开始就提出了一个非常重大的问题："谁创造了世界？/谁创造了天鹅、黑熊？/谁创造了蚱蜢？"

是啊，是谁创造了世界？谁创造了世界上各种各样的生命？诗人并没有告诉我们。那么，你知道是谁吗？

反正，我不知道。或者说，我只是知道大自然是伟大和神秘的。所有的生命都生活在大自然中。有宗教信仰的人或许会说，这一切都是神创造的。有个科学家叫达尔文，他认为生命是从低等细胞慢慢演化成为高级生命的。当然还有各种各样关于世界、宇宙、生命来源的研究。人类的智慧是有限的，关于这个问题，到现在还没有统一的答案。但是，诗人在这首诗中，忽然把目光凝聚于一个小蚱蜢身上，她惊讶于这个从草丛里跳到她手上吃糖的小昆虫，是那么神奇。她观察到蚱蜢吃东西的时候，它的双颚是前后移动的，和我们人类用牙齿吃东西时左右移动不同。蚱蜢的眼睛是复眼，就是有很多小眼睛组成，而我们人类只有两只眼睛。她看到蚱蜢抬起前面纤细的一只脚洗脸——亲爱的朋友，昆虫有六只脚，而我们人类只有两只脚，而且，蚱蜢有翅膀，能飞翔，虽然飞得不是那么高，也不是那么远，但我们人类连一只翅膀都没有。

诗人写到这里，忽然自言自语道："我不知道一个祈祷者到底是什么样子。"这句话是什么意思呢？

当一个人意识到生命的神奇，肯定会想到谁创造了生命这个问题。她就会不由自主地去赞美这个造物主，去向这个造物主祈祷，让祂能够帮助我们认识到生命和生活的意义，比方说：我们为什么活着？我们的一生可以去做什么？这些问题是非常非常重要的。我们的诗人心中，一个祈祷者就是一个能够受到造物主宠爱的人，虽然她自己说，她不知道祈祷者是什么样子，但是，她知道眼前这只令人惊奇的蚱蜢如何在草丛里、在田野里生活和游荡，也知道自己是如何专心致志地观察过这只蚱蜢。蚱蜢落在地上时，它的腿是弯曲的，就像是跪着祈祷，它的存在就是对造物主的赞美。诗人觉得自己也和这只蚱蜢一样，在田野里游荡，怀着对生命的感恩，专心去用眼睛和心灵爱抚这些蚱蜢、花朵、野草等生命。不仅如此，她还为这一切写诗，写下她作为一个生命在这个世界看到的、感到的事情。这，也是一种虔诚的祈祷。诗人深深地知道，万物转瞬即逝，一切生命都有生有死，我们能够诞生在这个世界上，本身就是莫大的幸福。生命，就是造物主给我们的礼物，我们从诞生起就拥有"精致和野性"的一生。精致，指的是我们生命肉体和精神的无比奇妙，野性指的是我们的自由。这是多么宝贵的礼物，而我们自己就可以决定应该如何使用自己的一生，让我们只有一次的人生能过得无怨无悔——在我们活着的时候，能够专心去做一些你喜欢的事情，去创造，为人间留下你的温暖和你的智慧，这就是生命的意义。

　　亲爱的朋友，你瞧，这就是诗人玛丽·奥利弗在《夏日》这首诗中，通过一只蚱蜢告诉我们她对于生命意义的思考。那么，你想怎样度过你的一生呢？

我来到每个门前伫立
[土耳其] 纳齐姆·希克梅特

我来到每个门前伫立
但无人听到我沉默的脚步
我敲门，但无人看见我
因为我已经死了，我死了。

我只有七岁但我已经死了
在不久前，在广岛
我现在七岁，就像我曾经七岁，
孩子们死后，他们便不再生长。

我的头发被漩涡般的火焰烧焦，
双眼暗淡，它们已经瞎了
死神来了，将骨头化为灰尘
大风一吹就散。

我不需要果子，我不需要米饭，
不需要糖果，甚至也不需要面包
我什么也不需要了
因为我死了，我死了。

我要的只是和平，今天
你们战斗，你们战斗
就是为了世上所有的孩子
都能活着，成长，欢笑和游戏。

（李以亮　译）

【讲给孩子听】

亲爱的朋友，世界上有很多了不起的作家，他们写诗，写小说，写各种人和动物植物。有时候他们用"我"或者"他"的口吻来讲述故事，这些"我"和"他"并不真的是作家自己，而是他们借用某个人物的口气来说话。比如说我们今天讲的这首诗，就是诗人借用了一个在战争中死去的孩子的口吻说的话。当然了，死去的人是不能再开口说话的，但是，如果一个诗人能够感受到死去的人的情感，他就可以在一篇文章、一首诗中替这个不幸死去的人说话。这就是文学的创造。

这首诗的作者叫纳齐姆·希特梅克，他1902年出生在希腊的一座名叫萨洛尼卡的城市，他很小的时候就随全家迁居到了土耳其。因为家庭很富裕，所以他从小受到了良好的教育。十四岁的时候，希特梅克就开始写诗，引起了人们的赞扬。他当过海军，打过仗，还到莫斯科留过学。因为他多次为了民主和自由而写文章，所以被当时的政府抓起来坐过监狱。出狱以后，他在欧洲很多国家一边流浪，一边写出了很多脍炙人口的诗歌。后来，土耳其政府宣布开除他的土耳其国籍。1963年，他在莫斯科去世。在世界文学界，希克梅特得到广泛承认和爱戴，联合国教科文组织曾经宣布2002年为"希克梅特年"。2009年，土耳其政府撤消了58年前的那个决定，郑重恢复了纳齐姆·希克梅特土耳其国籍。

《我来到每个门前伫立》这首诗，写的是一个只活了七岁的孩子，在他死后的情景。夜晚降临的时候，人们都睡了。这个孩子的幽灵在每个熄灭了灯光的门口伫立，没有人能够听到他的脚步声和敲门声，因为他已经死了。他有什么话要给活着的人们说呢？

接下来，诗人告诉我们，这个孩子死于日本的广岛。我们知道，广岛曾经是第二次世界大战时，被投下原子弹的地方。当时的世界大战，被分成两个战场。一个在欧洲，是由德国的希特勒发动的，他带领德军去攻打很多别的国家；另一个战场在亚洲，是由日本军国主义发动的，日本军队就是在这场战争侵略了中国和朝鲜等国家。为了报复日本军队对于美国珍珠港的偷袭，也为了阻止日本军队的进一步侵略，美国军队在日本广岛和长崎投下了两个原子弹，重创了日军，迫使日本天皇宣布投降，但原子弹也杀死了很多无辜的百姓。

一颗原子弹，能够使一座城市变成废墟和焦土，能杀死成千上万的生命。这个小小的孩子，就是被那颗原子弹杀死的。他借诗人之口说："我现在七岁，就像我曾经七岁，/孩子们死后，他们便不再生长。"

是啊，活着的人每年都长了一岁，会慢慢衰老，但死去的人，生命就停止在死去的那一刻了。在原子弹巨大而可怕的威力下，这个孩子的头发被烧焦了，眼睛也烧瞎了，尸骨都化成了灰烬，大风一来就被吹散了。现在，他是个幽灵，不再需要吃饭，不再需要糖果和面包。活着的孩子们喜欢的一切，他都不能再拥有了。因为他已经死了。

诗人不断重复着"我死了"这三个字，让我们读到的时候不禁一阵阵悲伤。一个死去的孩子还会有什么愿望呢？诗人告诉我们，这个孤单的小小的幽灵，还有一个需要，那就是"和平"。他想希望所有热爱和平的人们，要为和平而斗争，为和平和自由而做一点事情，因为只有每个人都觉醒，才会让更多的孩子好好活着，让所有的孩子免于可怕的战争和死亡。

这首诗别出心裁地以一个死去孩子的口吻，讲出了他的心愿，令人心碎地让我们知道，战争连一个无辜的孩子都不会放过，让我们明白了战争的残酷和丑陋，唤起人们对和平自由的向往，也让我们警惕那些战争狂人们的叫嚣，使我们这些暂时还活在和平年代的人们，通过这首短诗，体会到战争的荒诞和恐怖。

希特梅克曾写过很多关于战争的诗，他不但是一个爱国诗人，更是一个爱世界、爱全人类的诗人。因为他的这些不朽的诗歌，1950年夏天，希克梅特获得世界和平理事会颁发的和平奖。现在，他的名声远播世界各地，无人不承认他在土耳其现代诗歌发展历史上的巨大贡献和特殊地位。我相信今天的这首诗，你一定不会忘记的！

我总想给里面多放点儿什么东西

[中] 童子

我总想给里面多放点儿什么东西
冬天的劈柴，夏天的冰块
给雪人的胸膛再多一点儿白
水里的糖，花心的蜜
给知了的吟唱多一点儿旋律
回家的旅途再多些平坦
灯光更加柔和而不是刺眼
情人从吻里得到更多的永恒
海把更多的身影指认为海
而小小的婴孩，那么完善
能多放进去一点儿的只有爱

【讲给孩子听】

亲爱的朋友，我们今天要讲的这首诗的作者叫童子，以前讲过他写的"我耐心地等自己变老"，今天这首诗的题目是"我总想给里面多放点什么东西"。这是什么意思呢？他总想给什么里面放进去一些东西呢？作者一开始并没有告诉我们。那么好吧，我们来读一读这首诗。

首先，他想给这个东西里面放一些冬天的劈柴。我们知道，冬天非常寒冷，一些劈柴点燃后我们就可以取暖。那就意味着，他想给这个东西里面放进去一些温暖。接下来呢，他还要往这个东西里面放进去夏天的冰。是的，我们在夏天感到热的时候，吃一根冰棍、一个雪糕，就会变得凉爽。但是，如果我们把这个举动理解成给这个神秘的东西一点寒冷，岂不是也很奇怪吗？因为前面说了，要给它一些温暖，这会儿又给它一点冰，看上去很矛盾啊。不过呢，如果我们能够想到，我们冬天渴望温暖，夏季渴望凉爽，我们就能够知道，诗人原来是想给这个世界一些它非常需要的事物。温暖、凉爽，这些都是这个不完美的世界需要的事物，也是我们人间需要的事物。

很显然，在诗人看来，光是这些还不够。

他还准备给雪人的心中加一点白，再加一点水里的糖和花心里的蜜，希望它能够有一颗甜蜜的心脏。他还打算给树上唱歌的织了一些美妙的旋律，让织了单调的叫声变得悦耳动听；还想让坎坷的道路变得更加平坦，让那些想回家的人们早一点快乐地回到家中。让灯光变得温暖柔和而不是刺目，让那些亲嘴的恋人们从这些亲吻里感受到永久的爱。他还希望大海能够把很多身影当做是大海——这句话有点不好懂，我们来讲一讲。我们知道，蔚蓝的大海无边无际，人看上去很渺小。但是，我们知道，有的人心胸辽阔，对人包容而谦和，像美丽的大海一样。所以，诗人觉得，一个人是能够像大海那样的。这是件非常美好的事情。正如前面我们讲到的，给冬天以温暖，给夏天以凉爽，给单调的声音以美妙的旋律，给坎坷的道路以平坦，这一切都是美好的事情，是弥补世界的缺憾的行为。

我们知道，世界很大，人生有欢乐也有痛苦，诗人想做的，就是把欢乐送给那些痛苦的人，把不完美的事物变成美好的事物，满足这个世界缺少的东西。但是，这首诗的最后一句却是："而小小的婴孩，那么完善／能多放进去一点儿的只有爱"。

哦，我们现在知道了，原来，这个世界唯一完美的，就是一个刚刚诞生的婴孩。他还不知道什么是寒冷，他也没有经历过痛苦，他像天使一样来到人间，是一个美丽动人的小生命。诗人觉得他什么都不缺少，除了诗人能给予他的爱，其他的东西，他都不需要了。

这首诗的结构非常巧妙，别具匠心。诗人写到了很多世界的不足和遗憾，也写到了他自己愿意为这些不足和遗憾去做一些什么，一直到这首诗的最后，他发现了这个世界最完善最完美的事物，那就是一个婴孩。他像一个奇迹一样，让诗人觉得自己手足无措，觉得自己做什么都是多余的，除了一点，那就是只能好好地爱这个婴孩了。

这首诗的结构，让我想起了美国一个著名作家欧·亨利，他的很多短篇小说，都有着这样的结构。也就是说，在小说的结尾，故事忽然发生了出人意料的转变，但这样的结果又在情理之中。这样的写作手法，被誉为"欧·亨利式结尾"。我们今天讲的这首诗，也是这样出人意料的结构。它的前面部分都是在为赞美最后面这个小小婴孩的做铺垫，世界的缺憾越多，婴孩的完满越凸显。但在世界和这个婴孩时间，并不是对立和断裂的，诗人的爱连接起了两者，让这个孩子的诞生，给我们的世界带来了新的希望，新的憧憬。

沙 发
[中]林良

人家都说
我的模样好像表示
"请坐请坐"

其实不是
这是一种
"让我抱抱你"的
姿势。

【讲给孩子听】

亲爱的朋友，我觉得很多大人不读童诗，他们觉得童诗太简单了，不过就是写小猫小狗、小花小草等等。这么想的人我觉得是他们的头脑太简单了。我们这本书里的很多诗，都是非常杰出的诗篇，都有深远的意义。读不出来这些意义，只能说他们太不敏感了。伟大的童话作家安徒生曾经说：每一个童话后面都隐藏着一位成年读者。这句话的意思是，童话或者童诗并不是那么简单，而是有着非常高超的技巧，或者有着重要的内涵，而这些技巧和内涵，连一个大人也未必能够写出来，只有内心有着丰富的情感和理解力的人，才能够读出来。他们，就是安徒生期待的那些隐藏的成年读者。

我们今天要讲的这首诗的作者是林良先生，他1924年出生于厦门，祖籍在福建同安。1946年，他到了台湾，当过教师、新闻记者、杂志主编，出版过很多散文集、童诗集，还获得过联合国儿童基金会"儿童读物金书奖"等各种奖项。他的作品影响了很多人，深受孩子们的喜爱。今天我们介绍的这首诗的题目叫《沙发》。

沙发，很多朋友家里都有，坐上去软软的，很舒服。一个沙发有什么好写的？当然有很多很多可以写的内容。在一个好诗人那里，任何事物都有可以挖掘的东西。这首诗的作者就从一个最普通的沙发那里，挖掘出了特别有意思的东西。这首《沙发》看似很短小，但却是包含了非常大的主题。

这首诗也是以第一人称"我"开始写的，是以一个沙发的口气讲述了沙发的自言自语。诗歌的第一段，沙发就说："人家都说／我的模样好像表示／'请坐请坐'"。

是啊，一般来说，走进门，看到

沙发，人们就会不由自主地坐上去。沙发摆在屋子里，本来就是让人坐的，它的样子就像是对人说：你过来吧，请坐在我身上吧。这一小段诗非常合情合理。但是，接着沙发又说："其实不是/这是一种/'让我抱抱你'的/姿势。"

沙发觉得人们都误会了，它的本意并不是请人随随便便就往沙发上那么一摊，它真正的意思是很庄重的，是非常优雅而温柔地告诉人们：让我抱抱你。

"请坐"和"抱抱你"这两种说法太不一样了。

"请坐"是一种有礼貌的说法，很客气，就像对待客人一样。而"让我抱抱你"呢，则是非常主动热情地呼唤人们，就像对待孩子和亲人，是愿意用"抱抱你"主动给人爱和温暖的举动。就像妈妈在孩子疲惫的时候、受委屈的时候，张开怀抱拥抱孩子。相比"请坐"的礼貌和客气，"抱抱你"更加温暖人心。

客气的举动是出于礼貌，是一种教养。而主动地去拥抱，则是发自内心的爱，是一种深厚的感情。这首诗的杰出在于，它让我们在日常生活中发现：爱无处不在。即便是一个小小的沙发，也在默默地爱着我们。粗心的人是不会知道这一点的，只有那些最敏感的心灵，才会发现万物有情，世界的每个角落都会有事物在不出声地爱着我们。比方说，一个人在屋子里感到孤独，他不会知道，屋子里的墙壁在为他挡着风雨，桌椅板凳在悄悄地陪伴着他。当他一个人走在路上，阳光在拥抱他，大地在托着他，风儿吹过来抚摸他的脸，花儿以芬芳和色彩愉悦着他……等等等等。当这个人意识到这一点，他还会感到孤独吗？

我很早以前听过一首歌，歌名叫《孤独的人是可耻的》。当时我很奇怪，为什么会起这样一个歌名。因为我年轻的时候，也经常会感到孤独，并且还觉得一个人孤独，说明他与众不同。但后来，我就不这么想了。这是因为，世界上最孤独的人就是没人爱的人，一个人只要还有朋友亲人，只要还能感到阳光、四季、风雨，还能看到树木山川，他就不会是孤独的。因为整个世界都和他在一起，哪里还有什么孤独呢？

我想，林良先生这首诗，写的不是沙发，而是人，是一个愿意拥抱所有人的人，他有一颗充满了爱的心。

错

[中]杨一郎

几米叔叔说：
小孩没有错，错的是大人。
我问妈妈这是真的吗？
妈妈看着我
我就知道妈妈不会回答
她却突然说：
儿子，对不起。

【讲给孩子听】

亲爱的朋友，我们今天要讲的诗，是一个小朋友写的。他叫杨一郎，出生于2006年。从五岁的时候，他就开始写字和阅读，七岁就在很多报刊发表诗歌了。他还得了很多征文比赛的奖项，出版了自己的童诗集合小说。和他的同龄孩子相比，他是不是很棒啊！当然很棒了。有人要说了，这孩子一定是个天才。我对"天才"这个词的理解，或许和别人不太一样。据我所知，正常人的智商差别不是很大，一个人取得好成绩更多的是来自家庭的影响、环境的影响、接受教育的程度以及他遇到的机会。在我看来，他接触到的人、读到的书是非常重要的原因。这些人和这些书，教会他如何思考，如何对待别人，如何观察事物，这是一个孩子成长过程中的重要因素。所以，我不喜欢那些测量智商的做法，连伟大的发明家爱迪生、伟大的物理学家爱因斯坦，小的时候都被别人认为是笨拙的孩子，这正说明了不要轻易相信"天才"的说法。我们的小诗人杨一郎尽管他很聪明，写了这么多作品，但我也相信，这和他的父母、老师的教育影响分不开，也和他自己虚心好学的努力分不开。我对他的童诗很感兴趣，我对他的父母更感兴趣。是什么样的父母能教育出这样的孩子呢？

我们今天要讲的这首诗，就是答案。这首诗的题目是《错》。错，就是不正确的事情。杨一郎一开始就写道："几米叔叔说：/小孩没有错，错的是大人。"

几米叔叔，大家都知道，他是个非常棒的作家和画家，他的很多图画书非常精美，深受人们的喜爱。我女儿小的时候，我就买过好几本几米叔叔的书给她们看。几米叔叔为什么说孩子们没有错，错的是大人呢？

我们知道，小孩子生下来，本不

知道什么是对的,什么是错的。对和错的观念,是大人告诉孩子的。比如说浪费食物是错的,爱惜粮食是对的。比如说帮助别人是对的,打人骂人是错的。这些都是大人教会孩子。小孩子的心就像一张白纸,你教给他画美好的画面,他的心就是美好的。如果你教孩子自私自利,他的心就会变成自私自利的。所以,我也同意几米叔叔的话。

杨一郎问自己的妈妈,几米叔叔说得对吗?他的妈妈没有立刻回答。为什么呢?我觉得他的妈妈被这个问题问住了。她要想一会儿。杨一郎心里说:我就知道妈妈不会回答。

他这个问题对妈妈来说充满了挑战。这是因为,如果妈妈认为几米叔叔说得对,那就意味着如果一郎做什么都是对的,大人们——包括他的妈妈是错的。这可能吗?如果说杨一郎不学习、爱调皮捣蛋,他怎么可能是对的呢?当然不对了。如果他因为调皮捣蛋挨了妈妈的批评,是不是妈妈又做错了呢?当然妈妈没做错啊!他应该受到批评啊。

杨一郎没有料到,他的妈妈回答了。妈妈突然对他说:"儿子,对不起。"

——咦?妈妈为什么向他道歉?难道说妈妈真的做错了吗?

我们来分析一下。

我们知道,孩子做错事情,是因为大人没有教育好,没有让孩子真正知道怎么样做才是正确的。所以,因为大人的过错而去惩罚孩子是不对的。孩子做错事情,首先在于父母没有尽到好好教育的责任。教育,不仅仅是说几句,而且父母自己也要从行动上做好给孩子看,而且还要有耐心,孩子一次做不好,那就耐心教他做第二次、第三次。如果你打骂孩子,他就跟着学会打人骂人,这岂不是错上加错嘛!

杨一郎借用几米叔叔的话来问自己的妈妈,妈妈却以"儿子,对不起"来回答他,这让我非常感动。我觉得他的妈妈是个非常智慧、非常懂得教育、非常有爱心的妈妈。尽管一郎问这个问题并不是在责怪自己的妈妈,但他的妈妈立刻就想到了:孩子的错误首先在于是父母没有完全做好,父母的错误在先,所以她才向儿子道歉。我相信,这样有反思和反省能力的父母,才是真正懂得教育的父母,他们能够将杨一郎教育得这么好、这么出色,正是这个原因。读完这首诗,我们就知道,杨一郎其实也明白了妈妈为什么向他道歉,他写下这首诗的意义不仅仅会让我们这些大人反思我们自己对孩子的教育,更重要的是,在今后的生活中,杨一郎也能够像妈妈一样,遇到事情首先想一想自己有没有责任,自己有没有把事情做好,而不是先去推脱责任、埋怨别人。

　　杨一郎曾经说:我来到这个世界上就是来学会爱。他的妈妈向他道歉,就是因为对他的爱。这个了不起的妈妈,不但用自己的言行给了孩子真诚温暖的爱,也把这爱的种子深深种到了杨一郎的心中,使他变成了一个"来学会爱"的人。

再　见
[日]谷川俊太郎

我的肝脏再见了
与我的肾脏和胰脏也要告别
我现在就要死去
没人在我身边
只好跟你们告别

你们为我劳累了一生
以后你们就自由了
你们去哪儿都可以
与你们分别我也变得轻松
留下的只有素面的灵魂

心脏啊有时让你怦怦惊跳真的很抱歉
脑髓啊让你思考了那么多无聊的东西
眼睛、耳朵、嘴和小鸡鸡你们也受累了
对于你们都是我不好
因为是有了你们才有了我

尽管如此没有你们的未来还是明亮的
我对我已不再留恋
毫不踌躇地忘掉自己
像融入泥土一样消失在天空吧
与没有语言的东西们成为伙伴

（田原　译）

【讲给孩子听】

亲爱的朋友，一个人要离开这个世界的时候，他会想什么？有没有很悲伤？有没有遗憾的事情？我不知道。在我很小的时候，我曾见过田野里埋葬去世的老人，有很多人围着坟墓哭泣，我感到很害怕，也很悲伤。我觉得死亡一点也不好玩，是极其恐怖的事情。

想起我读小学的时候，学校后院有一间屋子总是锁着门，我很好奇，有一次就趴在门缝里朝里看，忽然发现门里面放着一口棺材，我吓得倒吸一口冷气！正打算转身逃跑，身后一个人哈哈笑了起来。我定睛一看，原来是学校的老校工，一个老爷爷。他对我说："那是我的老屋。"见我没有明白，他又笑着解释说："老屋，就是我死的时候住的屋子。你觉得好看不好看？"

我不知道说什么好，就赶紧点头，说好看。然后撒丫子跑掉了。

直到我长大了，我才知道，农村有很多老人，在他们在活着的时候就会给自己准备棺材，给自己找好墓地，安心地等着最后的时刻的到来。他们非常宁静，并不怕死，好像要回老家的样子。他们说，人总是要死的，就像秋天来了花儿会凋零，果实会落下，人也一样。但总是还会有花儿再开，果儿再结，人也是一代代在出生。这些话让我很震动，也很敬佩他们那么豁达从容。我们今天要讲的这首《再见》，就是一位老诗人写的关于衰老死亡的诗。老诗人的名字叫谷川俊太郎，他1931年出生，是日本家喻户晓的大诗人，出版过很多诗集，被誉为日本当代诗歌的旗手。我记得二十年前第一次见到他，他和我们这首诗的译者、著名的翻译家田原先生一起到河南来看黄河，我陪同他们到了黄河的花园口。这个地方是抗日战争期间，为了阻挡日本军队，国民党炸开黄河的地址。我故意问他："谷川先生，您对战争怎么看？"他面色沉重地回答："我为和平而写诗。我痛恨战争，我经历过日本原子弹爆炸，那时我还很小，身边到处是尸体。"他还在不同的地方表达过对当年日本军队侵略中国的谴责。我听译者田原先生介绍，他是一个非常有个性、内心很骄傲的诗人，曾经拒绝了很多官方授予他的奖励。他说："他们有什么资格给我授奖呢？我是个诗人啊！"

这个身材矮小的老头，也是个很幽默的诗人。这首《再见》表明了他对死亡和生命的看法。他想象自己一个人孤单地告别人世时，因为身边没有别的人，所以他首先从对自己身体的器官告别开始写起，先是和自己的肝脏告别，接着是和肾脏和胰脏告别。他说这辈子这些器官替他工作，照顾他的生命，现在它们终于自由了，可以想去哪里就去哪里吧。而他自己呢，也因为要告别这些肉体而变得轻松自由，只剩下了灵魂。接下来，他和自己的心脏和大脑告别，还为有时候让心脏砰砰乱跳、让大脑想那么多无聊的事情而感到抱歉。他还为自己的眼睛、嘴巴、小鸡鸡感到抱歉，因为都是因为他自己让它们受累了。读到这里，我笑了起来，一首原本以为会很悲伤的诗，他写得那么幽默和轻松。他说，即便没有这些嘴巴眼睛心脏大脑，他的未来也会是光明的，因为他已经不再眷恋自己的身体了，他希望自己能像肉体融入泥土那样，让自己的灵魂消失在天空里，但这并不意味着作为一个生命他真的消失了，而是他要去找那些没有语言的东西作伴儿啦！

　　这最后一句话很有意思，因为我们人类是有语言的动物，没有语言的东西是些什么呢？我想，沉默的星星、云朵、天空、宇宙里很多我们不知道的天体等等，都是没有语言的，或者说至少是我们还不知道它们是否是有语言的。没有语言的东西不等于没有生命，对不对？我想是这样的。

　　谷川俊太郎肯定是相信灵魂是不死的，他认为肉体的死亡只是灵魂新的一轮开始，它会找到新的朋友，进入新的世界，获得新的形状。所以，死亡有什么可怕的？这首诗，以一个老人的睿智和幽默，化解了我们对死亡的恐惧，揭示了生命的转变，是何等的从容淡定啊！你们看，他和我们许多中国农村的老人多么相像，我觉得只有最懂得生命和世界的人，才会说出这样的话、写出这样的诗。

橘子的摇篮曲
[中] 闫超华

秋天的橘树
提着身上的果子
闪着微光

它们的身体里
一架绿梯子伸向树顶

那些不结果子的树
就提着身上的叶子、蜜蜂和星

没有一只可爱的小手
能伸进那片树丛
因为那个很凶的护林员
有颗寂寞的、紫色的心

在果园里
只有风能自由地出入

但它不吃果子
只是轻轻、轻轻地晃动

【讲给孩子听】

　　亲爱的朋友，喜欢吃橘子吗？我小时候生长在北方，北方没有橘子。我姥姥家的村外面，到处都是苹果树、梨树、葡萄树、樱桃树，我的爸爸从外地给我带回了橘子，我都不知道要剥了皮吃，哈哈。后来，我才知道，橘子生长在淮河以南，那里的气温比北方温暖。橘子，也有写成"桔子"的，都对，是同一种水果。我们今天要讲的就是关于橘子的诗。它的作者叫闫超华，我们曾经讲过他写的《屎壳郎的天堂》，你们没忘吧？今天这首《橘子的摇篮曲》，就是写橘子和橘子林的。

　　我们都知道，很多水果都是春天开花、秋天成熟的。橘子也是这样。到了秋天，橘子树上的橘子从青色变成了金黄色，散发出橘子的香气。我们诗人的笔下，橘树像个人一样，提着它满树的果实在秋天微微摇晃。诗人说这些橘树的身体里，有一架伸到树顶的梯子。你见到过这架梯子吗？没有吧？但是，诗人仿佛有神奇的眼睛，他能看到在橘子树的树干里，有一架绿色的梯子伸到树顶。仿佛只有这样，那些果实才能一层一层一直结到树的顶端。当然了，这是诗人特别的说法，是一种形象的说法，是为了描写站在橘树下的人，沿着这架想象中的绿梯子，一直望到树顶的橘子们。

接下来，诗人又写到了别的树，那些没有结果实的树。一棵果树没有结果实，心中一定很难过吧。但是诗人却不这么想。既然结了果实的树可以提着它的橘子，那些没有结果实的树也不自卑，它们就提着自己的叶子，提着落在树上的蜜蜂和露珠上闪烁的星星——你看，是不是也很美？

看守果园的护林人是个很厉害的大叔，他可不希望淘气的孩子们来偷摘橘子。所以，再顽皮的小手，也甭想伸进这片果树林。诗人给这个护林人安了一颗紫色的心——为什么是紫色的心？我问过诗人，他回答说，他自己很喜欢这个颜色。那么我就明白了，这说明护林人虽然很厉害很凶，但也不是坏人。紫色比红色还要深一点，说不定这个护林人很凶的外表下，有更温柔的心肠，因为他爱护这些橘子，不想让它们早早地被摘下来。

既然孩子们不能走进这片果园，那谁能进来呢？是风，只有风儿才能想去哪里就去哪里。它无影无踪，来去自由。风儿在果园里轻轻吹拂，但风儿是不吃橘子的，它只是喜欢摸一摸、抱一抱橘子而已，所以护林人也就不管它，任它在果园里游来晃去，和橘子们玩耍。

这首小诗描写了秋天的橘子林，描写了结满了果实的橘树的骄傲和喜悦，也描写了没有结果实的橘树的安宁和喜悦；描写了护林人尽职尽责看守果园、垂涎欲滴的孩子不能进去的无奈，也描写了风儿的温柔和恬淡。这是一幅温馨清醒的画面，是诗人心中幽深宁静的记忆。它唤醒了我们对大自然、对果园的喜爱，让我们注意到秋天、树木、果实、蜜蜂、星光和微风是如何出现在我们的生命之中。虽然它没有写到一些重大的事件，但如果一首诗能够让我们感到世界很美丽、活着很美好，这是不是也非常重要？当然了。所以说，小诗并不小，如果一首小诗能写好，也需要很棒的文字能力，也需要有一颗敏感多情的心。

山 羊

[意大利]翁贝尔托·萨巴

我和一只山羊谈心。
她被单独地拴着,在田野里。
她吃饱了青草,被雨水
淋湿,正咩咩地叫着。
那单调的咩咩声是我自己的
痛苦的姐妹。我友好地作答,先是
戏谑地,接着却是因为痛苦是永恒的
并且只用一个不变的声音说话。
这正是我从一只孤零零的山羊那里
听到的哀泣的声音。
在一只长着闪族人的脸的山羊身上
我听到了世上一切悲痛
一切生命的呼喊。

(周伟驰 译)

【讲给孩子听】

亲爱的朋友,我们今天要讲一首《山羊》。这首诗的作者叫翁贝尔托·萨巴,他是个犹太人,1883年出生在意大利。犹太人是对犹太民族的称呼,就像我们是汉族人、藏族人、蒙古族人一样。犹太人属于闪米特族的一支,分散居住在世界各地,我们中国也有犹太人居住。犹太人的发源地在西亚的以色列,他们信奉犹太教,一般来说,信仰犹太教的人或者由犹太母亲所生下的人,都属于犹太人。诗人萨巴的父亲是天主教徒,但他的母亲是犹太人,所以他也是犹太人。在二次世界大战时,犹太人受到希特勒的迫害,发生了灭绝约600万犹太人的大屠杀。1948年,以色列国建立,成为了犹太人的国家。

萨巴很小的时候,父亲就抛弃了他和妈妈,他被送到奶妈家里,奶妈对他非常疼爱。四岁的时候,生母又把他接回家中。他上过大学,学习考古学、拉丁语和德语,当过服务生和海军,还开过书店。1938年法西斯出笼了"种族法",不允许犹太人从事出版事业,萨巴只得流浪到巴黎和弗洛伦萨,后来他的书店也被法西斯纳粹没收,为逃避纳粹的迫害,他四处躲藏,过着流离颠沛的生活。萨巴一辈子写了很多出色的诗篇,第二次世界大战结束后,他获得了很多荣誉,人们把他和蒙塔莱、翁加雷蒂并列为二十世纪意大利三大诗人。1957年,萨巴因心脏病去世。

我们今天讲的这首《山羊》,是

萨巴的代表作。"山羊"这个词,在欧洲文化中有着着"替罪羊"的意思。一些基督徒认为,犹太人不信基督教,就像长着山羊角的魔鬼一样。所以,萨巴写山羊,表达了对那些总是被当作替罪羊、遭到侮辱的人们的深深同情。诗中说,他像对待亲人一样,和一只被雨淋湿的孤单的山羊谈心。山羊咩咩地叫着,这单调的咩咩声,在诗人听来,就像是他的姐妹发出的痛苦的声音。一开始,诗人友好地回答,戏谑地学着山羊的叫声;再后来,这声音让诗人感到了永恒的痛苦,变成了就像痛苦本身发出的喊叫。诗人在一只孤零零的山羊那里听到了这刺痛他心灵的哀叫声,像是不绝的哭喊。山羊长着一张像闪米特人(犹太人)的脸,所以,他的哀叫声就是犹太人的哀叫声,也是这个世界上一切被侮辱、被伤害的人的哀叫声。

在这首诗中,诗人写到山羊时,用了一个"他"字,而不是"它"字,更是将这只悲伤的山羊当成一个人来写的。他用这种方法,表达了对这只被拴在田野淋着雨的生灵的同情,也表达了对所有遭受痛苦的生命的同情。不仅仅是同情,这只山羊难道不也是诗人自己的写照吗?山羊的哀叫声,发出的也是诗人自己悠长的哭喊

哀叫。

写到这里,我想起了萨巴的另一首诗《猪》——

　　像一切生命那样,他并不知道,他将
　　服务于何种目的,当他达到完美。
　　但是当我凝望着他并把自己
　　移入他的皮囊之内,我就感到刀在切
　　入骨肉,感到那声尖叫,那可怕的

　　哀嚎,正当狗向人群狂吠,而农夫的妻子在门口发笑。

　　　　　　　(周伟驰 译)

猪,在人们心目中,就是养了被杀吃的愚笨的家畜,是人们嘲笑取乐的对象。但在诗人笔下,这头茫然不知自己命运的生物,却被诗人想象成自己,感到了屠刀深深插进骨肉中的凄厉痛苦,听到了狗向人群恐惧的吠叫,还有那些围观者冷漠的笑声。这首诗和《山羊》一样,描写了暴力和野蛮对一切生命的伤害,在诗人心

中引起的悲愤之情。他能够想象到他们的苦痛，能够体会到这种痛苦。关于《山羊》这首诗，译者周伟驰先生曾写道："萨巴这首诗写于一战前，但他似乎早已嗅到了三十年后奥斯维辛焚尸炉的烟味。直到今天，这首诗仍然令人深叹。实际上，'长着闪族人的脸的山羊'在这里何止只象征着犹太人？它也可以象征一切的弱者，一切被隔离出来当作'替罪羊'的不幸者。山羊的叫声成了'永恒的痛苦'本身的象征。"

他这段话中提到的"奥斯维辛"，就是纳粹为屠杀犹太人建立的集中营。成千上万的犹太人在这里被剥夺了自由，最终送进了焚尸炉，悲惨地死去。我想的是，如果你是个犹太人，会怎么样？

我郑重地选了《山羊》作为本书最后介绍的一首诗，是为了请亲爱的朋友知道，本书中讲到的100首诗，无论是从内容还是从写作技艺，一切文学的创造，都是为了让我们拥有对他人的想象力，为了让我们学会尊重一切生命，为了让我们学会爱家人、朋友和陌生人，为了让我们明白，不管我们今后从事什么职业、做什么工作，都不仅仅是为了我们自己的生存，还要为了更多的人，为了他们和我们自己的尊严、幸福与自由。这就是我最后想要告诉亲爱的朋友的话。

谢谢你！谢谢你们！

图书在版编目（CIP）数据

给孩子的100堂诗歌课/蓝蓝编著.
-- 北京：北京联合出版公司，2019.9（2023.6重印）
ISBN 978-7-5596-3235-7

Ⅰ.①给… Ⅱ.①蓝… Ⅲ.①儿童诗歌—诗集
—世界 Ⅳ.①I18

中国版本图书馆CIP数据核字（2019）第092137号

给孩子的100堂诗歌课

作　者：蓝　蓝
策 划 人：方雨辰
特约编辑：马雪宁
责任编辑：徐　鹏
封面设计：金　泉

北京联合出版公司出版
（北京市西城区德外大街83号楼9层　100088）
北京联合天畅文化传播公司发行
山东临沂新华印刷物流集团有限责任公司印刷　新华书店经销
字数223千字　787毫米×1092毫米　1/16　15印张
2019年9月第1版　2023年6月第4次印刷
ISBN 978-7-5596-3235-7
定价：68.00元

版权所有，侵权必究

未经书面许可，不得以任何方式转载、复制、翻印本书部分或全部内容
本书若有质量问题，请与本公司图书销售中心联系调换。电话：64258472-800